本著作由哈尔滨师范大学跃滨学术出版基金、国家社会科学基金项目（12BZW115）资助

A LIBRARY OF
DOCTORAL
DISSERTATIONS
IN SOCIAL SCIENCES IN CHINA

中国
社会科学
博士论文
文库

新世纪诗歌研究

On the New Century Poetry

宋宝伟　著

导师　罗振亚

中国社会科学出版社

图书在版编目（CIP）数据

新世纪诗歌研究／宋宝伟著．—北京：中国社会科学出版社，2015.12
ISBN 978 - 7 - 5161 - 7120 - 2

Ⅰ．①新…　Ⅱ．①宋…　Ⅲ．①诗歌研究—中国—当代
Ⅳ．①I207.22

中国版本图书馆 CIP 数据核字（2015）第 283385 号

出 版 人	赵剑英
责任编辑	周晓慧
责任校对	无　介
责任印制	王　超

出　　版	中国社会科学出版社
社　　址	北京鼓楼西大街甲 158 号
邮　　编	100720
网　　址	http://www.csspw.cn
发 行 部	010 - 84083685
门 市 部	010 - 84029450
经　　销	新华书店及其他书店

印　　刷	北京君升印刷有限公司
装　　订	廊坊市广阳区广增装订厂
版　　次	2015 年 12 月第 1 版
印　　次	2015 年 12 月第 1 次印刷

开　　本	710 × 1000　1/16
印　　张	14.75
插　　页	2
字　　数	251 千字
定　　价	56.00 元

总　序

在胡绳同志倡导和主持下，中国社会科学院组成编委会，从全国每年毕业并通过答辩的社会科学博士论文中遴选优秀者纳入《中国社会科学博士论文文库》，由中国社会科学出版社正式出版，这项工作已持续了12年。这12年所出版的论文，代表了这一时期中国社会科学各学科博士学位论文水平，较好地实现了本文库编辑出版的初衷。

编辑出版博士文库，既是培养社会科学各学科学术带头人的有效举措，又是一种重要的文化积累，很有意义。在到中国社会科学院之前，我就曾饶有兴趣地看过文库中的部分论文，到社科院以后，也一直关注和支持文库的出版。新旧世纪之交，原编委会主任胡绳同志仙逝，社科院希望我主持文库编委会的工作，我同意了。社会科学博士都是青年社会科学研究人员，青年是国家的未来，青年社科学者是我们社会科学的未来，我们有责任支持他们更快地成长。

每一个时代总有属于它们自己的问题，"问题就是时代的声音"（马克思语）。坚持理论联系实际，注意研究带全局性的战略问题，是我们党的优良传统。我希望包括博士在内的青年社会科学工作者继承和发扬这一优良传统，密切关注、深入研究21世纪初中国面临的重大时代问题。离开了时代性，脱离了社会潮流，社会科学研究的价值就要受到影响。我是鼓励青年人成名成家的，这是党的需要，国家的需要，人民的需要。但问题在于，什么是名呢？名，就是他的价值得到了社会的承认。如果没有得到社会、人民的承认，他的价值又表现在哪里呢？所以说，价值就在于对社会重大问题的回答和解决。一旦回答了时代性的重大问题，就必然会对社会产生巨大而深刻的影响，你也因此而实现了你的价值。在这方面年轻的博士有很大的优势：精力旺盛，思想敏捷，勤于学习，勇于创新。但青年学者要多向老一辈学者学习，博士尤其要很好地向导师学习，在导师的指导下，发挥自己的优势，研究重大问题，就有可能出好的成果，实现自己的价值。过去 12 年入选文库的论文，也说明了这一点。

什么是当前时代的重大问题呢？纵观当今世界，无外乎两种社会制度，一种是资本主义制度，一种是社会主义制度。所有的世界观问题、政治问题、理论问题都离不开对这两大制度的基本看法。对于社会主义，马克思主义者和资本主义世界的学者都有很多的研究和论述；对于资本主义，马克思主义者和资本主义世界的学者也有过很多研究和论述。面对这些众说纷纭的思潮和学说，我们应该如何认识？从基本倾向看，资本主义国家的学者、政治家论证的是资本主义的合理性和长期存在的"必然性"；中国的马克思主义者，中国的社会科学工作者，当然要向世界、向社会讲清楚，中国坚持走自己的路一定能实现现代化，中华民族一定能通过社会主义来实现全面的振兴。中国的问题只能由中国人用自己的理论来解决，让外国人来解决中国的问题，是行不通的。也许有的同志会说，马克思主义也是外来的。但是，要知道，马克思主义只是在中国化了以后才解决中国的问题的。如果没有马克思主义的普遍原理与中国革命和建设的实际相结合而形成的毛泽东思想、邓小平理论，马克思主义同样不能解决中国的问题。教条主义是不行的，东教条不行，西教条也不行，什么教条都不行。把学问、理论当教条，本身就是反科学的。

在 21 世纪，人类所面对的最重大的问题仍然是两大制度问题：这两大制度的前途、命运如何？资本主义会如何变化？社会主义怎么发展？中国特色的社会主义怎么发展？中国学者无论是研究资本主义，还是研究社会主义，最终总是要落脚到解决中国的现实与未来问题。我看中国的未来就是如何保持长期的稳定和发展。只要能长期稳定，就能长期发展；只要能长期发展，中国的社会主义现代化就能实现。

什么是 21 世纪的重大理论问题？我看还是马克思主义的发展问

题。我们的理论是为中国的发展服务的，绝不是相反。解决中国问题的关键，取决于我们能否更好地坚持和发展马克思主义，特别是发展马克思主义。不能发展马克思主义也就不能坚持马克思主义。一切不发展的、僵化的东西都是坚持不住的，也不可能坚持住。坚持马克思主义，就是要随着实践，随着社会、经济各方面的发展，不断地发展马克思主义。马克思主义没有穷尽真理，也没有包揽一切答案。它所提供给我们的，更多的是认识世界、改造世界的世界观、方法论、价值观，是立场，是方法。我们必须学会运用科学的世界观来认识社会的发展，在实践中不断地丰富和发展马克思主义，只有发展马克思主义才能真正坚持马克思主义。我们年轻的社会科学博士们要以坚持和发展马克思主义为己任，在这方面多出精品力作。我们将优先出版这种成果。

2001 年 8 月 8 日于北戴河

序　言

罗振亚

　　不知不觉，21 世纪已经过去 15 年了。15 年说短很短，短得如白驹过隙；说长也长，长到足可以造就一个文学时代。所以，新世纪诗歌尽管历史化程度较低，许多概念、理论尚处于不断的争鸣和商榷之中，但仍然丝毫没有减弱人们对它的探究热情。尤其是随着近年来诗歌写作的大面积复兴，关于诗歌的批评研究也进入了一个相对活跃的时期。

　　从事文学研究的人都清楚，新诗是一块难啃的硬骨头，不但要耐得住寂寞，还时时面临着劳而无功的困境，因此从业者寥寥，能够在这个领域取得一定成绩的更属凤毛麟角。当然，也总有知难而进的勇者，一直恪守着自己最初的选择而不悔，我新近毕业的博士宋宝伟就是其中的一位。宝伟称得上我的"老学生"，在哈尔滨师范大学读本科时，就随我学了两个学期的中国现代文学；数年后又考回学校从我攻读硕士学位，对新诗研究的兴趣日渐浓厚；待到我调入南开大学的第三年，他再次跟我攻读博士学位，专事中国新诗研究。对"老学生"我是严格得近于刻薄的，我不希望他仅仅为一个空洞的学位读书，而应有比学位更重要的目标。正是基于此，与他商讨、确定学位论文选题时，我不想让他随便做一个容易却过于大路货的题目，而是建议他关注一下我们不约而同想到过的"新世纪诗歌研究"，挑战一下自己。只是那时我们都不无顾虑。他担心新世纪诗歌只有 8 年，以之为研究对象的学术分量是否能够服众。我说，待毕业论文完成就已经是 11 年了，10 年就可以成就一代文学和文学家，学术含量绝对符合学位论文的要求。他的顾虑消除了，从不断颔首的动作和微笑的眼神中，我深切地感受到了。可我却担心，以他有限的读书时间、研究状态和学术实力，能不能驾驭这个高难课题。令人欣慰的是，当他将写完的论文章节陆续拿给我审阅时，我悬着的心慢慢放下了。特别是他在毕业前夕如期完成《新世纪诗歌研究》，并在答辩过程中获得专家们的一致好评，作为导师，我由衷地感到高兴。

经过批评界的反复辩难、商榷和厘定，"新世纪诗歌"的概念已深入人心，而且顺理成章地被运用于诗歌批评领域，成为学术研究中的一个"显词"。但是，研究界在使用这一概念时，往往只是取其时间意义，而忽视了当下诗歌品质中的"新"意所在。必须承认，新世纪以降的诗坛确乎出现了诸多新的特质：诗学主张频频出现，理论建构日趋多元；诗歌团体渐次增多，彼此间论争迭起；诗人间百花竞艳，代际划分愈加繁复；诗歌传播平台增多，发表门槛几近消失；诗人写作的沉潜意识降低，追逐喧嚣成瘾；诗歌活动频繁，非诗现象却不少，不一而足。上述的林林总总构成了新世纪诗歌的洋洋大观，为诗歌研究界提供了不尽的学术资源，但同时也向研究者们提出了更高的要求，如何突出当下诗歌批评研究的现时性、有效性，是每个研究者无法回避的问题。评论家唐弢在世时提出的"当代文学不宜写史"的观点，曾经产生了很大的影响，但现在看来恐怕也只能称之为一种"局部的真理"。因为文学的确需要时间的沉淀，将其放在纵向、宏阔的历史坐标中加以考察，方能显现出其独特的文学史价值。可是，及时地贴近、切入当下的文学现场，在鲜活而驳杂的现象中准确把握其脉动规律，去芜存菁，也是文学研究者不可推卸的责任，有时它更能测试一名文学研究者的素质和能力。我觉得，从这个向度上看，宝伟完全可以胜任新诗研究工作，他既有一种锲而不舍的求索精神，更有一种超乎寻常的对于新诗以及新诗研究的热爱和挑战难题的求真勇气。

《新世纪诗歌研究》至少体现了几个特点。一是具有迅速深入当下诗歌现场的现时性。纵观百年新诗研究历史就会发现，及时、准确地研究与定位对新诗的发展意义重大，从施蛰存与"现代诗派"、袁可嘉与"九叶诗派"以及谢冕、徐敬亚与"朦胧诗"的关系中，我们不难得出这样的结论。新世纪诗歌的成就有目共睹，存在的很多问题却也不容回避。像诗歌精神缺少"重度"、诗歌物化程度过高、垃圾诗歌泛滥、诗人"大师"情结严重、诗歌批评活力不足，均应引起重视。应该说，宝伟这些指认是经过对当下诗歌现象细致缜密研究后做出的精确判断，非空穴来风式的武断臆想，它们对当下诗歌创作自然具有一定的警醒作用。新世纪诗歌研究的难点就在于，诗歌始终是流动不居、发展变化的，因此有些判断必然带有阶段性的特点，不可能长时间地具有历史的时效性。这就需要研究者在做出判断前一定要深思熟虑，使其做出的每一个判断即使不能"放之四海而皆准"，起码要在一定时间、一定范围内具有时效性。宝伟在著作中不仅分析了"梨花体"事件、"打工诗歌"、"灾难诗歌"、"第三条道路写作"分化等当下诗歌的热点现象，同时也对诗歌内部的艺术品质，如新意象、后叙事、新口语等问题给予了充分的关注和深入的探讨，可贵的是，他始终能够从纷繁复杂的诗歌现象以及浩如烟海的诗歌文本中敏锐、准确地提取有价值的材料，使研究获得了比较理想的信度。

二是逻辑架构的整体性强。新世纪以来的诗歌研究，多表现出局部化、零散化的特征，诗歌个体研究多而整体研究少，这一方面缘于很多诗歌问题的研究需要细化和深化，研究者们短期内不易做到；另一方面则是新世纪诗歌的爆炸式增长，使各种现象和主张层出不穷、令人目不暇接，加剧了整体性研究的难度。实际上，当初选择更具挑战意味的整体研究时，宝伟就不无纠结。诗歌的传播形态、诗学理论的建构、诗歌文本的美学特质、诗歌的现实性及新世纪诗歌所面临的问题，哪一个问题都可以单独论著成书，每一个层面在当下都值得关注，并且表现得异常突出。那么如何将这些问题统统纳入自己的研究体系之中，既视野宏阔又不流于平面肤浅，对他是一个不小的考验。现在看来，他在这一点上做得还是比较令人满意的。他基本上是从宏观着眼，从微观入手，对每一个大的诗歌问题，都分析得相对深入而到位，且又不显芜杂，其间他下的功夫是可想而知的。

三是创新色彩十分显豁，这也堪称本书的一大亮点。创新性是批评研究得以存在的核心价值，但是当下包括诗歌在内的文学艺术研究，最大的问题就是创新性的匮乏。尤其是在大量的硕士、博士学位论文选题上所存在的问题就更为严重，很多学子是跟在"权威"后面做"接着做"的无用功，而自己披荆斩棘"从头做"的很少。结果是题目大同小异，大部分属于没有价值的重复，让人"眼前一亮"、记忆深刻的创新性成果就更是罕见了。《新世纪诗歌研究》将新世纪诗歌现象作为一种整体研究，其本身就是一种创新，在学位论文里具有一定的拓荒意义。其中，对当下诗歌传播方式之一——国家出版物的问题分析、对诗歌新质意象的发现梳理、对新叙事新口语写作的批评，都走在了研究领域的前列。另外，著作对新世纪诗歌所面临的问题和隐忧，也提出了许多中肯的批评，它们以文章的形式发表后，已经引起学界的广泛注意，产生了一定的反响。

作为国内第一篇对新世纪诗歌现象进行深入、系统研究的博士学位论文，《新世纪诗歌研究》有许多开拓性的建树，但也正是由于可参照的成果过少，它还有一些可待拓展的空间。如深度还应再强化，论证尚须再圆融，特别是由于性格，宝伟的行文总好"四平八稳"，这种"软批评"可否再生出一点锋芒？

一晃与宝伟认识已经23年了。1992年秋天，哈师大文史楼的三层教室，在100多位听课的学生中，我记住了他那束开阔、执着而又不无胆怯的目光。而后在逐渐密切的交往中，他做事的踏实稳健、为人的善良诚挚和问学的专一坚韧，就更加真切地烙印在一桩桩的细节记忆里，他是那种想起来就让人非常放心的学生。写到这里，我的脑海中禁不住又浮现出他读博期间我们常常在南开园新开湖边散步的情景，那是多么令人留恋和怀念的美好时光啊！

2015年8月29日于天津阳光100寓所

中文摘要

从 20 世纪 90 年代的沉潜写作逐渐演变为喧嚣热闹，新世纪中国诗歌已然走过十年历程，并表现出与以往时代不同的新质，不仅有外部数不胜数的诗歌活动、诗坛论争及非诗化事件的合力作用，使得新世纪诗歌表现出诸多"复兴"的迹象，更有诗歌内部伦理关怀的提升、多元化诗学的建构以及诗歌技艺的综合调适。本书试图从新世纪诗歌的诸般现象入手，归纳、总结当下诗歌的基本特征，探索诗歌发展演变的内在规律，为当下诗歌的繁荣发展提供历史的经验教训与启迪。

绪论部分首先梳理了新世纪诗歌外部以消费为中心的经济语境、以狂欢化为特征的文化语境与以多元化为旨归的文学语境等问题，为研究当下诗歌的发展衍进历程提供不可忽略的背景元素。其次指认新世纪诗歌的总体特征，即先锋性的延续、现实性的深化与抒情性的传承。最后对新世纪诗歌研究现状进行细致而理性的分析，并确立了本书的写作目的与创新点。

第一章重点研究新世纪诗歌的传播形态，抽取国家出版物、民刊和网络三种主要传播方式，作为本章论述的着重点。国家出版物作为国家文艺方针的宣传体，始终是延续诗歌传统的主阵地；民刊则充当了现代精神实验场的重要角色；而网络的出现，为新世纪诗歌传播构筑了先锋的平台。本章不仅对新世纪诗歌这三种传播形式的优势与意义进行充分肯定，同时也客观公正地指出其各自的缺憾之处。

第二章围绕新世纪诗歌的诗学理论建构问题，探索其多元化诗学建构的意义。"第三条道路写作"作为一种诗歌中的"不结盟"运动，因为强调多元、包容、自由、独立而对新世纪初的诗歌写作意义深远；"诗歌地理学"概念重视诗歌传统及地域性差异，将地理、自然和文化融汇于诗歌之中，为当下诗歌写作找到了一条回归传统的全新路径；"完整性写作"呼求诗歌精神的重新凝聚，对建构诗歌写作的伦理学意义非凡。

第三章针对新世纪以降诗歌及物性写作增强的现实，探索诗歌社会学、美学的价值和意义。无论是诗歌在表现社会内容，如"底层写作"、"打工诗歌"、"灾难诗歌"，还是完全个人化的日常性书写，以及对城市生态的关注，都显示了新世纪诗歌与社会之间关系的改善，尤其是以一种富有痛感的批判姿态介入当下的社会生活，彰显出新世纪诗歌所深蕴着的生命终极关怀和社会伦理关怀，并且改变了 20 世纪 90 年代以来诗歌以"个人性"取代"社会性"的边缘化倾向，重新在个人与社会的维度上建立诗歌伦理，积淀了厚重而坚实的诗歌精神，这是新世纪诗歌最为令人瞩目的特征之一。

第四章探讨新世纪诗歌文本内部的美学特征。众多新质意象如病院、广场、车站等的出现，丰富了新世纪诗歌的意象表现；"后叙事"写作中的解构式叙事、"语词"叙事将 20 世纪 90 年代重新确立的诗歌叙事技巧推向一个新境界；"新口语"写作创造出兼具"知识分子写作"的精湛高妙的修辞和"民间写作"的率性、天真的语感特征的新写作样态，新世纪诗歌的写作技艺表现出积极探索的精神。

第五章集中讨论了新世纪诗歌所出现的问题。诗歌精神的"轻"与"重"之间极度失衡，诗魂变轻；诗歌文本无数而精品寥寥、诗歌活动频出却"诗意"渐消、诗歌批评"高产"可少见锋芒，等等，诗歌中"多"与"少"的矛盾问题依旧存在；新世纪诗歌求新求变的意愿尽管美好，但却难以掩饰沉寂的尴尬，"常态书写"与"非常态书写"的错位，导致新世纪诗歌出现一种"复兴"的假相。

在结语中，总结全书的核心思想，对新世纪诗歌进行整体性评价，客观地指证其缺陷，并提出当下诗歌写作应该遵循的原则以及未来的希望所在。笔者认为，新世纪诗歌恢弘丰硕、成绩斐然，但亟待解决的问题同样很多，既不能妄自尊大，也不能妄自菲薄，应以冷静的态度对待之。

关键词：新世纪诗歌　诗歌传播　诗学建构　诗歌伦理　后叙事

Abstract

Since from the dive writing evolving gradually to the make noise in 1990s, the new century Chinese poetry has already passed through ten years, and displayed the new nature that were different from the former time. Not only they have outside the poetry activity, the poetic world debate and non-poem event's function, making the new century poetry displays many "the revival" sign, but also have the poetry internal ethics concern promotion, the multiplex poetics construction as well as the poetry technique synthesis adjustment. This article attempts anew the century poetry all sorts of phenomenon to obtain, summarizing the poetry's essential feature, exploring poetry's inherent laws, and provide historical immediately the experience and the inspiration to the poetry prosperous development.

Introduction part, first combs the new century poetry's outside linguistic environment with the central economical, the cultural linguistic environment of characteristic with the revelry and the questions that the literature linguistic environment of multi-dimensional. The research of the poetry development progresses provides the unnegligible background element. Next indicates and confirms the new century poetry the overall characteristic: extension of the pioneering, deepening of reality and the inheritance of lyricism. Finally I analysis carefully to the new century poetry research present situation rationally, and establish this article's the writing goal and the innovation spot.

The first chapter studies the new century poetry's the dissemination shape mainly, extracting three main propagation mode: the national publication, the unofficial publication and the net, which elaborate as this chapter. The national publication takes the national literary arts policy of the propaganda body, which is the poetry tradition battle position; the unofficial publication has played the strong character of the modern spirit experimental place; the appearance of net constructs cutting edge's platform for the new century poetry. The article not only carries on the full affirmation to three kinds of dissemination form of superiority and the significance of the new century poetry, but also points out the place of disappointment fairly.

The second chapter regards the theory construction question of the new century poetry poetics, exploring its multiplex poetics construction the significance. "The third path writing" takes one kind of poetry "nonaligned" the movement, because of stressed multi-dimensional, containing, freedom, and independent have profound to poetry writing significance in the beginning of the new century; "the poetry geography" takes the poetry tradition and the regional differences, taking geography, nature and culture blend together in the poetry, and find a return tradition to the poetry writing; "the complete writing" implores to ask the poetry spirit the condensation again, who has the extraordinarily significance to constructs the poetry writing ethics.

The third chapter aims at the reality that transitivity writing strengthens in the new century the poetry, exploring poetry's value and significance for sociology and esthetics. Regardless of being the poetry in the performance society content, like "first floor writing", "hiring work poetry", "disaster poetry", also completely personalized daily writing, as well as being attention to the urban ecology, they have demonstrated the improvement of the new century poetry and the social relations. Especially they involve social life by a kind of criticism posture which is full of rich pain, showing the life ultimate concern and social ethics concern for the new century poetry. And it has changed tendency that "personal" substitute for "the sociality" since 1990s. It establishes the poetry personally ethics again in society's dimension, accumulating the sincere and solid poetry spirit. This is one of the most amazing characteristics about the new century poetry.

The fourth chapter discusses text internal esthetics characteristic of the new century poetry. Numerous new nature images appearance, like hospital, square, station and so on, which have enriched image performance of the new century poetry; The type narrate of variance and "the word" in the "latter narrates" writing, pushed the poetry narrative skill which re-established in 1990s to a new boundary; The writing of "the new spoken language" created both the exquisite rhetoric of "the intellectual writing" and the new writing style of "folk writing" which had naive language characteristic. The new century poetry's writing technique displays the positive the spirit of exploration.

The fifth chapter discusses the issue of the new century poetry. Poetry spirit extreme unbalanced between "light" and "heavy", and the poem's soul changes light; The poetry texts are innumerable, but the high-quality goods very few; the poetry activitys are frequency but actually leave no "the poetic sentiment"; the poetry criticism is "the high production", but it is possible rare point and so on. The contradictory question of "many" and "few" exists as usual in poetry; The new century poetry asks the wish which strives for changes newly to be freely happy, but actually difficulty conceals awkwardness. "habit writing" and "random writing" have dislocated, which causes a kind of "the revival" fake of.

In conclusion, I summarizes the core thought of full text, and carries on the integrity appraisal to the new century poetry, refering to its flaw objectively. I also proposed the principle of poetry writing as well as hope. The author believed that the new century poetry is full of broad plentiful, and makes brilliant achievements. But the question which need to solved was so many. We cannot have a swelled head, also cannot improperly belittle oneself. We should treat it with a calm manner.

Keywords: the new century poem; poetry dissemination; poetics construction; poetry ethics; post narrate

目　录

CONTENTS

绪　　论

　　新世纪已然走过了 10 年，"新世纪文学"这一称谓在内涵与外延都未得到充分、周延的界定和厘清的情况下，还是被人们接受并且有些"名正言顺"地使用了。这种接受和使用多少有些迫不得已的无奈，文学批评界似乎早已习惯了概念在不甚明了的情况下就加以使用。纵观新时期以来出现的众多诗歌批评概念，如"朦胧诗"、"第三代诗"、"中间代"、"新生代"、"70 后"、"后新诗潮"、"后朦胧诗"、"后崛起"等，每一个口号的提出，虽然都经过了大量学理层面的剖析、辩驳、阐释、整合，对其内涵、特征、范畴、价值进行了"艰苦卓绝"的理论探险，但还是难以服众，很少有诗坛上下一致认可的诗学概念（如"朦胧诗"这一命名居然源自于反对派的否定性批评话语）。想得到一种概念或口号的"一劳永逸"的命名在当下的文学语境中显得难上加难，与其这样，还不如暂时搁置这种外在的、聚讼纷纭的纠缠而深入文学现象本身，探索其更深层面的文学价值与意义。"新世纪文学"这一概念是否具有其应有的科学性、合理性、周延性也许并不重要，关键是新世纪以降，文学正挟其诸多的新质"扑面而来"，如市场经济下的文学消费性、纸质文本与电子文本的竞争、流行歌曲与广告冲击着"纯审美"诗歌、文学出版形成纯文学—市场化—网络三足鼎立局面、文学中产化和青春化、精英文学与大众文学并存、现实关注度弱化、文学时尚化与边缘化，等等，不可否认，在后现代文化语境中，新世纪文学已经嬗变为一种更为复杂、多元、综合的文学，带有全新质地的文学大幕已然徐徐拉开。

一 新世纪诗歌的语境

尽管文学衍进有其独特性，往往与社会进程并非同步，或超越，或滞后，但在多数情况下，文学会因深受其所处社会文化语境的影响而显现出与社会进程的同步性。新世纪文学所表现出的新质，总的来说，是和当下的经济、政治、思想、文化语境分不开的，是现今各种思潮在文学中的反映。从 20 世纪 90 年代中期以来，在全球经济一体化、文化多元化、政治多极化等外在环境的影响下，同时，在国内市场化进程加速、消费社会转型、经济高速发展的促进下，社会文化语境进入令人"眩晕"的快速转轨阶段，"记忆犹新却恍若隔世"，用"一日千里"来形容也绝不为过。

首先，是以消费为中心的经济语境。由于经济以及市场化的成功转型，当下社会进入了一个大众消费时代。我们的周围显现出物质财富所构成的辉煌景观，人们行进在绚烂夺目、光影斑驳、时尚动感的物质化的空间里，惬意地享受着美食、服饰、汽车、别墅、花园所带来的满足；而这一切反过来又极大地刺激着人们无限膨胀的占有欲、消费欲，使其"饮鸩止渴"般地投入无休无止的财富攫取之中。消费意识与观念的形成（而非健康的成熟）对文学艺术的影响非常显著。人们似乎觉得世界上所有的物质都是可以消费的，包括文学艺术都可以在"市场化"原则下运作，并且潜移默化地改变着文学艺术的评判标准，不再以文学艺术本身的内涵价值为尺度，而是以码洋、发行量的多寡衡量其价值。一个显著的例证就是大众对各种光怪陆离、花样百出的"排行榜"近乎病态的关注，"财富排行榜"、"音乐排行榜"、"电影排行榜"、"图书排行榜"、"艺术品拍卖排行榜"等，甚至文学艺术批评也可进入统计、排行（以在核心期刊发表论文数量为准）之中，仿佛"排行榜"可以成为"放之四海而皆准"的唯一标尺。由此产生的影响是作家、音乐家、美术家等在进行文学艺术创作时，就会更多地考虑如何使自己的"产品"能更多地占有市场份额，如何最大限度地满足广大的受众群体而非文学艺术品的审美价值，这是在市场经济下文学家、艺术家优先考虑的问题。为了使自己的作品摆脱以往那种"锁在深闺人不识"的清冷局面，可以动用多种手段进行宣传、造势，甚至是非常规的"卖点炒作"，就是要最大限度地赚取人们的"眼球"，从而使自己的利益最大化。由此可见，文学艺术在当下消费时代也要充分符合消费逻辑，正如让·波德里亚所言："消费逻辑取消了艺术表现的传统崇高地位。……流行以前的一切艺术都是建立在某种'深刻'世界观基础上的，而流行则希望自己与符号的这种内在秩序同质：与它们的工业性和系列性生产同质，因而与周围一切人造事物的特点同质、与广延上的完备性同质，同时与这一新的事物秩序的文化修养抽象作用同质。"① 文学艺术成为可以流通的商品，在时下已经是不争的事实，既然如此，它理所当然地要遵守消费社会的运行规则，同其他商品生产要达到"同质"，方可在消费社会容身。这就证明，为什么当下时代许多作家、艺术家可以"如鱼得水"般游刃有余地畅行在流行、消费的前列，因为他们深谙消费的规则，为市场量身定做符合消费口味的作品，打破深度模式、自我消解传统的崇高地位，从而实现其作为商品的价值。

但是同时我们也要清醒地意识到，如果文学艺术只是一味地认同、满足消费的需要，"媚俗"、"下嫁"、迎合消费主义潮流，实施文学艺术的崇高审美价值的自我流放，这无异于一种精神自戕。我们不应该指责许多文学艺术家们在商业、市场、消费中的成功，以及在接受成功时的"心安理得"，毕竟里面凝结着他们的抽象劳动和有用劳动。但是需要指出的是，文学艺术家们在创作过程中，还是要充分理解文学艺术的独特性，毕竟它关乎着人类精神维护与构建的问题。文学艺术要获得永恒的品格，不应当只是重视利益优先原则，而是要意识到自己担当着人类精神的传承责任。市场经济以利益的直接性不断蚕食、鲸吞着非利益的、间接性的文学艺术家的传统责任感。"天若有情天亦老"，现在的人们深深理解着这句话的正面或反面的内涵，"皓首穷经"在当下的文学艺术领域已经不再是褒奖，而是一种对"不识时务"行为的讥笑。因此，许多人不再将文学艺术创造视为神圣、"虽九死其犹未悔"的终极目标，更多地将它当作"养家糊口"的经济生产行为，这不仅是个人的生存问题，还是当下时代的语境问题。安逸闲适、富足自在的生活方式被绝大多数人所青睐并为之付出艰辛的劳作，乐此不疲。从街头橱窗的布展、摩天大楼上的巨型招贴，再到电视、杂志媒体的广告宣传，无不向我们昭示：一个追求高品质生活的消费时代正在朝我们微笑。俊男靓女、汽车别墅、海景花园不断地

---

① ［法］让·波德里亚：《消费社会》，刘成富、全志刚译，南京大学出版社2000年版，第121页。

暗示我们，如何才是一个"成功人士"。这样的诱惑几乎无时无刻、无处不在地充斥着我们生活的每一个角落。当文学艺术或是迫不得已，或是投怀送抱地接受并认可了消费社会对自身的诱惑时，它必将变成旋生旋灭、毫无持久生命力的东西，只能"各领风骚三五天"，也许有人就是要追求这种稍纵即逝的"闪光"。然而，作为文学艺术的创造主体——文学艺术家们应该具有的精神却陨落了，不再是社会良知和人文精神的坚守者，社会民众也不再把文学艺术家视为高高在上的圣贤，因为许多人已然成为追"名"逐"利"的商品社会的"弄潮儿"。当然，许多具有清醒意识的知识分子面对人文精神陨落的局面大声疾呼，表现出对物欲横流和消费享乐主义的拒斥与批判，捍卫自己赖以生存的意义世界，提醒人们物质世界不是我们唯一的选择，它并不能医治现代社会普遍存在的压抑、焦虑、烦躁、郁郁寡欢等精神和心理疾患。

经济消费在今天成了一个无处不在的神话，它改变着人们的生活，在满足人们物质生活享受欲望的同时，也迅速地冲击、解构着传统观念和人文精神。丹尼尔·贝尔指出："放弃清教教义和新教伦理的结果，当然是使资本主义丧失道德或超验的伦理观念。这不仅突出体现了文化准则和社会结构准则的脱离，而且暴露出社会结构自身极其严重的矛盾。"① 经济消费既非救世的唯一良方，也绝非令人恐慌的"洪水猛兽"，它是社会发展的一个必然阶段、必由之路。如何在消费社会中摆正心态，不为喧嚣的诱惑所左右，解决物质和精神之间顾此失彼的矛盾，这需要全社会的共同努力，尤其是对当代知识分子的作用应该予以充分的重视。

其次，是以狂欢化为特征的文化语境。当下的文化在消费欲望膨胀的引领下，正呈现出一派狂欢化的景象。最为突出的表现就是传媒娱乐业所具有的后现代"幻象"文化的蓬勃兴盛，随时可见的大型的全民"选秀"节目：上到央视的"非常6+1"、"星光大道"、每年一度的"时装模特大赛"，下到各省市的如"超级女声"、"快乐女声"、"快乐男声"等，以及各种综艺节目、歌舞晚会，不断地为观众奉献超级视听盛宴；就连原本非常"小众化"的节目——"百家讲坛"也开始放弃"高端路线"而走向百姓，不断造就一些全民性的"学术明星"；各种动辄超亿元巨额投

---

① ［美］丹尼尔·贝尔：《资本主义文化矛盾》，赵一凡、蒲隆、任晓晋译，三联书店1989年版，第119页。

资的"暑期档"、"贺岁档"商业"大片"电影占领了电影市场的绝大份额，却鲜见有对现实问题真诚关注的影片；随着网络技术的成熟与普及，发生在网络虚拟世界里的文化事件更是让人慨叹"不是我不明白，这世界变化快"："芙蓉姐姐"、"木子美日记"、"梨花体诗歌"、各种"艳照门"事件等，通过网络提供给亿万用户"喧哗与骚动"的巨大诱惑。"消费社会借着极为丰富的产品、形象和服务，借着其所倡导的享乐主义，借着其所创造的亲近的、诱惑的欣快氛围，标示出了其诱惑战略的波及范围。"① 当下时代特有的一种剧烈的波动和狂欢随处可见，将后现代主义的"个性化"原则在中国大地上展演得淋漓尽致。消费社会不仅为大众提供着丰富的物质享受，同时还意味着为个体提供可以展示自己个性的深度空间与平台，每个人都可以依据后现代游戏的、模拟的、无深度的、无中心的原则，尽情挥洒自己的生命激情。"秀出自己"已经成为时下最为流行的消费用语，才艺可以"秀"，技能可以"秀"，容颜可以"秀"，身体可以"秀"，甚至学术都可以"秀"，仿佛一切都可以"秀"。个性逻辑在此被无限放大，将自身价值的实现纳入商业消费的轨道中，追求自身的"资本最大化"，许多人深谙此道并纷至沓来，制造一个又一个足以使自己"扬名立万"的轰动效应。在极度满足自身欲望的同时，也拆解和排除了传统的价值信念，摒弃精神乌托邦，进行着永无休止的世俗狂欢庆典。"与官方节日相对立，狂欢节仿佛是庆贺暂时摆脱占统治地位的真理和现有的制度，庆贺暂时取消一切等级关系、特权、规范和禁令。这是真正的时间节日，不断生成、交替和更新的节日。它与一切永存、完成和终结相敌对。它面向未完成的将来。"② 这虽说是巴赫金对中世纪欧洲民间狂欢节的概括，但在今天，这样的理论归纳仍然有效。

透过这种狂欢化的社会现实的表面，我们应该清醒地意识到它的本质和所存在的巨大的负面效应。狂欢化的社会景观将当下人们的浮躁心态展露无遗，娱乐传媒业的推波助澜更加重了这种心态的蔓延。英国的特里·伊格尔顿认为：后现代主义消解中心和对不确定性的偏好，使它最终放逐

① ［法］吉尔·利波维茨基：《空虚时代：论当代个人主义》，方仁杰、倪复生译，中国人民大学出版社2007年版，第2页。

② ［苏］米哈伊尔·米哈伊洛维奇·巴赫金：《拉伯雷的创作与中世纪和文艺复兴时期的民间文化》，《巴赫金全集》第6卷，李兆林、夏忠宪等译，河北教育出版社1998年版，第11页。

了终极价值，然而，它仍不是纯净的游戏，它仍是以否定的面孔出现的意识形态。那种媚俗的大众文化通过世俗的甜腻意趣填充着当代人苦涩的心灵，不给人留下反思的空间，并使人将纸醉金迷的逢场作戏当作现实生活本身，从而以"公开的谎言"掩盖了权力统治的实质，以幸福的允诺瓦解了人们批判和否定的能力，平息了人们反思的冲动。[①] 狂欢化景观以一种非现实的幻觉性掩盖着绝大多数人群的生活现实，对这些人来说，主流媒体所制造的这些"幻象"与自己无关，这只是不能期望的梦想，丝毫不能改变自身的生活处境，获得成功的只是"凤毛麟角"的极少数人而绝非媒体合谋制造出的大众集体享受的"真实"。当许多人，尤其是年轻人为这种假象所诱惑，并且趋之若鹜的时候，他们就已经丧失了对现实的基本思考：在亿万人群中脱颖而出，成为明星、偶像的人只是极个别的、偶然的，并不代表所有人都可以成功。这样的现象从逐年增加的艺术类考生群体的数量就可见一斑。当社会充斥着这种浮躁、急功近利的"一夜暴富"、"一飞冲天"的心态时，必然会使人们失落许多传统美德，坚持、刻苦、隐忍渐渐被投机、懒惰、取巧所代替。追求欲壑的满足，使原有的价值观被颠倒，被放逐，传统的道德参照系失去作用，人们误入"价值迷津"中却"乐不思蜀"。当然，在全民狂欢的背后，也有许多文化现象值得关注，比如，新世纪以来，"国学"的持续升温、非物质文化遗产的保护与挖掘、民间原生态文化的开采、民俗节日的官方化等，让人们感受到传统文化的回归，人文精神重建的吁求也越来越强烈。也许我们就是要在这传统与现代，抑或是后现代文化的夹缝里探寻一条平衡的衍进之路，然而，这条路确是"路漫漫其修远兮"。

最后，是以多元化为旨归的文学语境。后现代主义已然降临在中国的大地上，这是谁都不能否认的事实。尽管开始阶段有过质疑、辩难，代表性的观点认为，中国依然是乡土农业社会，充其量只能算是早期工业化国家，这片土地无法也不可能诞生工业社会成熟期才产生的现代或后现代文化思想。这种观点其实没有充分认识到意识形态往往与经济基础存在着不平衡、不同步的特征，是一个狭隘的、教条式的认识误区。现代主义、后现代主义不仅是存在的，而且当它与中国特有的社会现实相结合之后，出现了许多新异的特点，运行出独特的轨迹，显示出社会转型期文学的多元

---

① 参见王岳川《后现代主义文化研究》，北京大学出版社 1992 年版，第 305—309 页。

化格局。从 20 世纪 90 年代至今，深受后现代文化思潮的影响，当下文学的普遍性叙事或宏大叙事作为阐释社会生活的至高地位受到怀疑、解构，甚至是彻底颠覆。"后现代主义是一种文化风格，它以一种无深度的、无中心的、无根据的、自我反思的、游戏的、模拟的、折衷主义的、多元主义的艺术反映这个时代性变化的某些方面，这种艺术模糊了'高雅'和'大众'文化之间，以及艺术和日常经验之间的界限。"① 文学中意识形态化的"巨型寓言"神话，已经被更加个人化的写作立场所取代，文学不再是历史冲突和政治诉求的附属品，放弃了武断的价值立场，代之以对话、交流的方式进行文学阐释。同时，文学活动也不再是一种集体行为，更多的是个人经验的自我独特表现。文学不再是引导人们前行的灯塔，迎合大众趣味成为普遍的文学旨归和动力，理想主义或英雄主义的宏大情感被认为是虚妄与欺骗，商业性、消费性与时尚性文学成为大众的新宠。文学价值评判不再以是否反映社会、历史、民族等问题，以及反映问题的深浅度作为衡量标准，而是以销售量、通俗程度为标尺，利润成为文学前行的推手。文学受传媒调控的特征愈来愈明显，许多文学作品是在被改编成影视剧之后才被大众接受的，这已经颠倒了传统意义上文学作品与影视作品之间的生成时序；网络在当下时代最具后现代文化意义，不仅改变着文学的传播方式，同时也改变着文学的叙事方式与存在方式——偶然性、片段性、感悟式、独语式、私密化写作打破了传统文学完整的艺术结构，并且因为网络所具有的开放性而使得作者、读者之间的界限变得模糊，使文学写作在网络世界里真正实现集体性狂欢。文学写手的大量涌现，打破了传统意义上体制内作家的界限，非体制内自由撰稿人的存在，使文学的意识形态化特征渐行渐弱，并且与主流社会构成抗衡、敌视、批判的关系。文学在打破"一体化"崇高、严肃的艺术追求的同时，走向了平民大众，满足其"闲适"、"娱乐"的文学需求，解构主流话语，挣脱规约性的束缚，并自觉地定义为边缘化的弱势群体，以理当如此的心理意志争取写作的"合法化"与"常态化"。消费性写作以温馨、抚慰式的情调安抚着在现实窘困的境遇中退守的人们受伤的心灵，不再环绕、纠缠于沉重的、悲剧性的、深刻的文学写作策略而显出平面化、温情化色彩，文学发自"灵魂的声音"日渐稀薄，面对世界的"真实的体会"愈来愈少，文学最大的变化就是从政治功利滑

---

① ［英］特里·伊格尔顿：《后现代主义的幻象》，华明译，商务印书馆 2000 年版，第 1 页。

向世俗功利，变得"可亲"而不"可敬"了。

新世纪以降，中国的思想多元化格局、多元文化格局已然形成，民族文化的包容性增强，相对自由的思想空间和传媒环境，使得文学表现的层面与空间增大，丰富、多元的文学格局满足了社会不同阶层的审美、消费需求。但同时，当下的文学现状也确实令人忧虑：文学在多元化的引领下，充满了油滑、戏谑、嘲弄、反讽等修辞性策略，缺乏文学的坚实性，减弱了锐利和挑战，变成了现实的温情抚慰；文学"麦当劳化"（乔治·里茨尔语）的特征极其鲜明——即时速成、流水生产、规格统一、色香俱佳但缺少营养。这样的文学就像"麦当劳"、"肯德基"快餐一样，永远不能成为中国文学餐桌上的"正餐"。"麦当劳化"的文学，集中体现在时下的"青春写作"和"新市民小说"之中，二者的共同之处就在于精彩有余而内蕴不足，才气十足却罕见巨著。与之相对应的是统计学意义上的文学繁荣，由于现代出版业及传媒业的发达，国内每年有数以千计的长篇小说、中短篇小说集、散文集、诗集出版发行，加之各类文学期刊、网络写作、诗歌民刊等，可谓蔚为大观、"文星"璀璨。然视其背后，人们会痛苦地发现，这种单单以数量取胜的文学并非真正的文学繁荣，只是一种"假大空"式的"伪繁荣"，不仅混淆、迷惑了读者的阅读接受，造成令人生厌的审美疲劳，同时极大地浪费着日渐匮乏的社会资源。多元的文学格局也同时意味着文学失却规范，"众神狂欢"其实是一种混乱，是一种容易迷失自我、导致虚妄的个人膨胀的"幻象"。曾几何时，文学与社会、现实、人生等问题密切相关，作家也葆有独立精神、人间情怀和批判立场，人们在文学中总能或多或少地得到审美的，抑或是灵魂的领悟与震颤。当下的文学恰恰在这方面是失位的，作家处理当代题材的能力令人怀疑，无法对现实进行深层的"楔入"，自然也就无法完成"对当代噬心主题的介入和揭示"（陈超语）。究其根源就在于当下作家缺失一种人文精神和理想，缺少匡正现实参与的焦虑感，必然导致文本的精神支撑阙如。消费文化语境中文学作为可以生产的"产品"，其文学的独创性也变得乏善可陈，模仿、雷同甚至抄袭、剽窃现象已然司空见惯。"文化消费……因为不管有意无意，它都是在一个如今已经成为生产的普遍范畴即循环和再循环范畴中被生产出来的。文化再也不是为了延续而被生产出来。当然它会作为普遍要求、作为理想参照而保持着，而且越是当它丧失了其意义实体时越是这样（正如大自然在其遭到普遍摧毁前从未受到过如此歌颂一样），但事实上，它的生产方式决定了它和物质财富一样要屈从于'现实性'使命。"① 在此意义上可以说,"文学终结"的判断并非虚妄、耸人听闻的言论,"屈从于现实性"的作品很难确立自己的经典地位,你方唱罢我登场、旋生旋灭的文学现状将会长时间地存在于新世纪的时间长河里。

二 多元化的诗歌生态

文学的衍进自有其本身的规律,承续与断裂作为悖论性的矛盾真实地存在于文学的衍进过程中。正是基于这样的认知,新世纪以来,关于诗歌特征的争论就没有间断过。一种观点认为,新世纪诗歌不过是 20 世纪 90 年代形成的"个人化写作"的延续,全新的审美趣向和诗歌思想暂时并没有现身,并且认为新世纪诗歌既然是一个"新"的文学界面,那么诗歌总要有一个明确的历史"转折"和"标识",然而这也是缺失的,因此,一味"鼓噪"新世纪诗歌的新异特征为时尚早;另一种观点则认为,中国文学带着稳健而难免浮躁的步履、昂扬而不乏沉郁的神情已然走进 21 世纪,在消费文化生态下,文学的性质已经发生了很大的变化,尽管文学精神属性减弱了,但毕竟文学的新质新面已经得以呈现,这是无法否认的事实;诗歌作为文学中最为敏感、前卫的艺术形式,在反映时代特征方面无疑是最为充分的,比如诗歌中的"肉身化叙事"、"打工诗歌"、"新乡土诗歌"、"诗歌地理学"等主张的提出与实践,显示出诗歌并不沉寂的新世纪身影。那么,新世纪诗歌这一概念究竟能否成立呢?我认为,这个问题也许并不十分重要,重要的是,诗歌在新世纪中有什么样的表现,为诗坛奉献了什么样的文本,透过现象看本质,这是所有文学研究都必须遵循的准则。

(一) 诗歌先锋性的延续

"先锋"意味着勇开新路、标新立异、披荆斩棘的先行者,是现代主义艺术最为重要也最为恒久的特征之一。当代诗歌中的先锋性如果溯源考察,应该可以追溯到 20 世纪 60 年代后期,诗人食指、哑默、黄翔等人以及随后的"白洋淀诗群"作品中的现代感已初见端倪,形成了"广义"的先锋诗

---

① [法]让·波德里亚:《消费社会》,刘成富、全志刚译,南京大学出版社 2000 年版,第 103 页。

歌状态。当朦胧诗浮出历史的地平线之后，先锋诗歌已然形成蔚为大观之势，并直接引领了之后的"第三代诗歌"、海子诗歌到90年代的个人化写作，再到"70后"诗人群、新世纪诗歌，构成了一个连续的历时线索和艺术系列。在这历时性的诗歌潮流的流转中，无论是诗歌内容、语言、表现手法、情绪情感等，在每一次的转换中都与前面的诗潮有很大的变化，但唯一不变的就是具有反叛性、原创性和边缘性的先锋精神。"前朦胧诗"以及朦胧诗开启的先锋精神虽说经过数十年的历练，但是历久弥新，依然执着、清晰地反映在新世纪的诗坛上，焕发出璀璨的光彩。

首先是新世纪诗歌表现出的叛逆性特征最为鲜明，"每一阶段的先锋诗潮都因前一阶段先锋诗潮'影响的焦虑'而萌动，都以对前一阶段先锋诗潮的反叛与解构而崛起"①。作为当下诗坛的中坚力量之一，"70后诗人群"就是伴随着对20世纪90年代诗歌的反叛而声名鹊起、扬名立万的。经历沉寂初期的90年代诗歌，直到最后的时刻——1999年4月的"盘峰论争"②才以喧嚣热闹的"唇枪舌剑"的方式，给90年代日渐萎靡的诗坛注入活力，又使得诗歌重新被人们所关注。在这并不算短暂的10年里，诗歌是在沉潜中前行的，可谓生不逢时，没有了80年代朦胧诗和"第三代诗"被人宠爱有加的幸运，并且社会逐渐完成经济的市场化转型，诗歌愈来愈被边缘化。诗坛在多名诗人——海子、戈麦、骆一禾、顾城、方向等相继自杀的阴霾以及市场化的催生中震荡、分化，不甘心于"在沉默中灭亡"的诗歌需要转型，已经势在必行。以个人化写作姿态介入现实中，在日常生活中挖掘诗意，"叙事"写作意识渐次成熟，诗歌写作沉稳内敛，这些都成为90年代为诗歌留下的可贵资源。任何事物都存在着两面性，诗歌也不例外，90年代诗歌"个人化写作"的弊端也很明显。焦点主题缺失，整体艺术取向分散，甚至将"个人化写作"当成回避社会责任的堂而皇之的借口，过度强调诗歌技艺处理而陷入"技术主义"的泥淖之中，这些弊端无疑为后来者的反叛、超越留下了标靶。

---

① 罗振亚：《朦胧诗后先锋诗歌研究》，中国社会科学出版社2005年版，第4页。
② 1999年4月在北京平谷县的"盘峰宾馆"召开"世纪之交：中国诗歌创作态势与理论建设研讨会"，会议最后演变成"知识分子写作"与"民间写作"之间的一场影响巨大且深远的论战。其中一方是由程光炜、唐晓渡、西川、王家新、臧棣、陈超、孙文波等组成的"知识分子写作"阵营，而另一方则是由于坚、沈奇、伊沙、杨克、徐江等组成的"民间写作"战队。论辩双方就诗歌的话语权、写作资源、写作立场、发展态势、日常经验等问题展开唇枪舌剑，火药味十足。会后，论战在网络上持续进行，由此"知识分子写作"与"民间写作"之间结下仇怨，相互对峙，直至今日。

　　新世纪诗歌出现时最具轰动效应的流派当推"70后诗群"中的"下半身写作"，以一种先声夺人的气势占据诗坛之一隅。这一"狂飙突进"的流派，在世纪初高擎身体写作的大旗，凭借一股强劲的肉体俗美诗风荡扫诗坛，用快感叙事反抗、颠覆权威的"上半身"诗歌的生硬和假面，建立起形而下世界的肉体"乌托邦"，同时用身体觉醒的方式解构90年代诗歌单纯的"语言觉醒"。他们认为，人们的身体在很大程度上已经被传统、文化、知识等外在之物异化、污染，并非纯粹的生命，而是应该"回到肉体，追求肉体的在场感，意味着让我们的体验返回到本质的、原初的、动物性的肉体体验中去"①。并且认为诗歌"不再为'经典'而写作，而是一种充满快感的写作，一种从肉身出发，贴肉、切肤的写作，一种人性的、充满野蛮力量的写作"②。他们旗帜鲜明地宣告："'下半身'的出现意味着营造诗意时代的终结。"③ 在这种"诗歌从肉体开始，到肉体为止"（沈浩波语）的口号下，他们以民刊《下半身》为阵地，进行了大胆的诗歌文本实践，奉献出许多兼具"词语的原生性和暴力化倾向"的"快乐文本"（罗振亚语）。"哎，再往上一点再往下一点再往左一点再往右一点/这不是做爱，这是钉钉子/噢，再快一点再慢一点再松一点再紧一点/这不是做爱，这是扫黄或系鞋带/喔，再深一点再浅一点再轻一点再重一点/这不是做爱，这是按摩、写诗、洗头或洗脚/为什么不再舒服一些呢，嗯，再舒服一些嘛/再温柔一点再泼辣一点再知识分子一点再民间一点/为什么不再舒服一点。"（尹丽川：《为什么不再舒服一点》）这首被许多人视为"下半身"写作第一的"黄"诗，曾经遭到无数人的诟病，甚至谩骂。但是透过诗歌表层，恰恰能发现诗歌以一种"言者无心听者有意"的诙谐，颠覆了人们对"闺房秘事"的普遍性想象，有趣却不乏机智，并顺势解构了"知识分子写作"与"民间写作"之间的无谓论争，同时也暗示出自己的诗歌主张，语言凡俗、简单、清晰而不失诗歌的语感与张力。可以说，这首诗充分体现了"下半身"的诗歌理念，"舒服"是这一派诗歌写作的出发点，"快乐"是他们的原则。此外，南人的《干和

────────────

　　① 沈浩波：《下半身写作及反对上半身》，杨克主编：《2000年中国新诗年鉴》，广州出版社2001年版，第547页。

　　② 朵渔：《我现在考虑的"下半身"》，杨克主编：《2000年中国新诗年鉴》，广州出版社2001年版，第565页。

　　③ 李师江：《下半身的创造力》，《下半身》创刊号。

搞》《伟哥准入中国市场》，沈浩波的《一把好乳》《朋友妻》，马非的《恶作剧似的改写》等，都对原本人们讳莫如深的"性事"不断地加以美化，或是进行坦然地揭秘，旗帜鲜明地扯去掩盖在身体之上诸多社会的、历史的、文化的"遮羞布"，将生命中原始的、野蛮的、私密的本质力量祖露无遗，正视自己最为纯真的生命状态。这样的诗歌写作，毫无疑问是对过往那种诗歌放弃肉体和欲望，直奔文化意义主题的一种反抗与去蔽。

诗歌的身体写作策略如果运用得当，可以成为颠覆、冲击僵化的文化躯壳的利器，如果使用不当、"走火入魔"，则很容易陷入浅薄、低级与媚俗之中，对身体美学进行粗暴的简化，这样的诗歌最后只能剩下本能的荷尔蒙而变成废弃物。诗歌永远不能放弃存在的底线，如果诗歌中缺失了对社会、文化、知识、道德的承诺，只是一味地进行色情的快感宣泄从而损害了诗歌的尊严，这不是真正的先锋诗歌的反叛形态，而是一种真正的堕落。正如特里·伊格尔顿所言："作为一种始终局部性的现象，身体完全符合后现代对大叙事的怀疑，以及实用主义对具体事物的爱恋。因为我在任何个别时刻都无须使用罗盘就知道我的左脚在哪儿，所以身体提供了一种比现在饱受嘲笑的启蒙主义理性更基本更内在的认识方式。在这个意义上，关于身体的一种理论有着自我矛盾的危险，在思想上重新发现仅仅意味着会贬低它的东西。"① 也就是说，身体不仅仅只是生理性的、物质性的，当然还是更重要的精神性存在，如果只强调身体对"大叙事"的反抗意义而陷入肉欲的泛滥，无疑只会贬低身体在生存世界的价值，因此，诗歌中的身体写作必须始终保持着对陷入肉欲暴力的警惕。

其次是新世纪诗歌的原创性。诗歌如何将"下半身"开启的具有先锋叛逆精神的身体写作更好地延续下去？这是摆在众多诗人面前的课题。在经过了世纪初的喧嚣与狂欢之后，冷静下来的诗人们找到了属于自己的原创之路。随着诗坛对"下半身写作"的纠偏，当下日常主义诗歌在身体诗学方面步入一种相对平实、相对智性的状态，或者说是不再像"下半身写作"那样，弃理想、伦理于不顾，而是有了智性的思考和审美的观照，真正回到了"身体写作"的原发点——对生命的深入理解与珍视里。"你拍打我的房门/像一个要与我偷情的男人/亲爱的，现在你可以光

---

① ［英］特里·伊格尔顿：《后现代主义的幻象》，华明译，商务印书馆 2000 年版，第 82 页。

明正大地成为我的男人/你可以光明正大地成为任何一种东西/你可以是一把钥匙/进入我的锁孔，打开我的房门/……你急于进入我的身体，亲爱的/你可以进入我的身体，从我的缝隙进入/我的毛孔，蜂窝一样张开/你可以进入一个男人无法进入的地方/你使我感到我的身体原来这样空/这样需要填充。你可以充满我/你连接导线，让电流进来/此时我的叫声一定不是惨叫。"（宇向：《一阵风》）这是诗人在对"一阵风"进行诗意的言说，是身体与自然物的贴近、融合，身体的自由吸纳显示出生命的活力。感觉细微而真切，语感自在流畅，毫无生涩阻碍之感，可以说，语言魅力尽显无遗。诗歌明显带着"双关"喻义，看似有些男女"性"的意味，实则将身体、生命在瞬间微妙的感觉放大，这是身体诗学高度自觉化的体现。

新世纪诗歌有一种将日常感受身体化的倾向，确切地说，是借用身体来阐释、言说，将平时难以解释、说明的复杂的道理、智性的思考、形而上的玄思诉诸身体之上，用身体的感受取代枯燥的理论阐释，形象、生动，有种"亲历"之感、鲜活之感。"我重又投入诗歌的怀抱/头枕着温馨，双唇吻遍颈项/我解开语词的纽扣，把脸颊贴着胸口/她受到挤压，露出一丝恐慌/我让她忆起昨日的美妙时光/那红润的乳晕像天边的朝霞/她低下头，额上渗出汗水/眼神蕴含着苦难的记忆/她使我陶醉，一种震撼的力量/将我的躯体托升到空中。"（蔡天新：《受伤的乳房》）这是一首阐释诗人和语言关系的诗歌。过去，人们曾经将语言当作一种抒情、释理的工具，或者将语言的运用只看做操作性、技术性的问题，因此，有时在诗歌里就会发现诗人与语言的关系很紧张。譬如，诗人无法控制，导致语言的泛滥，出现了诸如"大词"、"圣词"这样的语言空泛的诗歌；也还会出现诗人"主体"倾向过强所导致的对语言的"操控"过度，诗歌陷入一种文字游戏的境地。这些都是对诗歌的戕害，诗歌成了精神和感觉缺失的空设的语言场。在这首诗中，诗人将语言身体化，诗人与语言是和谐、升华的关系而非对语言的单向度的施暴。"我像寡妇教养老金数我的英语单词/可怜的家伙，我的英语词/我的情人也比你多/你们让我洗去浪漫的心，背诵你/背得我头疼，像剥下我的皮/我的两个天使翅膀/和我一起从头起飞/向我的中文借我的声音/我学你的腔调，你的发音/每样东西都调在一起，做我们的肉/你来写诗，我来弹琴/中文的美人鱼游进了英语/四条腿，两张嘴，扑腾扑腾跳下水/我们游过撒哈拉沙漠游到金字塔顶/或者我们回到四川/拜访我的亲娘/告诉她我们多相爱，如仇人一样/或者如夫妻，/可以彼此折磨，合法地"（邵薇：《英语》）。这是一首将日常的英语学习感受进行身体化呈现的诗歌。在现行的教育体制下学习英语成了一种如"剥皮"般的痛苦折磨，即便"每样东西都调在一起"，最后也只能"如夫妻，可以彼此折磨，合法地"。诗歌传达了诗人对当下汉语文化的担忧，英语已经无处不在地渗透进我们的生活，正在日益侵蚀着我们母语的纯洁性。语言彼此的"相亲相爱"只是一种假象，真实的情景恰如"包办婚姻"一样，妥协、接纳却痛苦异常。诗中的情绪经历了"痛苦—妥协—融合—平淡"的过程，这恰恰是日常生活中某些"婚姻"的写照，一句童谣的引入，更有了一种"游戏人生"的调皮与尴尬。诗人西渡认为，身体是一种综合性的、复杂性的存在，混同了很多关于社会、历史、文化、政治的观念，要想充分表达身体所包括的一切，就要从批判的眼光开始，然后才能形成一种对它的新认识，从而完成一种建设性的写作。这种观点体现了西渡对"身体写作"的智性思考，同时，也看到了他对当下"身体写作"所存在的一些问题的担忧。因为从大量的诗歌文本中看不到对现实、生命问题的介入与批判，只看到了基于"快乐享受"原则下的肉欲横流。这不是真正意义上的"身体写作"，为"性"而诗只能带给诗歌语言的暴力和垃圾的文本。

　　原创意味着"逃避重复、拒绝传统"，开拓诗歌全新的写作路径，创造自身所处时代的诗歌的独特范式，这是每一个诗人都要追求的目标。对前代诗歌的重复、仿写，或是自我复制而没有任何全新元素的出现，这样的诗歌终将被时间汰洗而成为诗歌垃圾。"如果我们长期作为有寄主的描红者出现，而不是从现实生存和生命的原动力出发迹写诗歌，我们不仅不能获具被仿写者的精神深度，甚至即使在形式上也谈不上高标准的自觉。"① 出于对 90 年代诗歌"影响的焦虑"的规避，新世纪诗歌更多地在当下的语境中探询诗歌伦理和技艺的综合调适，完成对现实、生命、文化、历史诸多问题的揭示、对话、追问与批判。将 90 年代诗歌中的"知识分子写作"与"民间写作"的优长之处承续下来，如语言活力、个性写作、原创意识、自省态度、日常主义、智性写作等，同时也摒弃了诗歌语言的滥俗化倾向和技艺的"学院化"弊端，讲究诗歌的语言细节和语

---

①　陈超：《先锋诗歌的困境和可能前景》，人民文学出版社 2007 年版，第 30 页。

感的通畅，叙述中融入戏剧化、小说化、散文化等叙事元素，扩容诗歌语言的多元因子，沉潜中不失张力，纯粹但不生滞涩之感，这些都是新世纪诗歌最为显明的特征和可贵之处。

最后是新世纪诗歌展现出的边缘性特点。边缘性可以看作是诗歌独立性的同义语，是其保持自身独立价值的生存策略，同时更是先锋诗歌无可逃避的命运使然。检视当代诗歌的历史，每一个诗歌潮流的涌现与更迭，都离不开边缘性问题，如朦胧诗相对于意识形态化写作来说，就是边缘地位的写作；第三代诗歌相对于当时成为诗歌"主流"的朦胧诗而言，也是一次边缘性的抗争与颠覆；90年代诗歌以及新世纪诗歌都是因为对前一阶段诗歌的反抗而呈现出一定形态的边缘化特征。"边缘—中心—被边缘"是诗歌亘古不变的生存命运和逻辑，推演着诗歌绵延不绝的恢宏与丰硕。如果说从朦胧诗、第三代诗歌到90年代诗歌潮流之间的更迭属于诗歌内部的边缘化冲动，那么新世纪诗歌的边缘化地位则在内部冲动之外，更多的是由外部力量作用造成的，也就是在商品消费时代诗歌迫不得已的边缘化，"失却了轰动效应"（王蒙语）的诗歌不再是时代、社会的"宠儿"，淹没在闲适散文、官场小说、"肥皂剧"、"贺岁片"、"青春小说"等以消遣、消费为宗旨的艺术形式之中，以社会现实"零余者"的地位独自"饮尽孤独"。诗歌曾被认为是"有闲阶级"的产物，在实用主义、功利主义的时代下，早已疲于奔命的人们已经无心留恋、眷顾生活的"诗意"，精神渐渐萎缩，"诗意的栖居"已经成为遥不可及的梦想。诗人们同样被这种边缘化的处境所焦虑、困扰，诗人身份在当下时代已经不再是一种褒奖、一种羡慕和尊敬，而是有种"五味杂陈"般地羞与人言，甚至有人把这一荣耀当成讽刺和贬损；加之诗歌无法产生立竿见影的经济效益，许多人选择了放弃、离开诗歌，或是在有稳定的经济来源之后才从事诗歌写作，这些都势必会影响诗歌发展的态势。而新世纪诗歌的边缘性特征的内部原因主要表现为诗人有意规避诗歌运动的喧嚣，尽量保持诗歌写作自身的独立性。直接的动因就是发自90年代后期的"知识分子写作"和"民间写作"两大诗歌团体所形成的"帮派意识"。原本在90年代"个人化写作"理念下进行潜心写作的诗人们，突然在世纪末爆发了一场旨在抢夺诗歌话语权的论争，"个人化写作"演变成"帮派"集体出场，表现出不甘寂寞的冲动和进入文学史写作的焦虑心态。进入新世纪以后，人们开始反省、清算这场论争的消极影响,"由于论争的姿态对真正的诗学建设构成的消解,使这场世纪末的诗学论争非但没有提供出有价值的思想或美学向度,反倒掩盖、歪曲了一些有意义的诗学问题,使本来就十分模糊的汉语诗学问题愈加混乱。"① 这一场没有诗学建设的论争、一场使诗坛无端产生自我耗损的"座次"之争必然为人们所不屑。论争双方没有从批评的声音中吸收自我反省、自我超越的动力,从而完成诗歌本体秩序的建立,这不能不为诗坛所警醒。因此,当下诗学的新建构也就显得必然而迫切。于是以"敞开"诗歌空间和建立诗歌本体秩序为目标的诗学新主张的出现也就顺理成章、水到渠成了。"70 后诗歌"、"中间代"、"下半身写作"、"低诗歌运动"、"第三条道路"和"完整性写作"等诗学命名和主张显现出当下诗坛的理论探索与写作活力,显示了在多元化时代诗歌的丰富性与复杂性的美学特质。尤其是这些诗歌理念和诗学命名的提出,都有意淡化"集团"意识,即使像"第三条道路"、"中间代"、"70 后诗人群"等,虽然命名很"集团"化,但实质上都是一些诗人的"志同而道不合"、非常松散化的集体命名,并不具有诗群、流派的真正意义,从他们提出的诗学理念中就可见一斑。如"第三条道路写作"诗群始于 1999 年 12 月,莫非、树才和谯达摩提出了"第三条道路写作"的诗歌概念。"第三条道路写作"试图以一种新的理论介入诗歌写作立场的分歧中,强调诗人个体的位置和基本的责任感,建立起一个超越集团、对立的写作立场。"第三条道路写作"的提出直接源于不满某些诗学流派对话语霸权的把持,并试图建立起一种自由的,并且直接指向人性的写作方式。希望以更具包容性的姿态为诗歌的多元化提供话语空间和创作空间。"完整性写作"的主张由诗人世宾提出,并认为诗人陈先发、鲁西西、哑石、黄礼孩和东荡子是符合这一理论主张要求的诗歌前卫。"完整性写作"的宣言指出:"在自然已经千疮百孔、诸神已遁走无踪的时代,'完整性写作'的唯一目的就是使人重回人性的大地,使人类坚定而美好的活着。在当下,它的首要任务就是对创伤性生活的修复,使具有普遍性的良知、尊严、爱和存在感长驻于个体心灵之中,并以此抵抗物化、符号化和无节制的欲望对人的侵蚀,无畏地面对当前我

---

① 罗振亚:《朦胧诗后先锋诗歌研究》,中国社会科学出版社 2005 年版,第 235 页。

们生存其中的世界，通过对现实的评判而抵达人的完整，以人的完整照亮现实的生存，直至重建一个人性世界。"① 其基本原则可以概括为：注重生活体悟，清洁精神；语言是原生的，有根的；批判性；回归文化本源；本体论与方法论的同一。即使像"下半身写作"、"低诗歌运动"这样的流派提出过具有流派意义的诗歌宣言并进行了卓有成效的文本实践，但是经过最初的喧嚣热闹之后，也逐渐放弃主张，趋于平静而名存实亡了。

诗歌的边缘性问题既是诗歌现实的不幸，同时也是应该暗自为之庆幸的事情。边缘可以引导诗歌走向独立的精神立场、自律的艺术操守，避免被某种潮流裹挟而失去自我、失却诗歌的独立判断能力。边缘姿态以一种疏离"他者"的旁观形象，隐逸、清醒而深刻地切入现实、切近生存，回避诗歌的批量生产和自我复制，不再因为潮流或集团的权力话语的遮蔽而丧失发言权。诗歌应该表现出一种对"集约化"写作的疏离和不屑，以自在自为的方式坚守诗歌存在的底线，这是一种态度，也是一种精神。但是，边缘不意味着逃避，不意味着诗歌责任的丧失。诗歌可以有边缘的姿态却不能放逐精神，诗人对现实应该"凝视"而非"漠视"，葆有诗歌的"纯粹"从而完成对现实的切入、拆解、明示和批判，这是诗歌不可推卸的责任。

（二） 及物性写作深化

及物性写作概念是在20世纪90年代的诗论中出现的，意在概括当时诗歌写作中所表现出的贴近现实生活的倾向，强调诗歌规避乌托邦情结和宏大叙事，注意诗歌对日常生活经验的挖掘和处理，在琐屑平庸化生活的细密褶皱里发现诗意，"从身边的事物中发现需要的诗句"（孙文波：《改一首旧诗……》）。"诗歌作为求真意志的语言历险，永远离不开对现实生存和生命的揭示。它的此在性是与生俱来的，而不是被任何即时性外在情势的变迁赐予的。"② "诗歌的诗意来自我们对于世界、生活的看法，来自我们对于诗意的发现。诗人发现事物诗意的一刹那，也就是海德格尔所说

---

① 世宾：《"完整性写作"的唯一目的和八个原则》，《星星》（下半月刊）2007年第1期。

② 陈超：《求真意志：先锋诗的困境和可能前景》（节选），陈超编：《最新先锋诗论选》，河北教育出版社2003年版，第4页。

人与世界相遇的一刹那，而在这相遇的一刹那，灵感降临的一刹那，人和世界都会有所改变，生活因此变得迷人，有光彩，神秘，不可思议。"①诗歌如要切近生活和现实，必须依靠及物性写作，那种"大词"盛行，只在精神、灵魂层面高蹈的诗歌，永远不可能实现对现实的精妙把握。诗歌与日常生活发生深刻关联，不仅使个人写作获得进入历史、现实的能力，更在于诗歌重新具有了"脚踏实地"的真实感，以及面对现实发出自己独立声音的品格与气度。新世纪诗歌经历过初期后现代的狂欢之后，已经开始反思、调整问题丛生、严峻异常的诗歌现实，"诗人何为"、"诗歌何为"的呼声不绝于耳，如何切入当下现实，处理当代生存经验，已经成为诗人所面临的刻不容缓的命题。切入现实而不能重新沦为某种意识形态的附庸，保持诗歌的独立性而避免与社会"脱节"，新世纪诗歌在处理这种两难处境方面做出了卓有成效的探索与实践。这里要特别强调的是，90 年代诗歌虽然进入及物写作的时代，但当时诗歌所触及的"物"更多的还只是在一般的生活层面上，也就是说，诗歌所表现的现实多是琐屑平淡的日常生活。正像诗歌所写的那样："让我接受平庸的生活/接受并爱上它肮脏的街道/它每日的平淡和争吵/让我弯腰时撞见/墙根下的几棵青草/让我领略无奈叹息的美妙/生活就是生活/就是甜苹果曾是的黑色肥料/活着，哭泣和爱——/就是这个——/深深弯下的身躯"（蓝蓝：《让我接受平庸的生活》）。而新世纪诗歌的及物写作相比 90 年代而言，则明显表现出视域的扩大和深度的强化，也就是表现社会问题的能力得到加强，更彰显出诗歌的当代性与时效性品质。新世纪诗歌之所以得到越来越多人的关注，在很大程度上就是源于诗歌写作重心的变化，即对现实生活的不断介入，将目光投射到社会的弱势群体上，关注社会重大事件，用充盈着人道主义的同情、理解和批判复归诗歌的伦理关怀，显示出诗歌与社会关系的改善。新世纪诗歌一改 90 年代诗歌写作的某些"书斋化"与"小众化"习气所带来的诗歌危机，强调诗歌的公共性、社会效应和责任意识。"底层写作"彰显出重新建立诗歌伦理关怀的努力，把对自身的关怀扩大至对社会的关怀，勇敢地担当起新世纪诗歌的社会责任。诗歌满怀同情、悲悯的目光投射在被遗忘、被忽视的广大底层群众身上，关注他们

---

① 西川：《诗学中的九个问题之我见》，陈超编：《最新先锋诗论选》，河北教育出版社 2003 年版，第 287 页。

艰辛窘迫的生活，以及为生活奔波、劳碌而愈加凄惨的命运。"一只微弱的萤火虫要出卖它的一半光亮／一只艰难飞翔的小鸟要出卖它的一面翅膀／墙的表情木然／我走出医院的大门／又是春天了啊／春天里两个字刺疼我的眼睛／春天里的一只肾　已经或就要离开它的故乡？"（丁可：《卖肾的人》）春天没有让人感到一丝温暖，相反却充溢着无数寒意。诗歌用意象化手法，没有直抒胸臆地表达同情或批判，但其间弥漫着的悲剧情绪更能打动人心。"底层写作"与"打工诗歌"深蕴着普遍的社会良知，也复归着诗歌自身的尊严和爱，在"中产情绪"、"小资情调"弥散的当下时代，艰难而执着地探寻诗歌写作的"重量"，诗歌不再飘忽轻佻，而是在承担社会、文学、艺术责任上不断地自我"加码"，持续地自我负重。辰水的《楼未竣工》、田禾的《骆驼坳的表姐》、邓诗鸿的《9月28日晴：逆行的三轮车》、雷平阳的《战栗》、张守刚的《路边吃早餐的工友》等，都是以不回避现实的超凡勇气直面当下时代的诸多社会问题，深切体现出诗歌的现实主义精神，给人以最敏感、最深层的心灵震动。而新世纪"灾难诗歌"写作则更侧重于对人的生命问题的理解，深入人的生命的"终极关怀"范畴，在关注社会的同时体现出深刻的哲学意蕴。新世纪以来，中国大地一面是欣欣向荣的景象，另一面是饱受摧残、伤痕累累的现实。"非典"、艾滋病、"禽流感"、"猪流感"肆虐，地震、矿难、洪水、旱灾频发，天灾与人祸合谋，夺去了无数人宝贵的生命。面对灾难不断的社会现实，新世纪诗歌表现出极高的、参与现实的能力和意愿，不仅用满怀激情的文本传达出对社会中某些"黑暗"层面的愤怒和批判，而且透过灾难肆虐的背后，对人生命的脆弱与无辜表达出深刻的同情和反思。面对极端灾难与生态危机，诗歌不仅仅是一种声音，更是一种责任、一种态度的体现，这是新世纪诗歌最为重要的特征之一。朵渔的《今夜，写诗是轻浮的……》、韦白的《躺在废墟中的孩子们》、东荡子的《来不及向你们告别》、中岛的《孩子》、南人的《给汶川的遇难者建一座鸟巢》、桑克的《忧心忡忡的死亡》、拉吉卓玛的《玉树，我能为你做些什么》以及网络诗歌《孩子，快抓紧妈妈的手》，等等，无不表现出极为深刻的生命关注与伦理关怀，以及强烈的社会责任意识。

　　如果说，"底层写作"、"灾难诗歌"写作是因为一种短期或者偶发性事件刺激而形成的"非常态"诗歌模式的话，那么，新世纪诗歌中的日常经验写作，则明显属于常态化的书写模式。凭借着对日常生活的持续性介入，诗歌更加贴近世俗生活与人生，在日常事务的棉细褶皱中发现诗意。"日常经验写作，是要把诗歌从漂浮的空中拉回来，因此更需要诗人有独特的眼光，把掩埋在日常经验中的诗意发掘出来，要在灵与肉、精神与物质的冲突中，揭示现代社会的群体意识和个人心态，让日常经验经过诗人的处理发出诗的光泽，让平庸的生活获得一种氤氲的诗意。"① 新世纪诗歌的身体写作更注重生存体验与生命感觉，深刻、自由、无所畏惧地切近现实生活和生存处境，既有快乐原则下的游戏狂欢，更有深邃睿智的哲理思考。借助身体言说日常感受的身体化书写模式，取代了诗歌枯燥、呆板的理论阐释，颇具形象、生动甚至"亲历"般的感觉。日常经验写作在更深层次上展开了自觉的人性探索，诗人们深知"生存之外无诗"的道理，将表现事物的"此在"作为自己的终极价值目标，力求使诗歌摆脱追问本质的艰难与疲惫，回到生存、常识的事物本身和现场，回到凡俗、日常、琐屑的自然本真的状态之中，并从中发现人类的普适性精神。"有什么特别的事在我身边发生了吗？/一对乡下来的年轻夫妇/围坐在圆桌旁，吃比萨。/我看见那男的，每切一块，就分一半/给那女的。他们一直这样，/默无声息地分着吃。/最后的一块，已经蒜头那么大了，/那个男的还是切了一半，给了那个女的。"（鲁西西：《羡慕》）日常主义诗歌的价值就在于从被绝大多数人忽视的、看似无意义的事物中发现诗意，这也是日常主义诗歌的优势所在。诗歌的伦理关怀并非一定要通过所谓的"重大题材"才能加以表现，日常经验书写同样可以表达诸如"人类良知"、"价值选择"、"灵魂皈依"等内容，让人们有充分理由相信诗歌的现实性与道德伦理的复归。坚守诗歌伦理关怀不仅仅体现在诗歌是否在介入社会现实或日常生活时，表现出多么深刻的同情、爱心与悲悯，更重要的是如何以个人化姿态规避主流意识形态的导引，以一种常态化的诗歌写作，持续不断地关注现实，从个人化写作出发抵达"非个人化"的表现境地，从而提升诗歌的精神和艺术品质。新世纪诗歌在表现社会现实和个人生活方面，正经历着从集中爆发到常态书写、集体性表现到个人性承担的转变，也就是将诗歌中的公共话题的短期表现转化为个人日常生活的持续性书写，不再借助群体造势，而是注意探究个人生活中"非个人化"

---

① 吴思敬：《仰望天空与俯视大地——新世纪十年中国新诗的一个侧面》，《文艺争鸣》2010 年第 10 期。

的因素，从而规避社会轰动效应对真正个人声音的遮蔽和挤压。"一旦深入当代诗歌错杂的写作现实中，我们就可以发现与其说是某种既定的'物'被语言所触及，毋宁说及物是文本自我与周遭历史现实间的相互修正、反拨和渗透的过程，它关注的是写作与物之间变化多端的关联而非被现实的所谓真实性所俘获。"① 新世纪以降，诗人关注社会问题和个人生活的能力有了极大提高，真正将个人化写作的诗学理想落实到位，绝不将"个人化写作"当作回避社会良心、人类理想的托词和借口，也不单纯地迷恋诗歌技艺和语言快感，而是拒绝诗魂轻浮，真正以个人方式承担起人类的命运和文学诉求。新世纪诗歌的及物写作一反90年代对"物的澄明"的迷醉而更多地走进现代主义与现实主义的交叉、融合，在保持现代主义的独立、批判、自省的同时，更多地将目光投放到社会生活的多个角落，挖掘那些曾经被"不屑一顾"的生活底层，有了诗歌久未曾见的"烟火气"和尖利的批判声音，这不能不说是诗歌之幸。诗歌是一条鞭，不仅要具有现代主义式的绝望的自我鞭打，还要有现实主义式的社会考问，只有这样，诗歌才真正具有了生存的活力与动力。

（三）诗歌的抒情性传承

抒情性是诗歌重要的组成部分，抒情诗也是诗歌中最大的门类，是最为浪漫的一种艺术，诗歌显现出"强烈情感的自然流溢"（华兹华斯语），诗人的主体性彰显无遗。"浪漫型艺术的真正内容是绝对的内心生活，相应的形式是精神的主体性，亦即主体对自己独立自由的认识。这种本身无限和绝对普遍的东西是对一切特殊性相的否定，是自己与自己的单纯的统一……"② 抒情诗歌将"绝对的内心生活"对象化，按照诗人主体的个性把握内心和外在世界，诗人在表现自我的同时，也将一种带有普遍意义的情感和思想表达出来，因而能引起人们的共鸣。中国当代诗歌的抒情性曾经在"十七年文学"中达到鼎盛，生活赞美诗、政治抒情诗、劳动爱情诗成为那一时期诗歌的"宏大主流"，但因为受意识形态的影响，出现了一些严重的非诗化、非艺术化的畸变，蜕化成承载主流意识的文学工具，

---

① 姜涛：《叙述中的当代诗歌》，陈超编：《最新先锋诗论选》，河北教育出版社2003年版，第115页。

② ［德］黑格尔：《美学》第2卷，朱光潜译，商务印书馆1982年版，第276页。

无法传达对现实真切、灵性、诗意的感知，抒情诗歌强烈的个人化表达被一种集体的、政治的、宏大的情绪所取代、遮蔽，丧失了真正的抒情主体性原则。抒情诗歌尽管是一种情绪的表达，但也不能失掉现实性、真实性，否则就会沦为表面的、轻浮的、虚假的"乌托邦"诗歌，无法触及生命主体的内心世界和个性化生活的复杂本质。当下诗歌的抒情性尽管不被人们提及，但是它依然存在，经过现代诗歌技艺的锤炼与陶铸之后，只不过转化成一种更为内敛化、私密化、生态化的传达，依旧葆有旺盛的存在活力。

首先，诗歌情感传达的内敛化。爱是人类的恒久天性，爱情也是诗歌亘古永恒、常提常新的话题。多少世纪以来，人们用诗歌表达对爱情的无限虔诚和希冀，数不尽的情诗充盈着缪斯的圣殿，咏叹着爱情的自由、神圣和美好，唤起人们隐藏在心底的最为浪漫温馨的柔情。当下诗歌的抒情性有很大一部分与此有关，但是诗歌不再以汪洋恣肆的情感抒发为特征，而是经过诗艺转化成为情绪的细腻抚摸和冷静描摹，倾向于宁静淡远的情绪节制和理性思辨。"北京的雪　广州的阳光/雪在阳光下舞蹈/多美啊，而这仅仅是/短暂的晨光和黄昏/只剩下水声响动/像春天久违的激情/让我动情地看你的身影/像贮木场上姑娘的微笑/人间的嘴像桃花一样小/我要说出的风已带走"（黄礼孩：《我所认定的爱情》）。诗歌情绪是沉潜而内敛的，但是在短短的诗行中，依然能读出诗人对美妙爱情的向往。身心两地的思念情绪经过雪、阳光、微笑、桃花等形象化处理，让人心里陡升怅惘和流连的复杂感受，颇有徐志摩"最是那一低头的温柔/像一朵水莲花不胜凉风的娇羞"般的神韵。诗是一种体验，体验意味着诗歌与生活存在着一种共生性，如何将情绪转化成为日常性的生活经验而非凌空蹈虚般的泛滥，这是当下诗歌处理抒情题材最为重要的技术手段。"你沉默着。你是我的。我在想/你一定是属于我的那个人/你的脸是我从二月到七月一直寻觅的/那个果实。你是那个夏天的花坛/和它们内部发生的激烈动乱/你是属于我的那个柔软部分的蜜/是微笑在门廊上的凳子，是飞上天空/提着灯笼看我去上班的星星"（丁燕：《那一点柔软的地方》）。诗人将人们在产生暗恋时的内心甜美、激动的蒙茸细腻特质展示得淋漓尽致，同样使用情感形象化的处理方式，果实、花坛、蜜、门廊的凳子、星星等与诗人内心情感拨动形成映照，静谧、平和却暗流涌动，动静结合极富一种画面美。尽管每个诗人的情感表达都具有私密性、独特性，但是因为人类某些共通的情感经历和生活经验，依然能使人产生情绪的共鸣。"爱情是你和我/种出的一棵矮树/它不高大，有点粗/生活在底层/脚下是烂的泥土/它把手臂伸向天空/有时我觉得它快乐地长在天上/生活宽恕我/带来对的和错的叶子/在细致轻盈的叶子之间/露出青涩的果子/阳光啊阳光/快叫醒这沉睡的果实"（黄礼孩：《果实》）。这首诗也许和舒婷的《致橡树》形成一种互文关系，但属于两个不同层面的对爱情真谛的揭示。《致橡树》属于朦胧诗特有的意象与思辨融会的哲理诗，高扬人与人平等相处的人生信条，负载着深厚的哲理意蕴。与之相比，《果实》则更具生活化、凡俗化的特点，节制感情的意象把爱情的生涩与希冀结合的复杂状态处理得非常恰切、到位。

　　新世纪诗歌的抒情性不仅内敛，同时受社会后现代思潮的影响，有些诗歌表现出一定的俏皮、游戏、解构的特点。诗人有意将诗歌中原本浪漫的抒情成分淡化，甚至是消解崇高，表现出对生活流的追逐与平民意识的回归，将自己对情感的浪漫幻想放逐至戏谑调侃的境地，以凡俗化的方式彻底将诗歌从精英与贵族气中解脱出来，接近日常生活，演绎平民化、庸俗化的情感和生活，这其中既有作为生命个体的欢愉、轻松，也不乏对生活的领悟、敏感，甚至是对平庸生活无可奈何的愤怒、调侃。"啊！那被压榨的爱情/那多余的爱情/那不够的爱情/那搂抱在一起/然后摔跤的爱情/那我在书房一晃腿/你在卧室/就会头晕的爱情/你那一头晕/就会砸烂所有杯子的爱情/你那一砸杯子/我一个晚上不敢晃腿的爱情/那你给我挤酒糟鼻的爱情/那我给你洗臭袜子的爱情……那又当爹又当妈又当儿又当女的爱情/那不可磨灭的爱情/那除非有一个/先死/才能解决掉的爱情！"（沈浩波：《爱情是一首诗》）与许多抒情诗将爱情视作炽热燃烧或纯情甜美、晶莹明澈的做法不同，诗人将爱情拉近生活本身，还原为吃喝拉撒的琐屑日常，在没有诗性的地方赋予诗性的生活领悟，平淡、琐碎与亲和、执着就在庸常生活中矛盾而和谐地统一在一起，没有以往抒情诗歌的泛滥式赞美，也没有因为庸常而放弃的灰色心理，一切都如生活一样，脉脉流转又不失情趣。

　　其次，诗歌的心灵袒露私密化。所谓诗歌的私密化是指诗歌在传达心灵哲思的时候不再追寻一种哲理的普泛化，不再找寻共通的、具有指导意义的诗歌哲理范式，而是以完全个人化的认知方式介入生活与灵魂，展示诗人独具个性、唯一的对生命、肉体、死亡、痛苦诸般行而上的思考。诗与哲思的遇合是诗歌面对存在的必然路径，"诗原本就是主客契合的情感哲学，诗的起点恰是哲学的终点，最深沉的哲学和最扣人心弦的诗都挤在哲学与诗的交界点上"①。面对生命存在，诗具有解谜的功能和责任，诗歌是世界观的表达形式，诗人作为个体将生命的意义、价值、体验进行澄明、敞开。人的生活反思和评价自我具有不可重复性，因而，也就不可能是普遍的、涵盖一切的，所以说，经过后现代主义哲学锤炼、浸染的诗歌在进行哲理思辨时，更倾向于个性化的内心确认，呈现出一种纯粹的无拘束、不确定状态，以适应当下对自我认知"漂移"的、起伏不定的评价范式。人的抽象思考认知能力和方式随着文明的发展而呈现出一种变化性，20世纪80年代的诗歌对社会、文化，尤其对人的价值的反思追求一种普遍性、整体性，如舒婷的《赠别》："要是没有离别和重逢/要是不敢承担欢愉与悲痛/灵魂有什么意义/还叫什么人生"，追求整体的、普遍的意义，更具有社会性认识意义。北岛的《古寺》、江河的《纪念碑》、杨炼的《北方的太阳》等，思辨的角度虽各不相同但思考的都是具有普遍性意义的问题，这也许就是朦胧诗为何具有轰动效应的缘由所在。新世纪诗歌中的哲理思辨更具有个人化的特点，突出个人独立的声音、风格和话语差异。"人啊，你知道自己的命运吗？整日蚂蚁般忙碌着/却是无处可去——/呵，世界多么空旷！"（扶桑：《世界多么空旷》）在现代哲学中，孤独具有个人化特点，而绝望更具有普泛意义，诗歌用蚂蚁般忙碌喻指人的生命的盲目性，蚂蚁的渺小凸显世界的空旷，应该说，这样的生命体验更多的是自我的、主观的、瞬间的，虽有一定的认识意义，但是对那些没有共同体验的人来说，这一喻指当然是荒谬的、不可理解的。"多么孤独啊/一个人从人世间走过/他留下的/是被别的眼睛忽视的/是被别的耳朵拒绝的/是被别的嘴唇/没有说出的"（泉子：《多么孤独啊》）。平凡的人就是这样悄无声息地来，又饮尽寂寞地走，白驹过隙般没有留下任何值得人们回味咀嚼的东西，人生的价值就是这样的虚无、孤独，惊鸿一瞥间满是彷徨无依的尴尬与无奈。诗歌通过一种人生外在映照的方式反观生命的价值，失名与无名中浸透着伤感与凄苦。泉子的另外一首诗《轻》，则探索了事物"轻"与"重"的辩证关系："生命中总有些足够轻的事物/等待那些有足够力量承接它的人/另一些人说/多么轻啊/那些承接它的人说/它

---

① 罗振亚：《与先锋对话》，吉林出版集团有限责任公司2009年版，第35页。

已经耗尽了我所有的力量"。诗歌演绎了类似米兰·昆德拉的"生命中不能承受之轻"的哲学思考，轻与重矛盾地统一在生命里，对待生命价值的判断，既不能无限膨胀也不能妄自菲薄，这就是生命的辩证法。

诗歌需要哲理以提高诗的品位，诗歌写作也是一种寻求意义、指向意义的活动。哲理诗就是在静观细察中将生存的经验抽象为一种思想，发现寻常事物的哲理暗示、反映，以诗的方式理解、概括生存的本质意义。但哲理诗不是没有"基础"的空中楼阁，不是由"空"到"空"的冥想，哲理诗也不可能只是纯思想的臆造和高蹈，而是应该建立在日常生命的深刻体验之中，并以此为根基升华、探究人之为人的价值、意义和超越诸多问题，这也是哲学产生的基础。新世纪诗歌的哲理思辨恰恰就在日常生活的体验中追问存在的意义，是一种自下而上的提炼过程，诗人依靠对日常生活细节的微妙体察，穿透生活晦暗不明的表象，进而对自身命运、死亡感、遭遇实施反省、"悟道"，揭示出超验的意义。"万物都有它们恒定的高度／当风吹来　树枝会向下弯一弯／以便摸到　它自己的高度／而我们很多人在漫长的岁月中／却还没有学会／去摸自己那恒定的一点／大地上／每天都有很多细小的事物一闪而逝／每天都有很多树叶在树上破灭／但我已无力把握它们"（魏克：《高度》）。新世纪哲理诗歌正如《高度》所揭示的那样，不断地在一次次的探索中找寻自己崭新的、需要逾越的高度。这个高度如大树一样，只有扎根于现实生活的大地上才能生成活力，否则，也许都不如风中的羽毛那般有一种方向感。

最后是诗歌自然关注的生态化。抒情诗歌有很大一部分是歌咏自然的，河流、山川、草原、森林、花鸟鱼虫、飞禽走兽都是抒情诗歌的表现对象，在农耕、游牧文明时期这类诗歌占有相当大的比重。然而进入工业化社会以后，这样的纯粹歌咏、赞美自然的诗歌就变得凤毛麟角、难觅踪迹了，原因就在于工业社会破坏了农耕、游牧时代所构建的人与自然的和谐美妙的关系。由西方社会开始的现代化，其实是一种对自然资源掠夺式、占有式的工业化进程，通过实施对自然界超前、强大的干预实现所谓现代化发展，结果就是破坏了自然界自我生态调节的能力，人类陷入生态危机之中——土地、草原荒漠化，森林锐减，水体污染，臭氧空洞，温室效应，冰川消失，湖泊干涸，物种灭绝，等等，已经构成对人类生存的极度威胁，这一切足以引起全人类的警觉，因此，可持续发展的生态意识的出现对传统工业模式来说，无疑是一场革命性的变革。当下时代生态环保意识已经成为一种时尚，人们已经意识到自己的生存不应建立在对子孙后代资源掠夺的基础上，劫掠式发展已经冲销了所建立的物质文明。有人做过形象的比喻：戴着防毒面罩数着冰冷的钞票肯定没有幸福感。因此，如何使人真正"诗意地栖居"就成为当下时代亟待解决的课题。面对这样的生态困境和"诗人何为"的诘问，新世纪诗歌做出了不错的回答。

用诗的方式唤醒人们对自然生态的关注，重建人与自然的和谐关系，是新世纪生态诗歌的核心内涵，批判与吁求、责任与忧患、守望与希冀在诗歌中传达得淋漓尽致、晓畅明白。"洋溢的青春/在巨斧的利刃中倒下/一些热情的手臂/在熊掌的摧残下骨折/英雄的纪念碑啊/随着咆哮的风沙/……哭泣/春天，本该让希望萌芽/而现在，春风却四处碰壁/还期望什么繁华/血脉已断，风景苍茫/盲目的刽子手/错杀了一个个昂起的头颅/白杨树啊/是谁对你实施了谋杀/……我站在南方的某座城市/关切着下一批白杨的命运/我看到一具具漂浮的尸体/近看是树木/远望是人类自己"（智勇：《倒下之痛》）。诗歌中流溢着愤怒与无忘，警告人类：如果再这样无视自身生存的危机，那么最后倒下的就是我们自己。面对人类生存资源被近乎疯狂的无序攫取，诗人痛心疾首而又无可奈何，欲哭无泪地吁求人类要善待自然和我们自己。生态诗就是要为人类生存提供可以在其上居住的有意义的环境，通过诗歌的努力，为人类的生活创生出一种价值观念。"路指向森林/穿过森林　又是一片空地/红松林正以脚步的速度往后退/在这座城市的空地中/我没看见一株红松/以及与树有关的梦/在这片空地，我们可以住下/盖房，建博物馆/用标本珍藏着记忆/用火烧红松木取暖/脱掉外衣，露出真我/引汤旺河的水洗净自身/面对移动的红松/坦诚相待或沉默不语"（吴群冠：《午夜的尖叫》）。随着"主体间性"理论被人们理解和接受，人们意识到自然界中万物之间是一种平等共生的关系，大自然不能只是作为人类发展的需要而随意支配的资源，人作为地球生物圈中的一环，注定要适应自然环境的需要而非将自然界视作"为我所用"的自由支配的简单材料。人类自我膨胀的"强权意志"已经破坏了人与自然"骨肉相连"的和谐关系法则，迷失本性、自然伦理丧失的人类面对自然万物已经失去了敬畏感，亲近自然、回归自然实际上就是复归人与自然的和谐本位。放弃"人是控制驾驭自然的万物之灵"（培根语）的论调，与自然界协调共生是人类得以持续发展的理论起点和必由之路。只有这样，人类才能重新回到恬然澄明的诗意的生存状态中，"雨后，几场雨后/眼前惊奇 蓝天/心激荡了 白云/定格 我仰头的姿势/久违了 蓝天白云/我深情怀念的朋友/难得一次 相视对望/倾盆大雨变成我的热泪"（智勇：《久违了，蓝天白云》）。自然界犹如一件自我生育的艺术品，人类面对他的时候，只有怀着一颗感恩、虔诚、崇拜的心，才能欣赏到壮美、宁静，倾听它所发出的美妙和谐的音符。新世纪生态诗歌恰恰就是以敬畏、体贴的心态，对人类社会发出满怀忧虑的吁求，对宇宙万物生态平衡与秩序和谐的祈盼，虽然诗歌的抒情方式还有些直率、浅显，技巧有待继续打磨，缺乏诗歌所应该具有的厚重感和凝练性，但是我们不能否认生态诗歌带给人们的冲击和警示的力量，毕竟诗歌是因为一种迫切、忧虑、愤怒、哀伤情绪的直抒胸臆而影响了诗歌的技艺锤炼，这是可以理解的，同时也是应该尊重的。

　　新世纪诗歌虽然在消费文化的语境中退守为一种边缘化姿态，也经历过肉身化的狂欢表演，表现出日益严重的浮躁心态，为新世纪初期的诗坛换来无数骂名，一度被视为诗歌堕落的前奏，但是经过近十年的诗歌锤炼，新世纪诗歌积淀下一种洁净的诗歌精神。诗歌"再神圣化"吁求逐渐深入人心，诗歌文本实践也日渐沉稳健康，诗人将诗歌视作生命的最高体验和神圣宗教，放弃书斋化写作而深刻地楔入当下的社会与日常生活之中，虽然置身于物质欲望的消费语境却能保持诗歌的独立、丰富和尊严，不让诗歌沾染消费时代些许的世俗铜臭，将诗歌从物欲横流的氛围中拯救出来，提升至灵魂澄明敞开的境界，应该说，这是诗歌的福音和幸运。诗歌在保持先锋性的同时，现实精神得以深化，关注社会、民生、环保、灵魂诸多的努力，让人们有理由坚信新世纪诗歌将在自身沉潜、寂寞、边缘化的处境中，坚守住诗歌的现实担当和精神固化，在诗歌的长河里留下精彩而永恒的瞬间。

三 研究范围、现状与方法

　　新世纪以降，诗歌已经走过并不平静的十年，诗坛显现出不同于以往的诸多新异特征，与 20 世纪 90 年代相比，诗歌嬗变更迭现象显得非常突出。诗歌的出版、传播方式有了较为鲜明的变化，主流刊物、民刊与网络构成了诗歌传播"三足鼎立"的局面，并且出现三者彼此融汇的迹象，这是有别于以往主流刊物与民刊截然对立局面的新现象；诗学建构方面也卓有成效，一改 90 年代的诗学沉寂，和"知识分子写作"与"民间写作"简单的二元对立局势，在多元理念的支撑下，提出许多新的诗学主张，如诗歌地理学、第三条道路、完整性写作、神性写作、低诗歌运动、生态诗歌、打工诗歌、底层诗歌，等等，并且就诗歌伦理、诗人道德底线、诗歌标准、网络诗歌、后口语写作等问题进行了讨论与争鸣，有效地推进了新世纪诗学理论的建构；各种诗歌流派无论在团体内部还是与外部的交流都显得非常频繁，在共生共荣、多元的文化语境中，非此即彼式的对立、争论的声音正在减弱，而代之以认同、商榷的态度处理诗歌的分歧；诗歌延续了 90 年代的"及物写作"传统，并且有所推进，出现了一种关注民生疾苦的"新及物写作"诗歌，具体表现在打工诗歌、地震诗歌、新乡土诗歌以及日常性写作、城市诗歌等方面，这是新世纪诗歌研究不可忽视的重要现象；新世纪诗歌技艺更加纯熟，无论是诗歌叙事、后口语写作，还是诗歌意象的运用都比以往有了很大的改观。另外，新世纪以来诗歌事件层出不穷，令人目不暇接，"梨花体"事件、诗人假死、自杀、裸体朗诵等，以及大量的诗会、研讨会、诗歌节、诗歌奖等诗歌活动，都极大地刺激着中国当下时代的诗歌神经，纷繁的诗歌现象究竟是诗歌的"复兴"表征，还是诗歌即将陷入新一轮"沉寂"的前兆，这还需要批评者冷静、客观地给予甄别。在现时消费语境下，新世纪诗歌在表现内容方面毫无疑问已经发生了很大的改变，出现了许多以往从没出现过的社会与现实生活状况，这就要求诗歌在表现技巧方面也能"与时俱进"，方可有效地处理当下复杂的深层经验，把握具体生存的真实性。新世纪诗歌现象迭出，为诗歌研究留下了很大的空间，同时也需要对这一时期的诗歌道路进行及时梳理。而诗歌批评界也给予了新世纪诗歌客观、及时的关注，这无疑对形成诗歌写作与批评之间的双向交流、良性互动的局面，具有非常重要的意义。

综观当下的诗歌批评，无论对现时诗歌存在的文化语境所做的分析，还是对诗歌文本及诗人的批评，尽管不乏深刻的学理建树，如首都师范大学的吴思敬、王光明，北京师范大学的张清华，中国人民大学的程光炜，厦门城市大学的陈仲义等，都在诗歌批评方面有着不俗的业绩，但还是存在着诸多的遗憾，主要表现在以下几方面：批评显现出"只见树木不见森林"的局限。新世纪诗歌已经进入批评视野，但是呈现出一种局部化、零散化的批评局面。具有宏观性课题研究的文章、论著，如吴思敬的

《本世纪初中国新诗的几种态势》①《新世纪十年：一轮不温不火的诗歌热正在中国大陆悄然兴起》②，王光明的《近年诗歌的民生关怀》③，罗振亚的《喧嚣背后的沉寂与生长：新世纪诗坛印象》④，陈仲义的《中国前沿诗歌聚焦》⑤等。然而这样的文章、论著在新世纪诗歌研究领域并不多见，更多的是一种局部研究，所关注的诗学问题很多，诸如诗歌的文化语境、诗学标准问题，诗人群体流派、诗歌与现实人生的关系，诗歌的"再神圣化"，诗歌传播、诗学主张以及诗歌技巧等问题，但是还没有形成比较全方位的宏观把握。本课题尝试以宏观、整体的视角对新世纪诗歌进行整合性、系统性以及有深度的拓荒研究。改变当下诗歌研究中的零散化、局部化特点，尽量做到宏观把握与微观透视、宽幅视野与学理深度的融合。因为成熟的研究需要客观、准确的梳理，还要有创建性的思想观照。批评滞后于诗歌创作。当下的诗歌研究普遍存在着理论滞后于创作的特点，而研究批评不能总是亦步亦趋地跟在创作的后面进行总结式探讨，需要和创作保持同步或是趋前性，及时、准确地把握诗歌律动的脉搏，与诗歌创作保持一种良好的互生共荣的态势，方不失研究批评的准则。新世纪诗歌出现了诸多现象，需要准确地对之加以定位。如诗歌传播渠道日趋多元，仅仅以传统的出版原则来看待的话，研究对象中将失去大量的优秀诗歌；新及物写作所带来的诗歌的又一次繁荣，与传统的现实主义创作不同的是，新世纪诗歌融入了许多先锋视角，陈旧的批评话语对此已经无能为力；诗歌创作主体的写作正在持续生发，如何更好地审视、前瞻其发展之路，是诗歌批评不可推卸的责任。关于这些问题的整体性研究尚未问世，这不仅无助于诗歌的发展生态，也是研究者的失职。许多研究空白尚需弥补、填充。新世纪诗歌正在发生、发展，旧有的诗歌研究理论几近失语，传统方法已然失效；诸多诗坛的新变化、新现象、新面孔层出不穷，追踪研究之余尚留有大量空白。如新的诗学主张的意义、价值和缺陷何在？诗歌技艺在 90 年代诗风的影响下又有何种新气象？商业化语境中诗歌将如何生存与坚守？这些问题亟待解决，以便更好地指导诗歌写作的

---

①　《诗刊》2006 年 5 月上半月刊。

②　《诗潮》2010 年 11 月号。

③　《河南社会科学》2006 年第 11 期。

④　《天津师范大学学报》（社会科学版）2008 年第 4 期。

⑤　中国社会科学出版社 2009 年版。

前行。

　　我以为，诗歌研究不仅仅是对历史现象的梳理总结，还应该具有现时性、时效性以及前瞻性。其一，及时探寻、追索新世纪诗歌的律动变化并加以宏观、整体性观照，尤其是对新世纪以来出现的诗学理论加以判定，是本课题的创新之一。其二，诗歌关注的多方位性，带来了本课题中理论的多元，将综合运用如社会学、文化学、语言学、精神分析、现象学、新批评、传播等理论方法。另外，把先锋诗歌、现实主义诗歌以及抒情性诗歌统一纳入视野之内，单一理论将会无法涵盖之。其三，新世纪诗歌研究普遍关注诗歌的外部表现，而诗歌内部技艺问题的探讨则相对较弱，本课题对新世纪诗歌中的技术问题将予以更多的深入分析，亦可视为创新之一。力求全方位、多角度地对新世纪诗歌现象进行宏观追踪，同时对诗歌本体加以微观细察，以揭示新世纪诗歌在全球化、商业化语境中的生存现状，探索其自身发展变化的律动规则及经验教训，是本选题的重点所在。新世纪以来诗歌传播出现了新形态，尤其是民刊与网络的发展，诗歌在传播领域表现出方式的多元化特征，本课题将运用传播学理论加以辨析，确认其价值与意义；新世纪诗歌的理论建构丰富驳杂，肉身化写作、荒诞写作、神性写作、草根写作、生态写作、诗歌地理学、第三条道路写作、完整性写作等，本课题将重点选取其中后三个代表性诗学理论加以论述；新世纪诗歌的文本实践非常丰富，既有上文提到的"肉身化写作"等，也有"青春写作"、"知性写作"、"及物写作"，我认为，新世纪以来诗歌最具代表性的文本实践是一种"新及物写作"，尤其是对社会问题的倾力介入，彰显着新世纪诗歌现实精神的回归，本课题将对之予以重点关注。诗歌技巧也有诸多变化，如新质意象的出现、诗歌叙事方式的转变、后口语写作等，构成了新世纪诗歌技艺的主要特征，本课题将其列为主要关注对象。由于需要对浩如烟海的诗歌现象进行甄别、选择，加之理论使用的多元化特点，本课题完成的难度加大，笔者力求从这些方面寻求本课题的突破与理论创新。本课题以新世纪诗歌作为研究对象，力求深入把握新世纪诗歌的律动规则，勾勒出当下诗坛纷繁变化的图景，以期最终完成一部厚重扎实的《新世纪诗歌研究》。研究的主要方法是，注意将诗歌的外部历史研究和诗歌内部的本体研究结合起来，梳理、甄别繁杂的诗歌现象与诗歌文本，运用社会学、历史学、文化学、传播学、符号学、心理学、新批评等方法使之达到准确的理论概括，努力做到诗歌的宏观概括与文本的微观探析的融汇，以史料、现象、文本为基础，力求更深层次地进入当下时代的诗歌现场。

第一章

新世纪诗歌的传播方式

"接受美学"理论认为，文学作品在完成之后就进入读者接受、阐释的阶段，一部作品的价值和意义必须听凭读者或欣赏者内在的自由来评判。我认为，在读者接受的过程中，文本传播的意义至关重要，任何艺术要想被人们理解和接受，都需要一定的传播渠道。只有进入某种渠道进行广泛、有效地传播以后，才有机会被人们所认识和接受，这是作品和读者之间不可或缺的桥梁与纽带，无论是纸质文本还是电子文本、音像视频等，出版传播的作用不可忽视。当今时代信息传播异常活跃、迅猛，技术更新日新月异，尤其是电脑、网络以及激光照排等科技的普及、应用，带来信息的高速、便捷、瞬间的广泛传播，不仅更新、改变着人们的思维观念，而且也为文学艺术的传播提供了诸多便利条件。传媒手段日趋丰富多样，书籍、报刊、电影、电视、手机、网络都在文学接受的传播中发挥着重要作用。每年各种文学出版物不计其数，单单长篇小说的出版就有上千部，中短篇小说、散文、诗歌、报告文学等出版物更是数不胜数，令人目不暇接，加之网络技术的成熟与普及，使得文学的传播更加多元化。尤其是网络文学的兴起改变了传统出版物从作品到读者的单向传播历程，读者可以随时随地以"接龙"互动方式在网络上参与文学写作过程，作家写作也不再是封闭的自修自为的过程，而成为一种开放空间的写作，呈现出"全民性"参与写作的狂欢态势，这无疑增大了出版传播的容量。新世纪以来诗歌出现复兴态势，与多种出版传播方式的出现有着密不可分的关系，并且呈现出传统国家出版诗刊、民刊、网络三足鼎立的局面，加之诗歌在贺年卡、手机短信、媒体广告、明信片、书签、各种宣传招帖中的不断涌现，虽然有些不能算作严格意义上的诗歌，但是里面洋溢的诗性和诗感还是让人感受到"诗歌春天"的来临。

　　诗歌在新世纪中所表现出的旺盛态势，不仅有出版、网络传播的功劳，而且各种各样的以诗为主题的社会活动对诗歌的复兴起到了推波助澜、不可小觑的作用。各种主题诗歌朗诵会、研讨会、诗集首发式、诗人媒体见面会、签名售书以及各种诗人纪念活动等成为当下诗歌传播的一种方式，一时间诗坛群"会"并起、蔚为壮观。当下社会经济活动中有一句非常俗套的习惯用语，就是"××搭台，经贸唱戏"，各种文学、文化、艺术活动都可以成为拉动区域经济 GDP 的"马车"，因而和经济扯上千丝万缕的联系。诗歌也不例外。许多和诗歌有关的活动都被用来作为宣传某个地区、城市形象的工具，许多人在"热心"地、不遗余力地促成诗歌活动的背后，其实隐藏着一种"GDP 焦虑"，因此，当下经常会遇到各种与诗歌相关的活动，如诗乡、诗林、诗墙、诗碑，甚至还有诗漂流、诗医院、诗宣言、诗公约、诗稿拍卖、诗歌排行榜，等等，也就不足为奇了。就连老牌杂志《诗刊》也不能免俗，经常能看到"××地区（或城市）诗歌"的专题组稿，稍稍品读就会一目了然，几乎全是以前"颂诗"的翻版和变种，这种经常在商业电影中见到的"广告植入"式诗歌组稿，其真实目的昭然若揭。如果说，"柔刚诗歌奖"、"鲁迅文学诗歌奖"、"人民文学诗歌奖"、"十月诗歌奖"、"艾青诗歌奖"、中国作家协会诗刊社的"华文青年诗人奖"等评奖活动还是在文学诗歌范围内的活动，那么各地争先恐后地承办颁奖活动就显得用心良苦了。现在"诗会"活动多如牛毛，"谷雨诗会"、"西峡诗会"、"邯郸诗会"、"华源诗会"、"大理诗会"、"银川诗会"、"西部诗会"、"青春诗会"，甚至还有"泰安世界诗人大会"、"青海湖国际诗歌节"等，此外，由《诗刊》社发起的"春天送你一首诗"大型诗歌活动，原本只在"京沪穗"三地举行，现在已经发展成多个城市联合、联办、联动的诗歌活动，从中不难体会到新世纪诗歌的"浓浓春意"。我们不怀疑这些活动对诗歌发展所起的客观作用，但是隐藏在活动背后的真实主观动因却值得商榷。我们一直反对将文学艺术依附于国家意识形态这种做法，但是现在却陷入了一种"经济意识形态"之中，成为拉动经济、扩大区域宣传的手段，这种诗歌活动背后的"非诗化"倾向值得诗坛警惕。此外，诗歌内部的"非诗化"事件也在一定程度上损害了当下正在日益复兴的诗歌外在形象，如"梨花体"事件、"裸体朗诵"事件、"诗人假死"事件等，让人们深切体会到一种诗歌"狂欢化"的疯狂与无聊。这些正面的、负面的、毁誉参半的诗歌事件的频繁出现，极大地刺激着人们的神经感观，无论是出于热忱关注还是被动接受，都要将目光投向这一原本已经十分沉寂的诗坛，轰动喧嚣之中显示出新世纪诗歌不甘寂寞的身姿，但同时也不由得使人怀疑当下诗歌复苏的真实性。文学艺术包括诗歌在内，都是靠文本发言的，如果诗歌不从内部挖潜、完善、提升诗歌的品位，只是依靠旋生旋灭的"事件"、"活动"来吸引人们关注的目光，现在看来，这种诗歌的短期、爆炸效应终将无助于诗歌的发展，只能成为人们茶余饭后的无聊谈资，被人们"一笑而过"地遗忘干净。在种种喧嚣的诗歌活动、事件中，我们欣慰地看到一种诗歌"去边缘化"的努力，在提高人们对当下诗歌认知程度的同时保持着诗歌的独立品质，这种探索精神是值得肯定的，但是应该摒弃那些"非诗化"的病态元素，还诗歌一个自由、纯净的发展空间，不要被消费时代的"拜金主义"所侵蚀和奴化，在摆脱政治意识形态的同时，避免陷入经济的泥淖中而再次失掉自身的独立性。正是看到了诗歌狂欢化背后可怕的寂寥，有诗人和评论家才提出诗歌"再神圣化"的口号，目的就在于对诗坛的非理性狂欢发出苦心孤诣的预警。

当下诗歌的出版传播渠道尽管日渐多元化，但主要还集中在国家出版刊物、民刊和网络三种方式上，这三种方式构成当下诗歌出版传播的三足鼎立态势，并以各自的资源优势在诗歌传播中扮演着属于自己的角色。

第一节　国家出版物：延续传统的阵地

消费时代中文学传播媒介日益大众化、时尚化，并不断消解、侵蚀文学的纯粹性，纯文学刊物的生存空间逐渐萎缩，生活中经常见到的场景是人们手里的阅读物通常是《小说月报》《时尚》《瑞丽》等消遣类杂志，而纯文学刊物在日常生活中几乎难觅踪影，只有在图书馆、阅览室以及专业人士的办公室等场合才能见到。如何在消费时代赢得纯文学刊物的立足之地，拯救日渐衰落的颓势，这是所有纯文学刊物在当下亟待解决的问题。改版改制、纳新转轨就成了当下纯文学刊物热闹而无奈的探索。国家出版的诗歌刊物，如《诗刊》《星星》《诗选刊》《诗歌月刊》《山花》等，在坚持国家办刊方针的同时，办刊方式、诗歌选稿形式虽然有所微调，但是办刊的基本原则没有发生改变，依然延续多年来形成的独具特色的办刊传统，保持着刊物的优势资源。如《诗刊》

多年来一直坚持"刊载诗歌作品，繁荣诗歌创作"的办刊宗旨，推出无数诗人，名篇佳作如林，为诗歌发展做出了巨大贡献。近年来，为了顺应社会的需要，于2002年由月刊改版为半月刊，原有《诗刊》成为上半月刊，重点刊发诗坛名家的精品力作，充分展示当下诗坛的写作态势和诗歌理论争鸣，而下半月刊则集中刊发青年诗人的探索新作，这无疑加大了刊发诗作的数量，对扩大刊物影响力的作用是巨大的。《诗刊》是中国诗歌刊物的最高级别，多年来，该刊物办得沉稳、严肃，一成不变的选稿宗旨和严格的办刊方略使得刊物缺乏灵动感，总是一副拒人于千里之外的古板面孔，直接影响了刊物的受众面。尤其在当下的消费、多元、现代的文化语境中，缺乏创新勇气的刊物，其命运可想而知。只有顺势而动、因困求变的灵活、开放的办刊策略才能使之立于不被淘汰的行列之中。同样，作为老牌诗歌名刊的《星星》也历经了改版改制的过程，2002年推出下半月刊，以拓展刊物的市场空间，2007年下半月刊正式改版为诗歌理论与诗歌批评的专业刊物。在继续秉承当代性、经典性、信息性和权威性的办刊宗旨的同时，积极探索、拓宽刊物的生存发展空间，顺应市场化需求，将作为下半月刊的理论卷以改制转企的方式推向市场，实行刊物的自负盈亏战略。《星星》"以刊养刊"的实践证明，当缺少国家扶持的刊物在得到强大的资金注入后，只要遵循文学艺术的自身发展规律办刊，同样可以使刊物焕发出生机与活力。这不同于一般学术期刊的"以刊养刊"战略，许多学术期刊为了所谓"版面费"而降低学术文章的质量，这不仅不利于学术的健康发展，也损害了刊物自身的声誉和影响力，暂时的经济效益已经冲销了多年精心培植起来的声望，其负面效应已经被释放出来，这是有目共睹的。传统名刊《诗潮》在新世纪诗歌刊物改版改制的浪潮中也不甘落伍，2008年进行全新改版，由原来的双月刊改版为月刊，并特设"本刊特稿·人间好诗"栏目，承诺每首入选该栏目的诗歌稿酬为1000元、年终评选出两位诗人并重奖1万元，目的就是要用较高的稿酬吸引诗歌佳作，提升刊物的知名度和影响力。应该说，这种"重奖"策略在纯文学刊物中不算首创，但是很有代表性，既要坚守纯文学品位，又要实行开放式办刊，引入多元竞争机制，身处消费语境之中就要按照经济规律办事，这也是刊物为了自身生存而采取的无奈之举吧。

一　办刊策略的转变

新世纪以来，各种老牌诗歌刊物几乎同时进行改版、扩容和纳新，纷纷办起了下半月刊，出现了极其鲜明的"下半月刊现象"，值得人们对之进行深入探索。毫无疑问，推出下半月刊的策略对整个刊物来说，无疑增大了发行空间，扩大了诗歌刊物的影响力。据不完全统计，《诗刊》在改版后的一年里比往年多发表诗歌 2000 多首，有 600 多人次的青年诗人在《诗刊》下半月刊上展示自己的诗歌作品。《星星》诗刊的下半月刊在没有改版为理论卷之前，以发表网络诗歌为主，为大量优秀的网络诗歌作品提供了一个在纸质媒体展示的机会。这些下半月刊的出现一方面是诗歌刊物为自身的生存发展而谋划的办刊新举措，因为在当下时代，纯文学刊物的生存空间受到时尚杂志和网络传媒的双重挤压而日渐萎缩，刊物必须寻找新的生存空间和发展路径；另一方面，相比较时尚杂志的"财大气粗"和网络传媒的"经济实惠"，诗歌刊物没有明显的经济优势，如何吸引读者、扩大发行量是刊物必须考虑的实际问题。下半月刊的出现无疑使作品发行量增加一倍，并且有更大的空间关注诗歌理论的探索问题，这样，刊物的"厚度"就不仅仅是外在形式上的，更是内在品质上的。

但是，诗歌刊物创办下半月刊也带来了诸多问题，其负面效应同样鲜明地存在着。在诗歌媒体扩展的同时，作品的泥沙俱下现象就随之而来了，诗人增加了发表作品的机会，"优中选优"的精品意识必然淡薄，好诗已然减少是个不争的事实。尤其是随着刊物发表诗歌数量的增加，"人情稿"、"关系稿"、"商业稿"、"刊授稿"等的数量也直线攀升，刊物声誉必然遭到极大的损伤。出于商业因素考量的办刊理念使得刊物陷入"拜金"漩涡之中，多数下半月刊的运营并不掌握在刊社手中，因为疏于管理而造成下半月刊成了"敛钱机器"，诗人发表作品要付一定数量的"版面费"，办刊收费的违法性是不言自明的，这与当初诗歌刊物改版时的"以刊养刊"的理念是背道而驰的。所谓"以刊养刊"并不是收费办刊，而是说刊物将一部分资源拿出来吸引"具有足够经费来源"的机构、团体或个人办刊，这样既盘活了刊物资源，减轻了生存压力，又为刊物发展注入了足够的活力。因此说，诗歌"下本月刊"现象的出现在新世纪诗坛是一个新事物，其中的利弊权衡需要时间来检验，单纯地"捧"或"棒"的评价都有失客观与公允，应该冷静地对待其发展过程中的损益扬弃，这样的做法不仅对刊物的生存有益，而且对诗歌的发展有益。

长期以来，文学期刊出版发行的运作结构和方式处于计划经济体制内，所谓"皇帝女儿不愁嫁"，出版发行属于配给制方式，出版社几乎不需要担心刊物的销路，即使有刊物出版后的滞销积压现象，由于受计划经济体制的保护，仍然可以依赖国家财政拨款而衣食无忧。在这样的经济体制的"呵护"下，许多文学刊物的办刊理念、运作方式呈现出单调性、封闭性，缺乏生气与活力；加之文学刊物由各级各类文联、作协、学会主办，条块分割现象非常严重，刊物之间的雷同现象比比皆是，都力求"大而全"，结果就造成刊物特色模糊、定位不明，无法适应市场经济来临后的生存竞争，因此，新世纪以来各种文学期刊改版改制现象增多也是顺应形势的必然选择。但是，梳理这几年来文学期刊改版后的运行状况可以发现，许多刊物在改版问题上"误区"很多，并没有带来预期的效果。比如一些刊物本着"船小好调头"的"游击"理念，在没有对市场需求做足充分调研的情况下急于转向，市场需要什么样的文学，期刊就趋之若鹜地迎合，热衷于追逐具有鲜明实效性的题材，市场需求一旦发生变化就随风而动，转来换去之间不但没有赢得预期效果，却失去了原有的、较为稳定的读者群，甚至在市场竞争中迷失了文学方向，成为导向时尚、消费的娱乐休闲刊物，最为显明的例证就是原本为纯文学刊物的《湖南文学》《漓江》，分别改版为《母语》《中外烟酒茶》，冒着失去文学读者的风险而"锐意改革"的结果必然会被文学读者所抛弃。

文学期刊改版后的一种普遍做法就是"题材开掘"，早期如《上海文学》力举的"寻根文学"，《收获》对先锋文学的持续关注，《钟山》对"新写实小说"不遗余力地"联展"，都为文学期刊赢得了无数美誉；随后就有期刊追逐如"80后文学"、"70后文学"、"打工文学"，甚至还有欲望化特征非常鲜明的"美女文学"等，一时间各种"题材"文学被纷纷命名推出，着实让人感到文学的"丰富性"特征。许多办刊者本着这样的理念：既然在"名刊"排行榜中不具优势，那么就在"精品栏目"上做足功课，有些期刊还推出了"模糊文体"、"跨文体"、"无文体"等文体概念，争取"以点带面"从而使刊物立于不败之地。应该说，这种"定向爆破"式的办刊理念对刊物生存的意义很大，在各种"大而全"刊物的遮蔽下找到一片生存空间，品牌栏目的创建具有一定的优势，而品牌的创生需要一个漫长的积淀过程，这又不利于刊物迫切摆脱眼前困境之需，于是题材的"开掘与炒作"就被当成刊物的"救命稻草"而煞费苦心地经营、推动，实践表明，这是刊物得以生存发展的不错选择，许多刊物就是因为有了一两个精品栏目而吸引了众多读者，为刊物换来了很大的生存空间，这是一种名利双收的经营策略。

诗歌刊物同样也运用题材概念进行栏目经营，借助题材发掘巩固刊物的地位以及吸引读者，扩大刊物的影响面与受众面。栏目是一本刊物的窗口，一个好栏目能带动一本刊物的兴盛。2006 年，《诗刊》着力打造一系列精品栏目，如"组诗部落"，刊发大量实力派诗人的作品；"原创诗作"重点推出具有原创意义的诗人及作品，对中国原创诗歌进行不遗余力地宣传呐喊；"诗人档案"则每期重点推介一位诗人，既有"作品回放"，又有"新作展示"，还附有对诗作的评论文章，全方位地展示诗人的成就；"新星四人行"于每期推出四位诗坛新人的作品，在令人耳目一新的同时也起到了扶持新人新作的作用。2005—2006 年，《诗刊》先后推出"女诗人作品辑"、"女诗人作品选"、"新世纪十佳女诗人专栏"等，对提升女诗人作品的影响力及读者的关注度起到了很好的作用。《诗选刊》近些年来也加大了刊物的策划力度，在相继推出"中国民间诗歌专号"、"中国女诗人作品专号"等专号期刊的同时，一些特色栏目也陆续面世，如"小说家的诗"、"新民刊"、"博客诗选"、"九十年代"等，形成了刊物的特色并且能够坚持自己的纯文学办刊理念，在当下时代实属难能可贵。《星星》诗刊在栏目设置方面非常具有创新意识，充分体现出刊物前卫性的办刊宗旨。2000 年 1 月号就推出了"新世纪诗坛"栏目，3 月号刊出"新世纪诗坛——女诗人新作专辑"。此外还有"世纪诗心与文本内外"、"跨世纪星座"、"新秀 T 型台"等栏目，在世纪之初就敏锐地捕捉到诗歌的新质变化，为新世纪诗歌摇旗呐喊。2004 年，《星星》诗刊联合《南方都市报》和新浪网共同推出"甲申风暴·21 世纪中国诗歌大展"，从个人、网络、流派、民刊等多个角度呈现当下诗歌的生态与风貌，其规模与意义堪比 1986 年《深圳青年报》和《诗歌报》的"现代诗群体大展"。

许多诗刊的改版并不像有些杂志那样一味地倾向于读者的消费需要，而是在保证诗刊的纯文学品质的前提下对栏目进行局部微调。作为纯文学刊物，若想保持自己的办刊理念，很重要的一点就是要在栏目特色方面进行苦心孤诣地探索，并且不断地挖掘新题材、新视点，从而形成对读者的长期吸引力。"刊物只有扬弃泛化模糊的读者定位，重新选择，瞄准某一特定的读者阶层，才能在市场竞争中获胜。期刊的读者定位，应该通过栏目的策划，体现这样一种倾向，即面向某一读者群体的某一个或几个方面，这样才有较强的针对性，并体现出个性特色。"①诗歌刊物以"专号"或"专辑"的形式对某个特殊问题（如"5·12"汶川地震诗歌专号），或是某个特定群体（如女诗人）的诗歌进行集中关注，可以形成一种较为普遍的诗歌阅读的"轰动效应"；而特色栏目的持续开办可以满足读者对一类诗歌或诗人长期关注的需要，二者可以形成一种互补关系，刊物因此也就有了"短期效应"和"长期效应"的共同作用，可谓是"名利兼收"的聪明举措。但是，问题也随之而来了，就是这种概念炒作为文学带来了许多困扰，概念、题材满天飞，使原本就混乱不堪的文学史写作更加艰难。因为一旦某种文学概念或题材得以站稳脚跟，在当下文坛产生一定的影响，那么必然会被文学史写作者所关注，否则就属于文学史家的"短视"行为，这是许多文学史家都不愿做的事情。现在看来，很多文学概念的提出与命名都带有一定的盲目性、偶然性，并不是经过长时间的思考、研究得来的，多是灵感突现的产物，比如，"中年写作"与"中生代"、"中间代"、"60后写作"之间存在着很多交叉重叠的地方，彼此之间互补的地方非常不明显，但是许多刊物为了某种概念的新创效应而玩弄文字游戏，一定要在概念命名方面显出卓尔不群的眼光与见识，刻意彰显刊物的独特性，结果就造成了现在文学概念频出的现象。加之许多有着"文学史焦虑症"之人的推波助澜，使得现在的文学概念与命名泥沙俱下、群蜂乱舞般充斥着文学界，读者在文学接受时不免会产生疲劳和厌烦感，这是值得警惕的文学传播中的负面效应。当下诗歌刊物普遍存在的问题是，编辑们都在追求一种"速效"功用，也就是借用某种"题材"的炒作，期望达到立竿见影的发行效果，文学命名的盲目与短视现象也就不可避免地存在着。随着文学期刊商业性价值的日益凸显，期刊策划与文学建设的相关性必然会遭到削弱，期刊在面对市场运作时也不再遮遮掩掩，堂而皇之的炒作变得顺理成章。至于其炒作的题材是否有价值，命名是否科学，则只能留给市场和评论家们来检验了。

---

① 张平：《与时俱进是文学期刊的生命所在》，《飞天》2002年第7期。

二 诗歌奖背后的喜忧

近年来，各种国家出版刊物纷纷设立诗歌奖也是一个不容忽视的诗歌现象。诗歌奖在当下时代可谓多种多样，有国家级的诗歌奖，如"鲁迅文学奖诗歌奖"、"闻一多诗歌奖"等；各种组织机构设立的诗歌奖，如"中坤国际诗歌奖"、"徐志摩诗歌奖"、"未名诗歌奖"等，也有个人资助设立的诗歌奖，如"柔刚诗歌奖"、"刘丽安诗歌将"、"宇龙诗歌奖"等，也有众多文学刊物设立、推出的诗歌奖，如《人民文学》诗歌奖、《诗选刊》的"中国年度最佳诗歌奖"和"中国年度先锋诗歌奖"、《十月》诗歌奖、《新诗界》国际诗歌奖、《诗歌月刊·下半月》的"中国新经典诗歌奖"、《诗刊》的"华文青年诗歌奖"等。此外，还有不可计数的名目繁多的各种社会团体、组织、个人资助的诗歌奖和"同题诗歌大赛"等。应该说，这些诗歌奖的设立对推动中国当代诗歌的发展、挖掘严肃深刻的诗歌创作、发现优秀诗人具有不可估量的作用和意义。

但是透过纷繁迭出的各种诗歌奖现象，隐隐发现诗歌奖背后存在着许多值得忧虑的东西。诗歌奖是对那些始终致力于诗歌写作、具有探索求新意志并且保持诗歌恒久魅力、展示诗歌境界与尊严的诗人创造的一种褒奖和肯定。应该说，在社会消费语境和诗歌日益边缘化的时代，诗歌奖无疑给渐渐萎靡的诗坛注入了强心剂，可以唤起人们对诗歌和诗人的极大关注热情，对诗歌复兴的意义是巨大的。诗歌确实需要通过这样的活动提高自己的影响力，但是如果诗歌评奖过多，甚至陷入一种泛滥的境地，那么对诗歌来说并不是一件幸事。首先，诗歌评奖泛滥在一定程度上损害了评奖的权威性。正所谓"物以稀为贵"，评奖活动过于频繁，使人们很容易产生一种"审美疲劳"，必然会经历由热情关注到冷淡漠视的转变过程，人们也就不会在意一个诗歌奖的价值和意义，其评奖活动必然会贬值，这对诗歌来说得不偿失。其次，诗歌奖评奖人员组成的公正性和权威性问题也存在争议，多数诗歌奖评审人员并不是诗歌界或评论界的权威人士，对诗歌界缺乏整体性的观照，视野比较狭窄，甚至有些评奖人士单凭自己的好恶和所谓的"圈内意识"率性而为，有意摒弃、遮蔽"同仁"以外的优秀诗人和诗歌，暗箱操作的因素很大，使得诗歌评奖形成非常浓烈的"同仁奖"氛围，大家"排排坐吃果果"，皆大欢喜，这都势必会影响诗歌评奖的公正性和权威性。最后，诗歌评奖的拜金化和炒作性倾向也十分突出。现在诗歌评奖动辄万元、10 万元，让人们感觉诗歌评奖背后的非诗歌的"作秀"和"广告"因素越来越多地遮盖了评奖的原始意愿。2007 年 11 月，首届"中坤国际诗歌奖"颁出号称"中国奖金最高诗歌奖"（诗人翟永明和翻译家绿原获得此奖，每人奖金 1 万美元）；而 2009 年 7 月，首届"闻一多诗歌奖"同样颁出号称"中国诗界最高年度奖"（诗人高凯获得，奖金 10 万元人民币）；2008 年 10 月，深圳首创全国农民工诗歌大赛，不但有高额奖金，获奖者还可以免试入户深圳；2004 年，诗歌刊物《明天》与内蒙古额尔古纳市联合创办"首届华语诗歌双年展诗歌奖"，获奖者不但有奖金，奖品中更有面积达 200 亩的"草原私人牧场"；不仅有众多的诗歌年度奖、双年奖，而且有些刊物还出现了"栏目奖"，《诗潮》2008 年改版后，特设"本刊特稿·人间好诗"栏目，承诺每首入选该栏目的诗歌稿酬为 1000 元人民币，等等。众多诗歌奖的颁出让人目不暇接，更容易让人误以为中国诗歌已经到了一种极高的兴盛境地；越来越高的诗歌奖金和其他物质奖励极大地刺激着人们的好奇心和占有欲，于是也就滋生了诗歌界中对待诗歌奖的各种各样的隐秘心态，暗自窃喜、忿忿不平、眼红嫉妒等各种负面心理催生出诗坛内外诸多言论，于是乎每一次诗歌奖的颁出都能引来一片牢骚和谩骂之声，这对诗歌来说毫无疑问是一种戕害。针对诗歌奖频出和奖金屡创新高的局面，有人认为这是给日渐"走下坡路"的诗歌注入了"强心剂"，虽然荣誉比金钱更重要，但金钱只是一种量化的标准，是尊重诗歌和诗人劳动的表现，可以唤醒人们对诗歌的关注与热情，是一件功德无量的好事。但也有人认为，高奖金并不意味着诗歌的高品质，诗歌并不是能够通过金钱诱导出来的，相反，却容易使诗歌染上"铜臭味"而失却诗歌应该具有的品质。当下时代各种评奖倍出，并且评奖可以关乎个人的许多物质利益：职位、职称、住房甚至城市户口，这必然会唤起人们极大的物质需求欲望和心理满足，于是许多人趋之若狂，"获奖专业户"现象在诗歌界和文学界还是较为普遍的。这里面不否认存在着获得一致好评的一些优秀诗人的作品，毕竟诗歌写作需要实力，但是也不排除有一些诗人按照某些评奖标准而"量身定制"地进行诗歌写作，为了某个奖项而"专业"写作的现象不在少数。因此说，奖金的"含金量"与诗歌作品的"含金量"有时候是不成正比的，诗歌奖的频出与喧嚣并不能真实地反映诗歌在当下时代的处境，热闹背后是无人喝彩的孤寂。历来传世之作都不是在所谓"奖金"的刺激和诱导下出现的，只有在时尚和市场夹击下的逼仄空间里拒绝媚俗和诱惑，沉潜于诗歌的灵魂与良知的孤寂写作，才是诗歌生存的不二法门。此外，诗歌高额奖金和丰厚物质奖励的设立背后，不排除掺杂着一种宣传和"广告"因素，无论是奖励"城市户口"还是奖励"私人牧场"，对获奖者而言，其实际意义都是微乎其微的，多属于某级政府为了"形象工程"的宣传和"炒作"，对诗歌真正繁荣发展的意义不大，诗歌界应该警惕这种利用诗歌搞文化"噱头"的运作，避免重新沦为政治经济的附庸工具而带来庸俗化和拜金化的堕落。尤其是国家出版物所设立的诗歌奖项，其背后的"品牌效应意识"更为突出，"知名度"、"影响力"、"刊物效应"等外在因素也许是刊物设奖最为隐秘的初衷吧。

三　诗歌选本问题

新世纪诗歌传播在出版刊物方面有一个重要现象——诗歌选本现象也值得关注，尤其是"年度诗歌选本"现象更显示出新世纪诗歌令人欣慰的复兴之势，并且影响深远。新世纪以降，每年有大量的诗歌选本推出，比较有影响的包括《中间代全集》（安琪、远村、黄礼孩编），《'70后诗集》（康城、黄礼孩、朱佳发、老皮编），《中国新诗年鉴》（杨克编），《中国新诗白皮书 1999—2002》（谭五昌编），《中国当代网络诗歌选本》（《诗歌月刊》编），《中国先锋诗歌档案》（梁晓明、南野、刘翔编），《界限：中国网络诗歌十年精选》（西叶、苏若兮编），《第三代诗新编》（洪子诚、程光炜选编），《先锋诗歌档案》（西渡、郭骅编），等等，加之大量不可计数的个体诗人正规或自费出版的诗歌全集、选集，可以毫不夸张地说，诗歌已经进入一个"选本时代"。应该说，无论是编者按照诗人的"代际"关系，还是依据诗人所处的居住区域，抑或是遵循诗歌发表的媒介载体原则进行的诗歌编选，都表现出很高的专业素养，遴选诗歌时视域廓大，眼光敏锐独到，对浩如烟海的诗歌作品进行大浪淘沙般地去粗求精、筛选过滤，尽管编选者因为个人的价值立场、审美欣赏习惯和艺术趣味的不同而表现出一定的取舍倾向，但是诗歌通过每个选本的"再编辑"之后，形成相对的、浓缩的精品形式，为诗歌的阅读与研究提供了诸多便利，更是以别样的"存档"形式为前行中的诗歌留下了"记忆"。

新世纪以来，"年度诗歌选本"呈现出一种蓬勃发展之势，多家出版社相继推出自己的年度诗选，并且各具特色，历经几年的探索与坚持，尤其是稳定的编选者使得诗歌选本选诗取向统一，特色鲜明。最具代表性的诗歌选本包括中国作家协会《诗刊》社主编的《中国年度诗歌》（漓江出版社），《作家》杂志社宗仁发主编的《中国最佳诗歌》（辽宁人民出版社），中国作家协会创研部主办、韩作荣主编的《中国诗歌精选》（长江文艺出版社），中国诗歌研究中心主编、王光明选编的《中国诗歌年选》（花城出版社），张清华主编的《21世纪中国文学大系·年度诗歌卷》（春风文艺出版社），杨克主编的《中国新诗年鉴》（中国青年出版社），梁平、韩珩主编的《中国年度诗歌精选》（四川民族出版社），蒋蓝、凸凹主编的《中国诗歌双年选》（中国戏剧出版社）等系列选本，这些选本稳定地占据着一定的市场份额，是新世纪诗歌繁荣的一种表征和见证，对读者的诗歌阅读取向起着潜移默化的影响，同时也为诗歌研究提供了大量的资料，具有较大的文献价值和诗歌史写作意义。

综观各家年度选本的编选方针和策略可以发现，它们都力求选出该年度最具代表性的诗歌精品和力作，力求能够全面反映该年度诗歌领域的创作流派、题材热点和艺术探索的变化，并且力求选择那些雅俗共赏的诗歌作品，以期能够满足大多数读者的阅读期待。但是，因为编选者的身份不同，或是具有官方色彩，或是民间个体，造成在选择具体诗歌进入选本的过程中，会出现一些"偏差"。也正是偏差的存在，才使得各家选本的风格各异而精彩纷呈。《诗刊》社、中国作家协会创研部因为具备官方和体制色彩，必然会充分考虑选本发行后的公共效应，因此编选者的目光多集中在公开发行的诗歌刊物上，过滤和删减掉不符合"体制"需要的诗歌作品。以中国作家协会创研部的《年度诗歌精选》为例，2004年和2005年度选本的诗歌来源主要集中在《人民文学》《诗歌月刊》《诗刊》《诗选刊》《作家》《扬子江诗刊》《星星》《诗林》《民族文学》《绿风》《诗潮》《鸭绿江》《文学港》等公开发行的刊物中，入选诗歌毫无疑问都是该年度的上乘之作，但是相对狭窄的选择视野也必定会影响选本的权威性和公正性。大量的诗歌民刊被编选者"有意"地忽略掉了，虽然不能据此断定编选者患有诗歌"盲视症"，但是客观上这样的选本并不能充分、真实地代表年度诗歌的精华。我们只能在有限的范围内理解并且接受这样的选本，毕竟，这样的选本要在一定程度上代表国家的文化体制和文艺政策，是主流文学的"代言"，是新世纪诗歌的必要组成部分，这本身无可厚非。

作为一种补充，张清华、宗仁发、杨克等人的选本更具有"民间"色彩，选取诗歌强调独辟蹊径，关注在某种程度上被"体制"和"主流"屏蔽、拒斥的作品，因此选诗视野多集中在印数极少的诗人自费出版的诗集、民间刊物和诗歌网站中，因而其选本呈现出一种与官方意识形态选本有别的"异端"和"野生"的活力，更接近中国诗歌的本真状态和先锋精神。宗仁发选本始终坚持"民间立场、民间态度、民间选本"的编辑宗旨；杨克主编的《中国新诗年鉴》一贯主张"艺术上我们秉承真正的永恒的民间立场"；张清华的选本主张"记录诗歌的历史痕迹，而不是最大限度地搜录最美的诗篇"，这些编选宗旨和策略充分表明了与主流刊物相区别的"民间"立场。在"某种意义上'官方'代表了一种'垂直'伦理，类似于君臣父子之间的管制与规训，它更强调秩序、规则、规范、标准，强调社会性和集体性的公用和导向，而'民间'则代表了一种'平行'伦理，'四海之内皆兄弟也'，它更注重活力、创造、探索、反抗，更强调个体自我的表达和对世界、生活的及物性观照"①。面对诗歌不可避免的多极化时代，各家选本因为选诗取向和标准的不同而呈现出一种互补态势，综合在一起可以比较全面地反映新世纪诗歌复杂多元的风貌。同时也应该看到，尽管各家选本因为编选者身份和审美趣味、价值标准的不同而风格各异，但是在遴选诗歌时并非完全的"片面"和"狭隘"，而是以"相对"独立、客观和公正的眼光力求更全面地反映当下诗歌的态势，逐渐呈现出"民间"与"官方"互渗的局面。具体来说，所谓"体制"选本逐渐吸纳一些来自"民间"的诗歌，而所谓"秉持民间立场"的选本也并非不理会"体制内诗歌"，编选者更多地坚持学术立场，超越了"官方"与"民间"诗歌二元对立的狭隘，全面而平衡地处理选本所面临的矛盾。中国作家协会创研部的《年度诗歌精选》（2006年）相对以前表现出很大的开放性，许多发表在民刊和个人诗集中的诗歌进入选本之中，如《赶路》诗刊、《漆》诗刊、《潜行者》诗刊、《白诗歌》《六十七度》《诗探索》，以及一些个人诗集，虽说与主流公开发行的诗刊相比，诗歌入选率还很低，但是可以看作是《年度诗歌精选》选

---

① 王士强：《诗歌刊物的"生态"与当今的诗歌状况》，《星星》诗刊（理论半月刊）2008年4月。

诗范围扩大的显明例证。而"秉承真正的永恒的民间立场"的杨克在主编《中国新诗年鉴》时，选录的作品既有来自当年的公开出版物、民间报刊，也有未曾发表的诗歌手稿，只要符合"原创性、先锋性和在场感，体现汉语自身活力"的诗歌，不论其"出身高低"都可进入编选视域，真正体现出包容与多元的办刊原则。

诗歌选本的大量涌现，与新世纪以来诗歌的复兴呈现出相辅相成的关系，一方面诗歌的大量出现催生了诗歌选本；另一方面选本也为诗歌的出版传播提供了很好的途径，促进了诗人写作的热情和信心。毕竟进入某个名家选本对诗人和诗作既是一种肯定，也是一种荣耀，尤其对某些有着"诗歌史焦虑"的诗人来说，无疑具有非凡的意义，因为没有入选某种选本的诗人与诗评家"交恶"的现象在当下是真实存在的。诗歌选本不仅仅对诗歌的繁荣起到了推波助澜的作用，更重要的是，诗歌选本是一种诗歌"记录"，是对诗歌"历史痕迹"的钩沉和打捞，为未来的诗歌史写作提供了可以参照的丰富材料，具有非凡的史料价值和意义。"诗歌选本往往要根据'诗歌史'或者'批评'这两条线索来决定去留，还要受制于编选者的知识视野、趣味包括弱点。'史'的意义上的诗选避免了偏颇，但是导致了眼光的平庸；而'批评'意义上的诗选虽然能显示编选人的个性，他对诗歌发展的一定的预测能力，却又因为不能照顾全面而为人诟病。"① 同时，程光炜认为，在诗歌研究中，"选本"的编选显然是一种诗歌史的研究，诗歌选本不能只是作为一般性的"作品展览"，它的筛选过程、认定标准和组合形式，实际上包含着"诗歌史"的眼光和选择。因此说，诗歌选本的编选是一个"历史化"的过程，尽管不像传统意义上的评论式文学史写作，但同样因为编选家的独到视域而对诗歌潮流、流派以及诗歌流变有着精确的梳理，并呈现出诗歌史的特征。诗歌选本是在重建一种历史，尤其是"年度诗选"更是因为一种"时效性"而与诗歌现实构成互动关系，诗歌进入某种选本，就意味着进入了某种"历史"，成为历史化的诗歌。诗歌选本不仅仅"历史化"了诗歌，也"历史化"了现实，在诗歌历史化概念远未成熟的今天，众多诗歌选本的出现为这一理论的形成无疑奠定了厚重的基石。

主流诗歌在当下时代仍然扮演着非常重要的角色，时代风向标的作用

---

① 程光炜：《时间的钻石之歌·序言》，程光炜、肖茗主编，长江文艺出版社 2000 年版。

无可替代。尽管多年来人们对国家出版刊物非议颇多，普遍认为它缺乏一种先锋的创新精神，几十年一贯制的僵化面孔让人望而却步。然而从另一个角度看，国家出版的诗刊尽管不像民刊和网络那样，成为先锋诗歌的主阵地，但是作为国家刊物，它使先锋之外的诗歌得以延续和发展，从这个意义上说，国家出版刊物、民刊和网络之间构成了一种互补关系，使得当下诗歌更加趋近丰富，因此，国家出版诗刊的存在有其一定的合理性，并且随着与民刊、网络互补互渗关系的强化，它必定会奉献更多的精彩。

第二节　民刊：现代精神的试验场

新世纪诗歌的复兴与繁盛的景象令人兴奋，诗歌传播在此起到推波助澜的作用，而诗歌民刊作为当下诗歌传播中的重要手段和方式，其意义更是不容忽视。从某种意义上说，中国当代先锋诗歌史，就是一部民刊史。众多经典诗歌和诗学概念多是首先在民刊中发表和提出的，随后才渐渐扩展到为大众所熟知，因此，民刊对当代诗歌的传播与发展的意义完全可以比肩甚至超过正规出版的刊物。所谓民刊是指那些自办印刷，没有进入正规图书发行渠道的，完全依靠交换、赠阅方式实现传播的诗歌刊物。在当下时代，对诗歌民刊的理解有多个层面，首先传统意义上的民刊是不具有发行刊号（ISBN）的刊物，当下诗歌民刊中绝大部分属于这种类型，如民刊《诗歌与人》《葵》《诗参考》等；其次是具有发行刊号而实际上是典型的民刊，属于"以书代刊"形式，如《明天》《汉诗》《诗歌现场》《中西诗歌》等；最后是令人最难区分的"官刊民办"现象，确切地说，就是主流诗歌刊物中分离出"下半月刊"交由个人或民间团体来办刊，虽然使用相同的出版刊号，但是办刊与选稿明显具有"民间"色彩。从严格意义上说，这种刊物不能算作真正的"民刊"，因为刊物虽然由个人或民间团体承办，但是毕竟隶属于主流刊物，是主流刊物的一部分，要受到较为严格的管理和限制，这样的诗歌刊物必然会失却真正民刊所具有的诸如先锋、反叛、创新、实验等诗歌品质，因此这种类型的诗歌刊物不在本节研究之列。本节倾向于前两种类型的民刊，即没有发行刊号的和有发行刊号但不隶属于任何体制之内、不受严格等级管理制约的民间诗歌刊物，这是本节要着重研究的对象。

综观新世纪诗歌民刊，林林总总非常驳杂，即使那些较为专业的诗歌民刊的"收藏家"们，也不可能完全收尽。仅以有限的阅读机会来看，大致有广州的《羿》《诗歌与人》《诗文本》，北京的《尺度》《诗参考》《偏移》《翼》《新诗界》《诗江湖》《标准》《下半身》《新诗代》《诗前沿》《潜行者》《朋友们》《新诗刊》，上海的《说说唱唱》，黑龙江的《东北亚》《流放地》《剃须刀》，吉林的《太阳》，山东的《极光》《诗歌》，河南的《阵地》，湖南的《锋刃》，广西的《自行车》《漆》，漳州的《诗丛刊》《第三说》，杭州的《倾斜》，桂林的《扬子鳄》，西安的《唐》，成都的《人行道》，湖南的《明天》，贵阳的《诗歌杂志》，浙江的《九龙诗刊》，上海的《活塞》，四川的《大风》，贵州的《大十字》《独立·零点》，广东的《赶路诗刊》《今朝》《低诗歌运动》，福建的《长线诗歌》，江苏的《玩》，山西的《原生态》，等等，这其中既有办刊时间较长的"老牌"刊物，也有新近出现的"新生代"刊物，它们共同组成了新世纪诗歌蔚为壮观的"民刊"大潮，推演着新世纪诗歌的恢弘与丰硕。

新时期以来，中国诗歌就逐渐形成了"民刊"传统，并且随着经济形势和社会思潮的变化，呈现出一种民刊与主流诗刊彼此互补、互渗、互容的新姿态，在新世纪这种态势表现得更为分明。先锋诗歌的道路历来荆棘密布、命运多舛。"先锋诗歌每次亮相时那种不驯服的'异端'姿态和反传统的价值取向，必然引起社会'程序'的注意和控制，于是乎属于体制范围内的报刊和载体便顺理成章地纷纷对先锋诗人'森严壁垒'起来。"[1] 先锋诗歌被主流报刊拒绝而通过自办报刊的方式宣泄自己的诗歌情感成为一种必然选择，并且将先锋诗歌的反叛与创新精神发挥得酣畅淋漓、精品倍出。从朦胧诗到第三代诗，再到20世纪90年代直至新世纪诗歌，民刊"小传统"（西川语）逐渐形成、发展，并且从最初的"地下"状态解脱出来，"浮出历史地表"开始进入话语中心地带，最终得到社会的认可和读者的接受。但是，在这短暂的诗歌历史中，作为先锋诗歌的阵地——民刊也经历了从突围、坚守到撤退的流变，诗歌的"先锋性"日渐消弭，最终形成与"主流诗刊""合流共生"的局面。

---

① 罗振亚：《朦胧诗后先锋诗歌研究》，中国社会科学出版社2005年版，第25—26页。

一　理论突围：诗歌学理建构的先锋

每一种民刊的创刊都是在某种诗歌新理论主张的萌芽与成熟中催生出来的，人云亦云、毫无新意的办刊策略根本不会得到社会和读者的认同与接纳，因此，几乎每一种民刊出现时，其背后都有着彰显诗歌新主张的冲动。如早期的民刊《非非》——提出"反文化、反崇高、反理性"的诗歌主张；《他们》——提出"口语化写作"的主张；《现代诗内部交流资料》——提出"第三代"概念，等等，都在其刊物出版之际表明自己的诗歌立场和主张，并且以此作为刊物的核心理念进行实际的诗歌编选。新世纪诗歌民刊依旧延续着这样的传统，可以说，新世纪许多诗学主张大多由民刊发轫推出，民刊依旧扮演着诗歌理论建构的"先锋"角色。在这方面最具代表性的民刊当属《诗歌与人》。奠定《诗歌与人》在民刊中辉煌地位的不仅仅在于它兼容并蓄、海纳百川的编选态度，以及坚守严苛的诗歌艺术标准，更在于刊物持续提出了全新的诗歌主张，将当下诗学理念不断推向纵深。如"70后诗歌写作"、"中间代写作"、"完整性诗歌写作"等诗学概念经由《诗歌与人》的梳理、推出后，已经得到诗歌界的认可并接受，成为新世纪诗学主张中不容忽视的重要概念。这些已然产生广泛影响的诗学主张，不仅体现了编者黄礼孩所具有的前瞻性的诗歌勇气，更在于为刊物开拓了簇新的理论和编选空间，为刊物的生存发展奠定了坚实的基础。沉闷、保守、缺乏变化的刊物必将不断被"汰洗"的事实说明：推陈出新是关乎一本刊物生存延续的很重要的因素，而推陈出新不像那种灵光乍现、剑走偏锋式地随便抛出几个诗学概念那么简单，必须经过深邃学理的艰难探寻之后方能实现。当下诗坛概念频出，许多刊物因为"题材炒作"的目的而成为幕后推手，众多没有经过深思熟虑的诗歌概念虽然可以为刊物带来短暂的经济收益和关注目光，但却为以后漫长的诗歌史写作遗留下无数障碍，因为每一本诗歌史在撰写过程中都无法回避对这些概念的重新梳理、甄别和评鉴，真正可以作为诗歌史重点书写的概念其实寥寥无几，也不可能对所有概念一一论说，这就要求刊物在抛出某种概念时，应具有一种批评的严肃性和遵循公信力准则，那种"浑水摸鱼"式的概念"噱头"，对诗歌来说就是一种损伤和内耗，对诗歌发展和生存有害无益。而《诗歌与人》尽管推出的诗学概念不少，但是经过时间的检验证明，这些概念并非笼统芜杂，而是为沉寂的诗坛带来了活水流转的新鲜血液，既为新世纪诗歌做出贡献，也为自己赢得了无数美誉。

　　民刊与主流刊物相比，大多有着较为显明的"同仁"色彩，尤其是在那些有着旗帜鲜明的诗学主张的民刊下，更是汇集着具有相同诗歌追求的诗人们，逐渐形成某种诗歌流派特征。如民刊《不解》提出诗歌的"不解性"原则，即诗歌文本总是包含着某种"不可解读"的因素，反对个体对客体的任意"介入"，不表达、不言说，甚至主张在诗歌文本中"驱逐"作者，拒绝外在于艺术欣赏的解释，尽量保持诗歌文本留有一定程度的意义空白。《不解》就是在这种带有美国学者苏珊·桑塔格"反对阐释"理论色彩的诗学主张下汇集了一批诗人，余怒、沙马、宋烈毅、老黑、邵勇、潘漠子、黑光、周斌、鲍栋、徐勤林、苍耳、胡子博、丁振川、陶世权、陈末、远人、韦白、曹贺琳、阿翔、赵卡、广子、耳东、那勹等组成了"不解"诗歌群体。《现代汉诗》《倾向》《九十年代》都强调秩序与责任，追求诗歌高妙的修辞和精湛思想的综合融汇，成为"知识分子写作"的重要阵地；《诗江湖》《诗参考》因为一贯强调诗歌的日常性和口语化原则，而成为"民间写作"的"代言"刊物；《下半身》《朋友们》则为钟情肉体乌托邦、追求在场感的"下半身写作"者提供了诗歌现场；《翼》《女子诗报》为当代女性诗歌写作提供了聚居地，也为诗歌评论界提供了比较权威的女性诗歌读本。

　　"同仁"意味着具有相同或相近艺术追求和趣味的人们所组成的较为紧密或是松散的"联盟"，尽管他们也许没有发表过"盟会宣言"，但是因为有着相同或相近的诗歌追求并且以较为固定的刊物为依托，依然具有"流派"的意味，而且随着时间的流逝，这种"流派"意味会愈加浓烈。正如20世纪30年代的"《现代》派诗歌"一样，以施蛰存主编的《现代》为领地逐渐形成了较为鲜明的现代诗歌风格，在当下时代的诗歌研究中已然将其视作一个"流派"而加以考察了。相较七八十年代的诗歌民刊，当下时代民刊的地域色彩明显淡化，这得归功于现代通信技术的发达，尤其是快捷、便利、廉价的互联网的发展，为诗歌民刊的兴盛提供了高效率的平台，即使诗人远在"天涯海角"，也可以随时随地通过互联网传输诗歌文本而集刊出版。在民刊发展的初期，由于通信技术、交通设施的限制，刊物呈现出较为强烈的地域色彩，多是以某一省会城市为中心形成区域性诗歌民刊，如《非非》多以四川籍的诗人为主体；《他们》是南京附近诗人的汇集地；而《海上》则是由身居上海的诗人们组成的诗歌阵地。而当下的民刊更强调刊物的"同仁"色彩，无论本地还是外省，哪怕是"素未谋面"诗人的作品，只要符合刊物的办刊宗旨和诗歌理念，都可以发表出版。越是如此，刊物的"同仁性"就越强烈，也就愈加推进了诗学理论的建构，这之间是一种相辅相成的关系。《下半身》《低诗歌运动》《诗歌与人》就是在强调刊物的"同仁性"的同时，以"集束炸弹"的方式完成全新诗歌理论建构的。纵观中国现代诗歌的发展历程会发现，无论哪一种诗歌理论或流派，都需要众多诗人和理论家们长期不懈的努力探索方能产生影响，并最终获得文学史的认同，同时也需要一定的"平台"来展现、阐释诗歌文本和理论，而刊物无疑是最好的"平台"。如20年代的《诗镌》之于"新月诗派"，30年代的《现代》之于"现代诗派"，40年代的《七月》之于"七月诗派"，《今天》之于"朦胧诗派"，《非非》《莽汉》《他们》之于"第三代诗歌"，都是以一本刊物为中心，逐渐形成成熟的诗歌理论和诗歌流派的，因此说，诗歌刊物对诗歌理论的全新建构功不可没。新世纪诗歌民刊在这方面同样扮演着"急先锋"的角色，成为全新诗歌理论的策源地。历数当下产生影响并且得到学术界广泛认同的诗学概念，如"70后诗歌"、"中间代写作"、"神性写作"、"完整性写作"、"下半身写作"、"打工诗歌"、"第三条道路写作"、"低诗歌"等几乎都是由民刊发起并逐渐在诗歌界得到共鸣和响应的。民刊不仅能够做到诗学概念的率先提出，具有首倡权和命名权，同时，也能积极参与诗歌内诸多问题的讨论，如世纪初关于"知识分子写作"与"民间写作"之争，有关"新诗标准"、"诗歌伦理"、"中间代写作"等，很大一部分探索与争鸣的文章是在民刊上发表的。

二　精神坚守：先锋实验的常态化

民刊能大量发表具有探索实验性质的诗歌文本和展开全新诗学理论的讨论，这与民刊本身的"先锋性"传统有着极大的关联。由于正规出版刊物严格的审查制度，"严明的编辑、选拔，严明的单一发表标准，大诗人小诗人名诗人关系诗人——什么中央省市地县刊物等级云云杂杂，把艺术平等竞争的圣殿搞得森森有致、固若金汤……公开的刊物上就是看不到青年实验的全部面目"。① 一大批勇于形式探索、标举艺术革新的"前卫"诗歌不能得到认可并发表,只好转投处于"地下"状态的民刊。民刊成为先锋诗歌"激情碰撞"的舞台、诗学理论探索的前沿,诗歌理论在民刊中孕育,经过不断地锤炼、推敲、周延,逐渐成熟定型并产生广泛影响。正如诗人于坚所言:"民间一直是当代诗歌的活力所在,一个诗人,他的作品只有得到民间的承认,他才是有效的。"②"民间的意思就是一种独立的品质。民间诗歌的精神在于,它从不依附于任何庞然大物,它仅仅为诗歌本身的目的而存在。"③ 诗人杨克对"民间"这一诗学概念有着深刻的认识:"民间立场意味着艺术上的自由主义,尊重诗人的实验精神、探索方向、价值选择、表达方式和个人尺度。也就是说,意味着坚持写作的独立性。民间的指向绝非身份认同,它甚至与诗人的现实身份无关。因为民间不是特定的几个人或一群人,不是同一种话语方式的衍生物,也不是整齐划一的诗歌成品,'民间'是一种艺术心态和艺术生存状态,其实它只是返归从《诗经》开始的千百年来中国诗歌的自然生态和伟大传统。"④ 在这种"民间精神"的引领下,民刊迥然有别于主流刊物"四平八稳"的沉闷氛围,掀起了诗歌"叛逆/创新"的实验巨浪,不为僵死的圭臬束缚、羁绊而奋然前行,成为诗歌推进前行的"风向标"和"补给站",求新求变、流动不居的民刊精神催化、刺激诗歌始终引领着当下文学的潮流。

民刊中的先锋实验探索已经是一种常态化的事实,是民刊得以生存发展的重要"动力源",为诗歌开拓出一片自由率性的表达空间,一直是民刊得以承续并延伸的强大支撑点。先锋实验历来都是民刊不绝如缕的传统,"检索一下朦胧诗后新诗的艺术历史,扑面而来的清新陌生气息大多来自民间刊物的诗歌,每一次艺术技巧的变构也大多来自民间刊物的诗歌。从'他们诗派'、'非非诗派'语言意识觉醒后的语言自我呈现与语感强调,到整个'第三代'都心仪的反诗的事态冷抒情;从张曙光、孙

---

① 徐敬亚:《历史将收割一切》,徐敬亚、孟浪、曹长青、吕贵品编:《中国现代主义诗群大观 1986—1988 · 前言》,同济大学出版社 1988 年版。

② 于坚:《当代诗歌的民间传统》,《当代作家评论》2001 年第 4 期。

③ 于坚:《穿越汉语的诗歌之光》,杨克编:《1998 中国新诗年鉴》,花城出版社 1999 年版,第 9 页。

④ 杨克:《中国诗歌现场——以〈中国新诗年鉴〉为例证分析》(代序),杨克主编:《中国新诗年鉴十年精选》,中国青年出版社 2010 年版,第 4 页。

文波等倡导的诗性叙述，到贯通近 20 年先锋诗歌历史的诗体交错混响；从于坚的拒绝隐喻，到伊沙的'身体写作'和反讽策略；从徐江、侯马、宋晓贤、阿坚等的'后口语写作'精神，到余怒突出歧义和强指的超现实写作，都催化、刺激了文学的某种可能性，对主流诗歌界形成了威压和挑战"①。新世纪以来的诗歌民刊，依然秉承着先锋实验的传统，"先锋到死"成为新一轮诗歌实验最为响亮的口号。最具代表性的当属号称"低诗潮"的诗歌写作。据诗评家陈仲义的"不完全统计"，"先后'加盟'的，有破坏即建设的'空房子写作'；性作为突破口的'下半身写作'；反理念反现状反方向的'垃圾写作'；纵横禁区的'后政治写作'；言之无物的'废话写作'；游戏性为圭臬的'灌水写作'；'不润饰不饰真'的'反蚀主义'；'与世界不正经的'荒诞写作；对存在不断追问体悟的'俗世此在写作'；'为天地立心、为生民立命'的'民间说唱'；立足国计民生的'民本诗歌'；专注底层的打工诗歌；坚持'反抗、反讽、反省'再次复出的'撒娇派'；反诗道、反病态、主张轻狂的'放肆派'；力戳谎言和骗局的'军火库'；争取人权、民主的'中国话语权力'等等"②。这当中绝大部分都属于网络民刊，依托网络在后现代文化语境中掀起新一轮极具前卫精神的诗歌"崇低"运动，也就是诗歌放弃优雅、宏大、崇高叙述，回归于真实的存在底部，用充满人间烟火之气，甚至是"卑贱"的诗歌表达，消解、颠覆、砸碎诗歌的"超凡脱俗"、"高高在上"的贵族化精神假面，用"形而下"的方式对抗诗歌的"形而上"。尽管这股强劲的"低诗歌"浪潮还存在着诸多问题，如语言放任肮脏、"黄毒"泛滥、以丑为美、诗意缺失等，但它还是让人们再次领略了诗歌的"反诗性"、狂欢化的表演，也再次说明"民间一直是当代诗歌的活力所在"这一诗学判断的合理性。

新世纪众多先锋实验诗歌及理念"井喷"式出现在民刊中，既是当下诗歌多元化趋势的体现，也充分表明民刊在当下诗学建构中的作用和意义。诗歌如要发展，就必须经常性地注入活力，诗歌的历史表明，当一种诗歌形成"范式"的时候，也就是该诗歌走到尽头的前兆。民刊中先锋

①　罗振亚：《朦胧诗后先锋诗歌研究》，中国社会科学出版社 2005 年版，第 33 页。
②　陈仲义：《"崇低"与"祛魅"——中国"低诗潮"分析》，《南方文坛》2008 年第 2 期。

实验的常态化为新世纪诗歌源源不断地输送着新鲜动力，使得诗歌不至于滑向"固化"、堕落的边缘，而是时刻走在文学发展的最前沿。民刊的作用不仅体现在它是诗学理念的"试验场"上，还体现在对众多诗歌新人的发现上。世纪初崭露头角的许多诗人几乎都是在民刊中被发现并得到认可的，民刊为其提供了充分展示自己诗歌才华的"T型台"，也为他们日后成为当下诗坛主力铺展了一条光明的坦途。如沈浩波、马非、盛兴、李红旗、朵渔、南人、朱剑、宋烈毅、尹丽川、吕约、安琪、安石榴、阿翔、符马活、黄礼孩、巫昂、刘泽球、世中人等，诗歌成名之路都经历过从民刊而后进入主流刊物的过程。民刊发表诗歌作品，着眼于诗歌文本自身的艺术价值，而不是诗歌之外诸如"年龄"、"名气"、"地位"等的"附加值"，这是民刊与主流诗歌刊物之间最大的区别。这些年轻诗人以诗歌新锐的姿态崭露头角时，多是被主流期刊拒绝而被民刊接纳的。只有当他们在"民间"获得足够的诗歌声誉后，方可以被主流刊物选中。主流刊物吸纳他们，对诗人来说，是一种"锦上添花"，而民刊对他们来说，更像是一种"雪中送炭"，先民刊而后主流刊物已然是当下诗歌成名的必由之路。

三　融汇互渗：办刊思路的转轨

正是因为有了官方主流刊物对众多置身于民间的先锋诗歌的接纳，使得原来民刊和官刊"双峰对峙"的局面被打破，渐渐缩短了二者之间的巨大差距，一些主流诗歌刊物如《诗选刊》《诗刊》《星星》《诗潮》《诗歌月刊》《绿风》等近些年来都注意编选一些民间刊物的作品，《诗歌月刊》《诗神》曾出版了民间诗歌专号，《诗选刊》更是将每年的最后一期刊物完全"奉献"给民间诗歌。这些变化究其根源在于民刊多年的先锋探索为自己累积起了巨大的影响能量，产生了一种威压力，迫使官方主流刊物不得不顺应形势的需要，由对民间写作的冷淡、漠视、拒斥转变为一种有限度的接纳。民刊的巨大影响力还体现在当下一些社会层面的诗歌活动中，如2002年福建召开了"首届中国民间诗歌发展研讨会及民间诗歌报刊年会"，而发起举办这次活动的主办方正是官方刊物《诗选刊》，会议的"民间诗歌刊物已经成为中国诗坛的半壁江山"这一口号，实际上代表了一种官方刊物对民刊影响力的事实承认；2003年11月，中国人民大学举办了一次展览，展示了包括民间诗刊、民间诗歌报纸、校园诗歌刊物、港台诗歌刊物、网络纸板诗歌刊物等 170 余种近 400 份刊物，这是中国首次民间诗歌刊物的公开展览。这些有关诗歌民刊的活动充分表明社会对民刊的公开接纳，而这些活动所产生的效应在当下时代是必须经由主流媒体的"高调"推介与宣传方能实现的。

民刊与官刊的互渗，一方面表明官刊办刊策略的转变，另一方面也说明民刊也存在着某种转向的意愿。如果说，民刊在创始初期属于一种"被动态"的边缘化，发展中期是一种"主动疏离"的话，那么新世纪以降的民刊则选择了争取与主流刊物合流共生的策略。民刊发展的历史表明，没有哪种民刊能长时间地保持一种先锋性，坚持先锋性实验精神的都是"初出茅庐"的新生代刊物，随着办刊者年龄的增长，单纯、冲动、叛逆性情结慢慢被时间磨蚀，逐渐由先锋退守，刊物也就随之变得宽容、多元甚至平淡，而这恰恰暗合着当下主流刊物的办刊转向，因此许多诗歌刊物虽然依旧是民刊的身份，但是其刊发编选的诗歌实际上与主流刊物上的诗歌差别不大，完全可以在主流刊物上发表。反过来看，主流官刊增大了对民间诗歌的关注，扩大了诗歌的编选层面，许多诗人已经可以经常性地出现在官刊中，这势必会影响诗人在投稿时的选择，毕竟，当下时代官刊的影响力依然是强大的。加之强大的"文学史"情结的作用，促使民刊朝着"做大做强"的方向发展，这就必然会使刊物在坚持某种特色的同时，要变得多元融汇。在当下多元的文化语境中，这也是一种审时度势、与时俱进的选择。

无论是认为民刊属于"亚文化"（吕周聚语）的观点，还是对民刊"小传统"（西川语）的判断，都意在表明，民刊在生存方式上存在着边缘性特征，并且这种特征还将在主流文化依然强势的情况下延续很长时间。尽管在新世纪时代，诸多内外部环境的变化催生了民刊与主流刊物的互渗、融汇，但这种变化还只是在局部、有限的范围内进行，远远没有达到与主流和中心完全合流的地步。究其根源，既是一部分民刊对诗歌先锋性的自觉坚守，主动疏离主流文化而自我放逐的结果；也是当下相对宽松的文化环境所导致的民刊的泛滥，直接影响了人们对诗歌的理解和接受。尤其是后者对诗歌的伤害远远大于建设。大量"非诗"、"伪诗"、"垃圾诗"在民刊中的出现，破坏了民刊的声誉，也降低了诗歌自身的品质；刊物的"同仁化"倾向虽然可以造就一些诗歌流派，但同时因其"自闭性"与"排他性"特点，也容易将诗歌之外的"非诗"元素带给诗歌,甚至也曾出现将民刊当成"党同伐异"的阵地和武器,人为地制造诗坛的论争,诗歌内耗现象一度非常严重;民刊内部诗人的分裂与分化现象时有发生,深层原因是有些诗人将刊物视作"私有财产"而压制"异己",直接造成刊物的"短命";缺乏固定的资金来源,导致大量民刊旋生旋灭,缺乏一种长期性和稳定性,等等,民刊内外部诸多因素如果得不到很好的解决,势必会影响民刊的持续性生存和社会对民刊的接受。尽管如此,我们还是应该客观地看待中国诗坛的民刊现象,毕竟它曾经创造了诗歌的无数辉煌,在当下时代同样为诗歌的传播立下了汗马功劳,它的地位和作用暂时是无可取代的,也必将存在于未来漫长的时段内。

第三节 网络:构筑先锋的平台

随着网络技术的日益成熟和普及,网络对诗歌传播的作用也越来越重要。网络不仅为诗歌提供了全新的展示平台,打破了传统媒质诗歌载体编辑和传播的单一结构以及垄断地位,而且网络的多媒体诗歌写作、超级链接体诗歌写作给诗歌带来了重大的革命性变化,全新的诗歌产生机制与存在形态正改变着人们对诗歌的传统接受方式及认知心理。"与公开出版的诗歌刊物相比,网络诗歌有明显的非功利色彩,意识形态色彩较为淡薄,作者写作主要是出于表现的欲望,甚至是一种纯粹的宣传与自娱。这里充盈着一种自由的精神,从而给诗歌带来了更为独立的品格。"① 这是新世纪诗歌最具有诗学意义的本质变化,也是新世纪诗歌最为显著的特征之一。同时,不可胜数的"临屏书写"给日渐疲软的诗歌注入了"起死回生"的兴奋剂,一举扭转了原本对诗歌"日趋萎靡"的认知态度,诗歌在网络这个崇尚自由和非理性的巨大磁场中持续碰撞、融合、裂变,在喧嚣浮躁间却也积淀了众多的优秀诗人及其文本,成为新世纪诗歌沸腾狂欢的展示场。但网络诗歌的"狂欢化表现"也消磨着人们对诗歌的"神圣"理解,对这里面所包含的矛盾与悖论需要做出深入的分析与厘清,唯有如此,方不失为一种辩证的研究态度。

众所周知,诗歌传播是诗歌发挥艺术作用和实现自身价值的重要手

---

① 吴思敬:《新媒体与当代诗歌创作》,《河南社会科学》2004 年第 1 期。

段。诗歌文本只有通过读者的阅读、鉴赏、接受，才能最终实现其审美作用与艺术价值。无论是远古时代的口耳相传，还是纸质文本印刷，以及当下时代的网络技术，每一次传播手段与技术的革新都能带来诗歌接受方式的转变，同时也在一定程度上带来了诗歌的繁荣。新世纪诗歌依托网络技术，形成了多媒体诗歌写作、超级链接体诗歌写作等全新的诗歌"文本"形式，这对传统的纸质文本传播无疑是一种颠覆性的革命。"'超级文本'（hypertext）原指在计算机视窗体制基础上发展起来的相互连接的数据系统。而应用到文学中，所谓超级文本文学则指如下一种特殊情形：一个文学文本的创作总是来源于对其他文本资源的阅读。网络正是一个巨大的多重或超级文本系统，它向作者和读者源源不断地供给文学资源。这个超级文本的一个基本特点，正是链式结构。你在键盘上敲击一个词语，这超级文本链条可能会向你显示几个或几十个相近或类似词语供你选择，使你的联想与想象能力大大拓展；你在写作或编辑一个文本时，它可能会共时地向你显示链状或树状分布的一大群不同文本，导致众多文本在一个文本中的聚集。于是，你写作的哪怕只有一个文本，它本身就可能具有或包含着更大的'超级文本'，从而具有一种超级文本特点，丰富读者的阅读。这表明，超级文本文学可以突破通常文学文本的线性结构而呈现链性特征，体现出网络时代的文学特有的文本资源丰富性、文本多义性和阅读开放性。这一点也恰好可以同当今文论界时髦的'intertextuality'（互文本性）之类术语相应和，这绝不是简单的巧合。"① 诗歌在网络中已经不再是简单的"作品"，而成为一种迥别于纸质文本的"信息"和"数码"，可以在网络中轻易地被检索、复制、存储，并且借助一些软件技术制成融图像、声音、色彩、动漫等于一体的多媒体特效"文本"，调适读者的视觉、听觉感官，将诗歌的意境传达得更为精妙和准确。这些变化也许只是一些表层诗歌存在方式的转变，更为深层次的变化来源于网络作为一种技术和平台所带给诗歌的写作观念的转变，这是新世纪诗歌真正具有诗学与传播意义的变化。

一　诗歌网站：群体效应的彰显

新世纪网络诗歌最早形成规模效应要归功于诗歌网站的蓬勃发展，据

---

① 　王一川：《网络时代文学：什么是不能少的》，《大家》2000 年第 3 期。

一些研究者的不完全统计，大陆诗歌网站论坛有 700 个左右①，这些诗歌网站每年发表诗歌不少于 100 万首。如此规模的诗歌在网络上发表，大概不会再有人否认网络对于诗歌传播交流所起到的积极推动作用。正如平面媒体一样，每一个诗歌网站的建立和发展都离不开自己的特色和品牌策略，这是网站的立足之本，也是网络诗歌产生群体效应的必要条件。梳理当下现代诗歌网站就会发现，那些在众多读者当中产生广泛影响的，都是经过长期发展后形成特色的网站。较早建立并产生影响的是"界限"，网站内容丰富，特别是"藏诗楼"、"诗人照"、"地域诗歌专栏"等栏目引人注目，同时网站还承办了非常有影响力的民间诗歌奖："汇银/柔刚诗歌奖"，以此鼓励和推动现代汉语诗歌的写作，其意义深远。"诗生活"一直以其规模宏大而著称，600 多位诗人以及 60 多位诗评家的加盟，使网站聚集了较高的人气，栏目设置众多；"诗通社"及时发布大量诗坛动态消息、"诗观点文库"收录诗歌评论文章，并且为有影响力的国内外当代汉语诗人建立"诗人专栏"；加之每月定期出版的"诗生活"月刊，稳定、专业、高效率一直为读者和网友所尊敬。"诗生活"网站不仅是网络诗歌的先行者，而且其运作方式一直被其他后来的诗歌网站所仿效，充当着各大诗歌网站、论坛链接点的功能，从而确立了自己在诗歌网站中近乎"盟主"的地位。"北大在线"的文学大讲堂聚集了一批最具活力和爆发力的诗歌新锐，在"诗网恢恢"栏目里，不仅包揽了北大在校诗人的作品，还广泛搜罗了国内外的诗歌思潮与原创作品，在青年学子当中具有较大的影响力。"诗歌报"网站以举办各种诗歌活动见长，从诗歌大展、诗人评选到诗学讲座，各种活动有声有色。"诗江湖"的声名鹊起主要依靠"下半身写作"主张的提出，沈浩波、朵渔、南人、尹丽川等新锐诗人以网站为依托，逐渐形成以口语化和肉身化写作为主的诗歌社团，成为新世纪以来国内最具先锋意味的诗歌流派，同时网站也成为"70 后诗人"的大本营。"第三说"着力推举第三代的后续诗人，对"中间代"诗人群体得到读者认可功不可没。而"第三条道路"网站以一种独立、包容、开放的诗学理念，集结了一大批诗歌中的"中间人士"，以集团的方式自觉实践其诗学理论，对新世纪诗歌的发展起到了应有的推动作用。此外，秉

---

① 评论家李霞曾在《汉诗网站众生榜》中做过统计（截至 2006 年 5 月），共收集大陆范围内现代汉语网站论坛 798 个。参见 www.poemlife.com/ReviewerColumn/lixia/art2010 - 7 - 30。

持特色理念办站的诗歌网站还包括女性诗歌的集散地"女子诗报""翼"；高擎诗歌智性大旗的"当代诗歌论坛"；主张"物性主义"的"原音"；以写作荒诞诗歌而著称的"荒诞工厂"；关注打工者命运的"现在"；提出"整合年轻力量，重塑精神家园"口号的"磁场"以及"北京评论""撒娇""外省""赶路""不解""灵石岛""新汉诗""诗家园""流放地""中国诗人""汉诗评论""低诗歌运动""中国当代诗歌网"，等等，这些网站不仅分享着网络技术所带来的高效便捷，更引领着当下诗歌轰轰烈烈地前行。

在当下时代，通过浏览各种诗歌网站，不仅可以欣赏各种风格的诗歌文本和评论文章，了解时下的诗歌活动，感触诗歌的脉动；更为重要的是，这些网站按照某一诗学主张严格地筛选、发表风格相近的诗歌文本，逐渐形成了具有流派特征的诗歌团体，这对当代诗歌成熟、发展以及传播的意义非凡。纵观现代诗歌的发展历史可以发现，依托某个刊物而逐渐生成并且壮大、成熟的流派或团体对诗歌发展的意义不可小觑。譬如《晨报副刊·诗镌》之于"新月诗派"，《现代》之于"现代诗派"，《七月》之于"七月诗派"，《诗创造》之于"九叶诗派"，《今天》之于"朦胧诗派"，以及后来的《绿风》之于"新边塞诗派"，《他们》之于"他们诗派"等，这些足以显现新诗发展历程并最终得以确立诗歌文学史地位的流派，都是以某个刊物作为自己的发表阵地，渐渐形成诗歌艺术影响力的，其中刊物的作用可谓居功至伟。网络诗歌同样存在着这样的特点，在其发展过程中，团体或流派的特征愈来愈鲜明。2000 年 7 月，沈浩波、朵渔提出"下半身写作"，以南人创建的"诗江湖"网站为平台，集结了众多"70 后"诗歌写作者，如盛兴、马非、朵渔、李红旗、朱剑、宋烈毅、尹丽川等，明确提出"诗歌从肉体开始，到肉体为止"，此流派引领了新世纪初期诗歌写作的潮流。尽管对"下半身写作"非议颇多，但不可否认的是，它已然成为当下时代诗歌评论研究中无法回避的话题。2004年，"中国低诗潮"网站建立，以更为迅猛的"反诗性"狂欢，吹响了"崇低"的号角。一大群主张审丑、还原世俗、呈现生活原生态的诗人们，凭借自己的网站，掀起了新一轮反本质、反权威、反崇高的诗歌俗化写作。与之相反，2006 年刘诚（汉上刘歌）在"乐趣园"创建"第三极"诗歌论坛，正式提出"神性写作"，"强调心灵的自由和真实，反对诗人退场，主张在还原生活的时候，将诗人的判断添加进来，强调神性对于所有诗歌题材的全方位照亮和诗性处理"。这一团体同样兵强马壮，尺郭、杨明通、南鸥、十品、白鸦、西原、老巢、赵丽华、安琪等成了"第三极"诗歌的中坚力量。2004 年"第三条道路"网站建立，这个被许多人标榜为"中国 21 世纪诗歌最大流派"的网站汇集了"知识分子写作"和"民间写作"之外的庞大诗人群，代表诗人有莫非、树才、谯达摩、庞清明、林童、赵思运、罗云锋，即使不断分化，稳定的诗人也有三四百人。"第三条道路写作"总体上秉承"独立、多元、传承、建设、提升"的价值及好诗主义，有着宽广主义的精神内涵。

网络诗歌呈现出山头林立、流派众多的局面。平民写作、身体写作、垃圾派、低诗歌、知识分子写作、民间写作、非非主义、下半身、无限制、荒诞主义、后政治诗写作、磨难主义写作、物写作、感动写作、极简主义写作、非诗主义、灵性写作、现实主义写作、女性诗歌等，不胜枚举。正如 80 年代的思想解放运动孕育了朦胧诗以后的"第三代"诗歌的狂飙突进一样，新世纪的网络犹如一场"启蒙运动"，诗人们的灵感被激活，90 年代压抑的激情被释放，在网络这个崇尚自由和非理性的"磁场"中，各种流派像陀螺一样，不断地自我旋转与相互碰撞、融合、分裂，在纷纷扰扰的各种论争、质疑、辨析、对话、辩解、阐释，甚至是"谩骂"中，诗歌团体渐渐壮大，诗学理论得到很好的阐扬。尽管网络中的论争永远也不会有结论，然而诗歌也只有在这样的论辩环境中才能前行，没有论争的 60 年代诗歌就是一个很好的反证。每一个网站在建立之初，作为网站成员都是秉承着共同的理念来经营和维护网站的，后来加入者也都有着相同或相近的诗学理想。这样，网站作为一个整体，已经具有了流派的特征，即使后来有分裂、退出甚至另起炉灶，但都不会影响每一个网站的独立品质。在当下众声喧哗的时代，团体或集团对一个诗人个体来说意义重大，一个诗人的单枪匹马在浩瀚无际的网络里"独行"，其价值和意义往往得不到人们的重视，而加入某个团体后情形就大不一样了。依靠团体的力量奔突前行，借助集团的力量展示自己的理论主张和文本实践，同时，网站也因为结合起一定数量的诗人而产生影响。当然，并不是每个诗歌网站都可以形成一种流派的，有些诗歌网站从严格意义上说，只能称之为诗歌群体，因为他们没有提出过鲜明的诗歌观念，或是提出的诗学口号过于笼统模糊，因此，不能称之为流派，而只具有诗歌团体的意义。但无论是诗歌流派，还是诗歌团体，对当下的诗歌多样性建设或多或少都是有所裨益的，都是当代诗歌史的参与者和写作者。网络从这个意义上说，更像是一个历史记录器，在提供诗歌发生场域的同时，也滴水不漏地记录下诗歌的运动轨迹。网络提供了一个探讨和交流诗歌理论的良好空间，新的诗歌理论和创作理念不断涌现，持续冲击着以往的诗歌理论，诗歌写作也在新理论的引领下，渐渐显露雏形并成熟。诗歌网站就是新的诗歌理论和写作实践的集结地，记录和存储着新世纪诗歌流派的每一次脉动，随着众多网站风格的成熟，其流派的意义将越来越受到研究者的重视。

二　诗人博客：个体意识的张扬

如果说，诗歌网站在新世纪诗歌的发展中具有了流派和群体的价值和意义，那么诗人博客的出现，则意味着诗人个性化写作的张扬。所谓博客，即 Blog 或 Weblog 的汉语音译，是一种在线交流形式，人们普遍将它定义为一种个人网络日志。它纯粹属于个人网络空间，可以充分体现个人化写作的情趣和爱好。博客虽然属于个人空间，但是允许访问者对个人博客日志进行评论，同时拥有丰富的链接，相互之间可以通过网络进行交流，因此，博客具有个人性、开放性、交互性、及时性等特征。2002 年，中国首个博客网站建立，并由此发展壮大。在短短几年时间里，博客已经进入网络的主流世界，"开博"成为新世纪以来网络中的一个热门词语。诗人"开博"在诗歌界更是成为一件时髦而平常的事情，也同样是当下诗歌研究中不可忽视的话题。

博客是一种新的媒介资源力量，带给诗歌的意义就是写作的更加个人化。90 年代以来，诗歌写作进入个人化时代，也就是"诗人从个体身份和立场出发，独立介入文化语境、表现时代生存生命问题的一种话语姿态和写作方式，它常常以个人方式承担人类的命运和文学的诉求，弘扬个人话语的权利，源自个人话语又超越个人话语"①。作为一种以"自由、开放、共享"为传播特征的个人媒体，博客是互联网赋予个人力量的工具，满足普通人传达个人声音的愿望。"博客空间是一个人人都能参与的自由、平等、非权威化的精神乐土，它抛弃了旧有的文学等级制度，拆卸了

---

① 参阅李志清《现代诗：作为生存、历史、个体生命话语的特殊"知识"——陈超先生访谈录》，《学术思想评论》第 2 辑，辽宁大学出版社 1997 年版，第 151 页；王家新《当代诗学的一个回顾》，《诗神》1996 年第 9 期。

文学资质认证的门槛，它关注和描绘芸芸众生本真的生存状态，满足了社会公众交流、抒情、创造和表现的欲望，给文学创作以彻底的心灵解放，从而拓展了文学的发展空间，激发出社会底层的艺术活力，开辟出别具一格的文学'狂欢'时代"①。诗人博客恰恰很好地做到了这一点。阐扬自己的独立精神立场、诗学观念，并以"个人化"的方式介入诗歌现场，真实而自由地"张贴"自己的理论文章、诗歌文本。尤其是一些诗歌文本和评论文章如果投稿于纸质刊物或是诗歌网站，由于比较严格的编审制度而被编辑或"版主"弃之不用，那么，自己的博客就是最后的发表园地。浏览一些诗人的博客就会发现，有些诗人经常会将"审核未通过"的文章，或是没有经过删减的"原本"的诗歌文本"贴"在自己的博客里，以一种"私媒体"的方式发表，将自己的思想和文本呈现出来与读者共享。如 2008 年，诗人朵渔的一首诗《今夜，写诗是轻浮的……》曾引起很大的反响，众多刊物争相转载，结果造成了这首诗的无数"版本"，与诗人自己贴在博客里的"原作"或多或少都有些出入，原因就在于刊物发表时基于自己的考量，要删去不符合自己要求的"锋芒"之处，结果就造成这首诗众多版本的流传。博客正是基于这样的特点，其"个人化"的原创意义愈加突出。原创性对于诗歌来说，不仅是衡量诗歌作品优劣的基本标准，也是诗歌作品流传于世的重要支撑。

当下网络诗坛有一个比较有趣的现象应该引起关注，就是实名化与匿名化的纠缠不清。当网络中发生论战时，许多诗人往往以匿名化方式参与，隐匿身份自然可以痛快淋漓、激情四射；而诗人在自己的博客空间里则要为自己的"名誉"负责，即使用博客的方式参与论战，往往也要注意自己的言语修辞，以免因为过激的言辞而给自己带来麻烦，当然也不乏博客中纷纷扰扰的混骂。从这个意义上说，博客的出现对网络诗歌自我清理的意义无疑是巨大的，因为博客中的个人写作，更加注重艺术操守的自律。博客不仅仅是一个书写空间，更是一个"出版"的个人刊物，虽然这一"出版"方式属于"零编辑、零技术、零成本、零形式、零时差"的"五零"方式，但毕竟因其开放特性而具有一定的公共性，那么必然要遵守公共性"出版物"的运行规则，这与网络中的"匿名跟帖"性质

---

① 陈庆：《博客文学："零壁垒"的"自媒体"的文学形态——中国博客文学的兴起与研究现状》，《当代文坛》2010 年第 2 期。

完全不同。博客写作要做到将私人性和公共性有机结合起来，不能简单地视其为一种单向的发布系统，因为博客要承担一种公众交流功能。诗人在博客中发布言论或是诗歌文本，就意味着它将进入公众视野，就要接受人们对它的评论、质疑和反驳，需要时还要为此与公众进行交流互动。因此，博客相较公共网站和论坛来说，更具有私人化与公共性混合的特点。博客的"出现与流布，首先不是作为责任义务，也不是作为宣谕告诫，而是出于一个个生动具体的个人，其七情六欲的宣泄传达，是个体瞬间的意识、精神、情感，尤其是快感的交互对流。它无意承诺，没有宏大野心，没有文以载道，全身轻松，出于快乐愉悦之心，出于无拘无束的自由呈现，而恰恰在这种'无目的'的氛围里，书写者的创造力、想象力和天性获得最充分的敞开"①。在这种自由书写中，每个诗人博客的个性化特征展露无遗，诗文、随笔、札记、时政、历史、诗集、电影、戏剧、音乐、摄影、游记等都可以进入诗人的视野，并有所侧重，对研究、了解诗人的个人活动及个性写作有着巨大的帮助作用，因为在博客里保留了时代最人性最丰富的人文信息。更为重要的是，博客书写作为"个人化写作"的分支，"那种历史存在于任何'在场'的现时现事的诗歌观念，那种极力推崇张扬的差异性原则，本来是因延续、收缩上个时代的'写作可能性'而生，却又为诗的进一步发展提供了新的'写作可能性'，为诗人的独立思考、分析、辨识再造出无限自由的空间，从而遏制了集体或权势话语对诗歌的再度侵害"②。

三 网络论坛：诗学论战的策源地

新世纪以来，伴随着网络诗歌的风生水起，网络论战也烽火连天，战事连绵不断。网络中但凡有新的诗歌流派诞生的时候，一定会有论战相生相伴，网络论坛已然成为新诗学理论的策源地。从 20 世纪末的"知识分子写作"与"民间写作"（先是"盘峰诗会"、"龙脉诗会"面对面的唇枪舌剑，后转移到网络中形成"非对面"论战）之争开始，在十年左右的时间里，论坛上发生了数不清的有关诗歌问题的论战：既有关于诗歌潮流、诗歌命运、社团流派等"宏大问题"的，也有关于诗歌文本、诗人

① 陈仲义：《中国前沿诗歌聚焦》，中国社会科学出版社 2009 年版，第 123 页。
② 罗振亚：《朦胧诗后先锋诗歌研究》，中国社会科学出版社 2005 年版，第 170—171 页。

写作，甚至是一首诗中某个语词使用的"微观问题"的，可谓应有尽有。产生较大影响的有"沈（浩波）韩（东）之争"，老非非与新非非的"真假非非"之争，"中间代"命名之争，"梨花体"之争，韩寒与伊沙、沈浩波、杨黎、东篱等人的"现代诗存亡"之争，"第三条道路"的内部分化之争，龙浚与老象之间对"低诗歌"冠名所有权的论争，"下半身"与"垃圾派"之间的论争，关于"神性写作"的论争，"韩（东）于（坚）之争"，等等，网络中真可谓战事不断、烽火连天。论战双方有主动"邀战"的，也有被迫"应战"的，甚至还有彼此心照不宣的"双簧戏"般炒作式的论战，"说不清多少是立场之争、观念之争、话语之争、诗学之争，又有多少是姿态之争、意气之争和眼球之争。准确与不那么准确，极端与近乎偏执，严肃与起哄，随机应变与漫不经心，坚守与佯疯……上演了一出出网络论争的正剧、喜剧和肥皂剧"①。

　　网络中有关诗歌问题的论战，可以视为新世纪诗歌的大事件，单单就每个事件而言，其学理深度与影响还无法与20世纪诸如"白话诗"论争、"朦胧诗"论争相提并论，但是就整体而言，其规模要远超中国新诗的任何时代。在短短十年左右的时间里，有关当下诗歌的历史渊源、未来走势、发展方向、诗歌标准、泛口语化写作、学院化写作、身体写作、诗歌批评的标准、诗歌资源、诗歌流派、诗歌团体、诗歌伦理以及诗歌技术、诗歌与散文的区别、诗体形式等问题，都在论争中有所涉及，几乎涵盖了新世纪诗歌的所有方面，这是新诗历史中未曾有过的。尽管有许多人质疑网络中的论战，认为是一场场无意义的混战，上演的都是闹剧和滑稽剧。这样的观点我认为有失偏颇，他们只注意到网络论战的负面效应，而没有关注到众多论战对新世纪诗学建构的价值以及在诗歌传播中的意义。

　　综观这些发生在网络中的多次论争，我们有理由相信当下人们对诗歌的关注热情。在很多的论战中，双方还是表现出相当高的理论素养的，对一些诗学问题进行了较为深入的探讨，对诗歌理论的成熟、完善是大有裨益的。这其中最具代表性的是发生在"极光"网站上的论争。2004年9月，诗人安琪在"极光"论坛上陆续贴出15篇诗文，诗人格式从语言问题开始对其做出回应，认为"从句子开始，兴许能找到制约汉语诗歌持续健康发展的瓶颈"，指出当下诗歌句子的"轻薄"和"无韧性"是口语

① 陈仲义：《中国前沿诗歌聚焦》，中国社会科学出版社2009年版，第107页。

诗的最大弊病。随后，诗人长征陆续贴出《与安琪格式谈诗之一：汉语在诗歌中的智慧》等四篇文章，深入讨论了诗歌的语言问题，认为当代诗歌所取得的语言成就，代表着诗歌"从天空到地面，从思想到事物，从高到低，揭开遮蔽回到常识也落到平台的努力"。格式与长征的文章得到众多诗人的认同，纷纷回帖以示支持。"极光"版主马知遥顺应形势，先后归纳出当代诗歌写作的 16 个论题，诸如，身体写作的真实含义是什么？英雄主义和道德感还需要坚持吗？网络诗歌对当代诗歌创作的意义是什么？你如何看待现在诗歌的无难度性？新世纪中国诗歌的创作倾向应该是什么？诗歌需要技术吗？你怎样看诗歌的抒情性？等等，请诗人撰文回答、参与讨论。针对这些问题，安琪、长征、门外木、韩宗宝、芦苇泉、探花、赵思运、赵丽华、赵卫峰、林童、郭希明等诗人陆续做出回答。这期间，众多网友针对诗人们的回答也做出积极反应，"极光"注册用户猛增到 1200 余人，日发帖量超过千篇。山东"白灵"网文化频道、"天涯社区"网对论争进行了同步直播，这更加增强了这场诗学论争的影响力。由于众多诗人的努力，这场论争显示出充分的理性精神，井然有序而不失热闹，大家都是在学理的层面上对诗歌的具体问题进行平等对话、商榷，因为没有"意气"、"名分"等非诗成分的掺杂，这场论争成为新世纪以来最为"理性"的诗学论争，对净化网络诗歌环境，有着非常好的示范和警示的作用。2009 年 3 月，由杨四平主编的《中产阶级诗选》出版，这同样引来了一场论争。杨四平认为，中产阶级立场写作是一个包容性很强的概念，并非简单的经济身份或政治身份，并非中产者独有的立场，而是一种白领的"精神中产"的时代精神。同时还认为，中产阶级立场写作的提法可以终结当前诗歌创作中的盲目意识形态对抗，推动汉语诗歌叙事转型，重塑现代汉语诗歌，代表了中国未来新诗的主流走向。诗人白鸦写了《走下观念祭坛，回归诗学本位》，对其做出呼应，指出"新立场"是一个极具流派意义的诗学主张，企图最大限度地接近当下时代的真相，修正后现代思潮对汉语诗歌所产生的消极影响，终结第三代诗歌的混乱局面。随后又在系列随笔中对杨四平所提出的"直接书写"概念进行了较为详尽的阐释。"中产阶级立场写作"这一诗学概念的提出，立即引来各方的热议，赞同与反对的声音旗鼓相当。赞同者如蓝棣之先生认为，当下诗坛正处在一个重要的"引爆点"，已经听到一种"新势力"的声音，看到一种公众知识分子的品格，希望借此"摆脱落后的思维状态，走出边缘化处境，尽快及时赶上时代"。诗人沙鸥认为，中产阶级立场写作群体作为"边缘与中心的置换，或者是他们正处于边缘与中心之间，是一群不可忽视的反而应该重视的群体"，同时他们因为无畏"中心"强权，敢于向中心开炮，足以让自己成为对抗"中心"的最有力量的群体。而反对、质疑的声音同样强大，诗人徐乡愁认为，中产阶级立场写作的提出，是一次"求和"或者"妥协"的事件，是有权有钱阶级安于现状、欺上瞒下、混淆视听的一种伪和谐；诗人晓音指出，中产阶级写作是个伪命题，属于"身着皇帝新衣的舞蹈者"；蔡俊认为，这一提法只是"一种对常识的强行命名"。这场关于中产阶级写作的论争还在继续，值得关注的是，到目前为止，论辩双方依然保持着冷静客观的学理姿态，表现出足够的理性心态，这是非常难能可贵的。

诗学发展的历史表明，只有经过反复深入的学理辨析、产生深远影响的诗学理论，才可能在诗歌史上留下印记。综观当下众多网络诗歌的论争可以发现，那些喧嚣有余而理性不足的论争，只能赚取一时的眼球，并不能为诗歌发展留下丰富的理论遗产，只是无谓地加重了诗歌的负担，助长了江湖帮派之风，诗人及诗歌的形象大受贬损。许多人出于诗学之外的动机参与论争，诉诸语言暴力，一味地争夺话语权或是炒作自我、标榜自我，甚至对别人进行无端的人身攻击，远远超出学术论争的范畴，使论辩的意义和风度消失殆尽。另外，无谓的论争使得一些诗学问题变得愈加的混沌，复杂问题简单化或是简单问题复杂化，是当下网络论争的通病。不仅混淆了读者的视听，更加剧了诗歌的边缘化处境，原因就在于诗学问题的混沌不明、诗坛的凌乱不堪，造成许多人对诗歌失去信心和关注，这是非常令人忧虑、痛心疾首的事情。尽管如此，当下诗歌论争的价值还是有值得肯定的方面的，如论争激活了诗坛的民主氛围，打破了诗界的沉寂局面，诸多诗学问题逐渐明晰，使得众多诗歌流派在论争中孕育、诞生，对诗歌的多元化建构意义非凡。网络是一个巨大的平台，不仅为诗歌文本提供了展示的空间，也是诗学理论建构的策源地。"网络诗将导致现代汉诗全方位的改变，甚至由此产生新的美学革命和文体革命。"① 网络永远都会处于诗歌写作和传播的喧嚣激烈之中，这不仅是网络的特点，更是当下

---

① 王珂：《网络诗将导致现代汉诗的全方位改变——内地网络诗的散点透视》，《河南社会科学》2004 年第 1 期。

诗歌的显明特征。

　　总之，新世纪诗歌的传播途径日益走向多元化，并在商业化语境中经历着优胜劣汰的淘洗，国家出版诗刊、民刊以及网络作为主要传播手段的地位得到进一步加强，三足鼎立的格局还将持续很长一段时间。但同时也应该看到，作为非传统意义上其他诗歌的传播手段，如诗歌研讨会、朗诵会、诗歌节、诗歌论坛等，也正在产生广泛的影响，对主流诗刊、民刊和网络构成一种传播手段的补充，共同构建起新世纪诗歌传播的丰富性。加之手机短信、MP3、MP4、网络电子邮件以及明信片、贺年卡、流行歌曲甚至各种商业广告，都承载着当下诗歌传播的功能。这些"泛"传播方式虽说并不太被人们所关注，但它们确实存在于我们的周围，扮演着不被人们察觉的传播角色，让我们的生活充满着盎然的诗意。这些丰富繁杂的诗歌传播方式，既让我们看到了新世纪诗歌红红火火的复兴迹象，但同时也应该注意到，很多"非诗"因素也正掺杂其中，各种诗歌活动日益笼罩着浓厚的商业氛围，诗歌正在"被经济化、被政绩化"，有成为商业附庸的危险；手机短信、广告等"泛传播"方式中的"非诗"化倾向严重，低俗、色情、荒诞等不严肃的粗陋写作，正侵蚀着诗歌的纯洁与尊严，混淆着诗歌与"非诗"、"假诗"的界限，这些都是值得人们警惕并加以摒弃剔除的。为新世纪诗歌营造一个健康、纯洁的传播环境，是当下人们较为迫切的任务之一。

第二章

新世纪诗学理论建构

新世纪诗歌复兴不仅表现在大量的诗歌文本的问世，以及不可胜数的诗歌活动的涌现上，更为重要的是众多诗学理论的建构，为新世纪的诗歌复兴增加了无限的砝码，成为当下诗坛重要的现象之一。诗歌文本与诗歌理论是一种相辅相成的关系，二者相互促进。只有文本而无理论支撑，诗歌将是"无源之水、无本之木"；而缺乏文本验证的诗歌理论，终是凌空虚蹈，毫无实际意义。新世纪以降，众多诗学理论和命名纷纷登台亮相，形成了众语喧哗的局面，令人目不暇接。这其中包括关涉诗歌写作精神的"完整性写作"、"第三极神性写作"；彰显写作姿态的"低诗歌运动"、"荒诞写作"、"下半身写作"、"草根性写作"、"垃圾写作"；具有流派和团体特征的"第三条道路写作"、"70后诗人"、"80后诗人"、"中间代"；涵盖地缘意义的"诗歌地理学"、"地缘写作"；关注民生的"打工诗歌"、"底层写作"、"灾难诗歌"、"生态写作"；也有关于诗歌内部写作技艺的"新叙事写作"、"新口语写作"，以及"废话写作"、"灌水写作"、"反饰主义"、"后政治诗写作"、"智性写作"、"物写作"、"存在写作"、"非诗主义"等，诗坛俨然处在一个命名膨胀的时代。其中有些诗学理论和命名得到一定的认可，响应者云集；而更多的命名并没有得到广泛的承认，和者寥寥，仅仅作为"一家之说"象征性地存在着，并没有给诗坛带来多大的震动。处于多元化社会思潮引领下的诗坛，摆脱文学固有的体制，诗歌写作获得了最大的敞开和可能性，与之相生相伴地出现诗学理论和命名的爆炸现象也是自然而然的事情。但是，喧嚣的诗学命名中究竟有多少对诗学理论建构有益的东西？这是令人怀疑的，也是值得深入研究的。本章拟就新世纪以来最具代表性、理论阐释最为丰富，并且得到广泛认可的"第三条道路写作"、"完整性写作"、"诗歌地理学"三种诗学理论做出抽样分析，并以此观照当下诗学理论建构的意义。

第一节 "第三条道路写作"：诗歌中的不结盟运动

"第三条道路写作"理论是由 1999 年 "知识分子写作" 与 "民间写作" 论争催生出来的。面对 "盘峰论争" 暴露出的诗歌问题以及基于诗学道路的拓宽，1999 年 11—12 月，莫非、树才、谯达摩分别写下诗学文章：《反对秘密行会及其它》《第三条道路》和《我的诗学：1999 年冬天的思想》，明确提出 "第三条道路写作" 这一诗学口号。在随后的三年里，中国文联出版社连续出版了《九人诗选》（1999、2000、2001），集合起包括莫非、车前子、简宁、席君秋、树才、殷龙龙、小海、尹丽川、谯达摩、林童、路也、卢卫平、娜夜、林家柏、邱勇、赵丽华、李南、刘川、凸凹、唐诗、陆苏、刘文旋等诗人，显示出一种多元、包容的编选理念，并在诗选中收录了多篇有关 "第三条道路写作" 的理论阐释文章。2003 年 6 月，庞清明创办了 "第三条道路" 诗歌论坛，同年，庞清明、林童主编了《第三条道路 2003 诗歌卷》。这些诗学文章、诗歌选本、网络论坛的出现，标志着 "第三条道路写作" 的最终确立。经过短短几年的发展，"第三条道路写作" 渐显雏形并迅速壮大，而且受到众多批评家的关注，在诗歌界的影响越来越大。

一 缘起："盘峰论争" 的反向催生

"第三条道路写作" 是作为对 "知识分子写作" 与 "民间写作" 之间二元对立思维的 "纠偏" 而提出的，重在强调自身的多元开放性、包容的吸纳性、自由的独立性和先锋的不结盟性，但绝不是一种试图弥合二者对立所造成的诗坛裂缝的 "黏合剂"。莫非在《反对秘密行会及其它》中这样阐述道："第三条道路写作，是另类，是另类的另类，甚至是自身的另类，是 '单独者'，是单数的复数。"[①] 林童在《第三条道路随笔》中也表达了类似的观点："第三条道路，它的确不是一条道路，也不是一条在 '知识分子写作' 和 '民间写作' 之间的中间道路，更不是在二者

---

① 莫非：《反对秘密行会及其它》，谯达摩、海啸主编：《第三条道路》第 1 卷，九州出版社 2004 年版，第 434 页。

之间寻求中庸和折衷。"① 树才则在《第三条道路——兼谈诗歌写作中的"不结盟"》一文中进行了更为详尽的概括："显然，'第三条道路'是另一些道路，是复数。因为我坚信诗歌的丰富多样正是基于每一位诗人观念和文本上的差异。所谓多元，即差异，即独立，即无领袖欲，即尊重对手，即'不结盟'。"综合这些具有纲领性宣言意味的论述可以发现，"第三条道路写作"不同于以往的任何一个诗歌流派，在反对诗歌话语霸权和专制的前提下，着力创建一个平等自由、开放多元的诗歌写作氛围，是具有自己独特道路的"另类"。"第三条道路写作"主张诗歌写作者的每一首诗都是不可再现和不可重复的，都是表现出自己的独特个性的写作方法，因此也就具有"单数的复数"的意义。胡亮形象化地将它理解为："第三条道路的方向不是明确的，或者更确切地说，第三条道路从来就没有一个现成的方向。第三条道路伸展入乱石和杂草之间，伸展入无路之处。第三条道路不是一个山头，而是千万个山头；不是一面旗帜，而是千万面旗帜。"② 正是有对诗歌写作个性的强调，使得"第三条道路写作"迥别于"知识分子写作"和"民间写作"这样的简单归类。写作个性是以写作者独特的审美内质和独特的人格品质为根基的，用一种独特的表现方式传达对生命、生存等问题的独特感悟。尽管"知识分子写作"和"民间写作"同样也强调写作个性，但"第三条道路写作"与之相比还是有所不同的。我们知道，在个人化写作的20世纪90年代，尽管要求每个写作者必须具有独立的见解和立场以及个性化的表现方式，但是，经过十年左右诗歌写作的积淀，无论是"知识分子写作"还是"民间写作"，已经与个性写作渐行渐远。如"知识分子写作"逐渐趋向对诗歌"技术"的崇尚，反讽、隐喻、引文镶嵌、戏剧化、散点透视、互文等诗歌技巧的运用，几乎成为"知识分子写作"的"通用技术"，语词的选择与修饰更趋精雕细琢、翻译语体的使用使得文本显出晦涩隔膜之感；"民间写作"在张扬日常性经验、常识、细节的过程中，渐渐流于琐屑，极力推崇口语化的结果反而使之陷入"口水诗"、语言暴力的怪圈。在"知识分子写作"与"民间写作"的后期，都明显地表现出一种"集约化"倾向，也

---

① 林童：《第三条道路随笔》，http://blog.sina.com.cn/u/1239206274。
② 胡亮：《从写作到批评："第三条道路诗学"的泛化与个人化》，谯达摩、海啸主编：《第三条道路》第1卷，九州出版社2004年版，第485页。

就是在诗歌资源的使用上更趋 "一体化"，这与诗歌的个性写作是背道而驰的，并不是真正意义上的个性写作。而 "第三条道路写作" 恰恰因为倡导诗歌写作的差异、独立与 "不结盟"，为诗歌的个性写作提供了新的契机和可能。"对诗歌的探索是每一个诗人的责任，来自不同话语场域的声音应该建立起一种有效的对话。对话语权力的控制并不真正影响文学史的选择和基本判断。所以，真正的立场应该是诗歌的立场。"①作为诗人个体，因其个人的经历和生存经验不同，对自己独特的经验都有叙述以及选择叙述方式的权利，而一旦陷入某种 "集团化" 的话语怪圈，必定会丧失写作的个人化特征；同时因为拒斥诗歌写作资源的兼容并蓄，也一定会带来诗歌写作的狭隘与偏执，这样的诗歌的出路是可想而知的。

二　包容与开放：超越群体化写作的诗学姿态

许多学者认为，20 世纪 90 年代的 "知识分子写作" 与 "民间写作" 之间并不真正构成两个对立项，双方之间诗学观念的差异和分歧不是结构性的矛盾，而是可以相互选择、借鉴的，甚至也是可以相互融合的；单纯地甚至极端地强调某一种写作方式的 "重要"、"唯一"，遮蔽了这两种诗歌写作倾向之外大量的写作群落。"第三条道路写作" 的出现，"它的意义不在于建构新的诗学理论，而是要表明一种立场和态度，一种超越的，更具包容性和开放性的写作立场。它给我们的启发意义在于：在自我之外，还存在着无数的他者；我们不必对自己的写作感到自卑，而极力将自我他者化，更不必为一种话语霸权，而以一种独断的方式企图将他者自我化"②。也就是说，"第三条道路写作" 对其他诗歌流派完全采取包容态度，没有取消其他流派的积极意义，而是在不拒斥其他流派选择的同时，以一种自身的精神意趣完全超越流派、团体写作，从而构建自身的诗歌观念和姿态。"第三条道路写作" 的倡导者们着力创建平等、自由、独立的诗歌写作平台，改变世纪初 "知识分子写作" 与 "民间写作" 孰是孰非的论争局面，还诗歌一个宽松、自由、个性和民主的写作氛围，同时也打破了因为 "盘峰论争" 而人为设置的诗

---

① 李祖德：《论第三条道路——延及当代汉语诗歌写作的一些问题》，http：//blog. sina. com. cn/u/1239206274。

② 同上。

歌勃兴的"瓶颈",将诗歌带入了一个崭新的写作空间,这也是"第三条道路写作"最为人所注重之处。

谯达摩在《第三条道路:一种思想技术》中将"第三条道路写作"定位为"后现代范式",认为"盘峰诗会"中"知识分子写作"与"民间写作"的论争,从思想史的角度而言,实际上标志着封闭、平衡、稳定、"从一个空想滑向另一个空想"的"现代范式"在当代文学史上的彻底终结,而"第三条道路写作"标志着一种开放的、动态的、具有创造性的"后现代范式"在当代中国文学史上的真正确立。同时还认为,"第三条道路写作"的诗学思想已经明显具有初步的理论体系,它的出现表明当时诗坛业已僵化的"二元对立"思想发生了一种转换,旨在重新修复中国诗坛残破不堪的"道"。谯达摩在阐述"第三条道路写作"理论时,借鉴中西方诸多后现代主义理论,从"后现代浪漫主义"、"后现代现实主义"与"后现代先锋主义"三个层面进行分析,探索"第三条道路写作"在当下诗歌中的意义。显然,谯达摩从"第三条道路写作"日益显现出来的丰富性、复杂性和差异性当中,发现了诸如不连续性、断裂、无界限性、多重性、拆解深度诸多后现代主义特征,并将"第三条道路写作"看作是由现代主义到后现代主义的转化,"一个不断滚动的后现代主义"(谯达摩语)。后现代主义思想反映在诗歌写作上则表现为"非原则性、零散化、反体裁"。后现代主义诗人深刻领悟了"诗是人类自由精神的外观"这一原则精髓,因此致力于使诗歌摆脱矫饰的、和谐的制约,从而获得彻底的满足。但和"第三代诗歌"相比,"第三条道路写作"更具继承中超越的特征:既是对后现代的继承,继承它的先锋性、现代性以及多元并举的表现方法,同时又是一种超越,超越它的消极面,重新树立一种"求同存异"的包容性的诗学观念。从这个意义上说,谯达摩的诗学理论与莫非、树才等人提出的观点有很多共通之处,都提倡"差异性"写作对当下诗歌的意义。

综合"第三条道路写作"的诗学主张可以发现,面对90年代末诗坛裂变的"多事之秋","第三条道路写作"的出现,意义非凡。它打破了"知识分子写作"和"民间写作"的相对格局和话语霸权,拓展了诗歌写作和理论的空间;它所坚持的"好诗主义"原则,也一改90年代末"姿态大于写作"的弊端,使诗歌重新回归本体;在差异、独立、"不结盟"

原则下聚集了诗歌界"沉默的大多数",他们以诗歌文本作为交流互动的方式,以创造性思维确立诗歌的审美取向。在"第三条道路写作"的发展历程中,逐渐形成"禅意写作"、"唯物写作"、"唯美写作"、"灵魂写作"、"存在写作"、"体验写作"、"寓言写作"等诗歌类型,[①] 这些诗歌写作姿态的出现,无疑是对 90 年代末"知识分子写作"和"民间写作""大一统"局面的反拨,这也是"第三条道路写作"为新世纪诗歌留下的最大的理论与精神财富。

三　含混与失范:诗学准则迷失的尴尬

但是,"第三条道路写作"也为诗坛留下了众多遗憾。首先表现为诗歌主张充满混乱与局限,许多理论阐释因为没有经过充分的思考而显现出一定的含混性特点。严家威在《简论第三条道路的判定标准及其独立性自由性涵盖性先锋性》中对"第三条道路写作"做了如下解释:"打个比方,假设你是某一诗歌流派的诗人,如果说你认为诗歌的写作只有你那个流派的写作才是诗,而另外的写作非诗,那你就不属于第三条道路;甚至连第三条道路的朋友也不是!如果说你认为诗歌的写作除了你那个流派的优秀写作是诗外,而另外的优秀写作也是诗,那你就属于第三条道路。如果你说你不属于任何诗歌流派,你认为任何诗歌流派都有一定的偏激,也不想加入任何流派,只想一心写好诗。那你也属于第三条道路。"[②] 这样的判定标准明显表现出含混不清的特点,是为了强调"第三条道路写作"的包容性、多元性以及涵盖性而丧失了自己作为一个诗歌流派的标准。如果按照这样的标准来确定诗人归属,那么,它曾经极力反对的"知识分子写作"和"民间写作"是不是也应该属于"第三条道路写作"?"第三条道路写作"提出的独特意义和价值又体现在哪里?因此"无论'第三条道路写作'所强调的多元性、包容性、自由性、独立性,还是其强调的开放性、边缘性、独特性、先锋性,都是一些社会科学或自然科学中普遍流行的思潮或观点,根本不能反映或揭示诗歌固有的特点及本质,没有确定或规范诗之所以为诗的判定标准,这也是在构建'第三条道路'诗

① 李霞:《第三条道路写作思想》,谯达摩、刘生龙编:《第三条道路》第 2 卷,九州出版社 2005 年版,第 73 页。

② 严家威:《简论第三条道路的判定标准及其独立性自由性涵盖性先锋性》,谯达摩、刘生龙编:《第三条道路》第 2 卷,九州出版社 2005 年版,第 688 页。

学过程中所形成的最大缺陷。"① 并且与谯达摩对 "第三条道路写作" 的阐释有着明显的矛盾。谯达摩在《中国当代诗坛一瞥》中这样判定道："广义的'第三条道路写作'，包括除'知识分子写作'和'民间立场写作'之外的所有其他诗人的写作。"② 同样作为 "第三条道路写作" 中重要的理论阐释家，严家威与谯达摩之间的阐释大相径庭，南辕北辙，可以想象 "第三条道路写作" 内部对这一流派内涵认识的混乱性。另外，谯达摩提出 "第三条道路写作" 中的 "三" 是 "三生万物" 的 "三"，指出由 "三" 衍化而来的写作方式或写作道路，是一条绝对敞开而又延伸的无限道路。随后，他在《第三条道路：中国的后现代主义》一文中，对 "第三条道路写作" 又做了后现代主义的定位和演绎。谯达摩对 "第三条道路写作" 的两次判定之间的关联语焉不详，明显缺乏一种阐释的连续性。究其根源在于，"第三条道路写作" 在其萌芽过程中，几位主将之间缺少一种默契，没有统一认识，而是各自为政，造成理论阐释的自相矛盾，极大地影响了人们对 "第三条道路写作" 的认知。此外，"第三条道路写作" 还出现过诸如 "无主张就是我们的主张"，"无原则就是我们的原则"，"不结盟也就是结盟，是不结盟的结盟" 等似是而非的言论，对真正的诗学建构的意义并不大。

其次，"第三条道路写作" 对许多诗学问题的认识存在着明显的误区，一些理论阐释明显存在着自相矛盾之处，它所提倡的一种包容性和开放性的基本立场和某些理论诉求之间显现出悖论关系，同时也缺乏具体的操作手段和方法。如关于诗歌流派的命名问题，在谯达摩等人编写的《第三条道路》的封面上赫然写着：21 世纪中国第一个诗歌流派，这里权且不讨论流派的大小、先后问题，单是关于流派的内涵问题，已明显地被 "第三条道路写作" 的理论阐释家们忽视了。我们知道，任何流派的认定至少应该具有其他写作者所不具有的特质，而且这一特质需要得到众多个体的认可。"第三条道路写作" 主张 "开放"、"包容"，虽然可以集合起众多的诗人，但是作为一个流派所应该具有的 "纲领性" 和 "方向性" 理论却是阙如的，也就是在强调流派的 "开放性" 的时候，取消了流派

---

① 亦言：《第三条道路诗学理念的构建及阐释》，谯达摩、温皓然编：《第三条道路》第 3 卷，九州出版社 2006 年版，第 594 页。

② 谯达摩：《中国当代诗坛一瞥》，谯达摩编：《九人诗选》，华艺出版社 2001 年版，第 271—272 页。

的核心纲领，设想用包容取代一切，而作为一个流派的特质、标准却被忽略不计，开放意味着无中心，包容意味着无原则，试想这样的诗歌写作能称得上是真正的"流派"吗？既然强调多元写作，为何用"后现代主义"之"一元"加以概括？"后现代主义"之外有无诗歌？因此说，将"第三条道路写作"命名为一个流派，是经不住推敲和反诘的。赵思运认为："第三条道路的观念，是一种普适性的价值立场，而不是一个流派，一个同盟，一个组织。它是一个'场'，一个包容性的'场'，一个诗意充盈的'场'。"①正是基于对"第三条道路写作"的清醒认识，赵思运并不认为它可以被称为一个"流派"，而是应该称为比流派意义更宽泛的"场"，以此消解"第三条道路写作"狭隘的流派称谓，因为它的确不具有流派的基本特质。90年代汉语诗歌写作陷入了一种封闭的话语试验和美学塑造中，出现了诗歌话语霸权，汉语诗歌充满了一种焦虑的情绪。在最初的构想中，"第三条道路写作"的倡导者们正是基于对话语霸权的反拨，旗帜鲜明地提出反对诗歌话语霸权，还原诗歌写作的自由、独立，试图以一种新的理论介入当下诗歌写作立场的分歧中。"我们能看到，'第三条道路'试图建立起一个超越集团、对立的写作立场。这种立场从诗歌写作者的角度来看，也可以说根本上是反立场的。他们反霸权和反专制的'倾向性'则不仅仅是'第三条道路'的倾向性，则应该是整个当代汉语诗歌的'倾向性'。因为，他们试图开拓的是这样一条道路：不结盟的、具有充分包容性和开放性的写作道路。"②但是"第三条道路写作"随着其影响愈来愈大，集结了一大批卓有成就的诗人和诗歌理论家，已经流露出一种集团式的努力和在诗歌史上构建自身话语地位的冲动和野心。其主要表现就是自说自话，自设话语。综观"第三条道路写作"的理论文章，几乎所有的逻辑起点都在"知识分子写作"和"民间写作"之间的论争问题上，批评其狭隘、封闭、霸权、追名逐利、"唯我独尊"等问题，以此彰显自己"独立、自由、包容、不结盟"的特征。而问题恰恰就出在这里，几乎所有的"第三条道路写作"的阐释文章，都将其与"知识分子写作"和"民间写作"截然区分开来，并没有充分吸收二者优

---

① 赵思运：《关于"第三条道路写作"诗学我之辨析》，《诗生活》，http：//www. poem-life. com。

② 李祖德：《论第三条道路——延及当代汉语诗歌写作的一些问题》，http：//blog. sina. com. cn/u/1239206274。

秀的诗歌写作经验，将二者视为诗歌写作糟粕而弃之如敝屣，这与其自身所提出的"自由、包容"的原则完全背道而驰。细检当下的众多诗歌论争可以发现，其实论辩双方几乎都运用"非此即彼"的二元对立思维来维护自己、攻击别人，很少有平等的对话和交流，因为很清楚，只有用极端的手段压制对手才能赢得主动。"第三条道路写作"同样存在着这样的问题，正在用一种极端的话语暴力构建全新的诗歌写作霸权。"几乎没有哪个诗歌流派像第三条道路一样如此嘹亮地发出自己的宣言：第三条道路——新世纪中国第一个诗歌流派，通向辽阔的艺术世界；第三条道路——向所有优秀诗人敞开，凡太阳升起的地方都有第三条道路诗人在幸福歌唱，辛勤劳动；第三条道路——由名家创立品牌，众多新锐开阔视野，一条永续发展的道路，为建立多元并存的良好诗歌生态而努力。没有哪个流派能像第三条道路这样拥有众多的理论旗手，以犀利之笔不断阐述并刷新第三条道路，自足敞开，锋利有力。"① 如此绝对化、"唯我独尊"式的论述，只能说明"第三条道路写作"正在陷入新一轮话语霸权的窠臼里。从反话语霸权到自设话语、自我标榜，是否意味着"第三条道路写作"现代性精神的衰落？这是不言自明的。

　　"第三条道路写作"留下的遗憾还表现在一种诗歌精神的沦落上。"第三条道路写作"力主"不结盟"，是出于对群体写作惰性和僵化的反拨与拆解，这是有积极意义的诗歌主张。但是在其发展过程中，却出现了许多"非诗"现象，极大地伤害了自身的形象。2005—2006 年，"第三条道路写作"出现了分裂迹象，"谯林之争"（谯达摩、林童）促使"第三条道路写作"走向分崩离析：先是谯达摩创建"第三条道路综合网"，"另立山头"；后是林童宣布退出"第三条道路"，并关闭"第三条道路"论坛；随后庞清明创建"第三条道路"新论坛。"第三条道路写作"内部终于不可逆转地分道扬镳，成了两派——一派以树才、老巢、莫非、庞清明、安琪、胡亮、林童等为代表，以"第三条道路"论坛为核心，继续提倡"独立、多元、敞开、建设、提升"的诗歌精神；另一派则以谯达摩、温皓然、严家威等为代表，以"第三条道路综合网"为阵地，坚持"第三条道路"的"后现代主义"理念。这两派既有关涉诗歌理念、艺术道路、诗歌趣味等方面的诗学分歧，又有名分、利益、话语权等"非诗"

---

① 庞清明：《第三条道路与流派精神》，《文学自由谈》2007 年第 1 期。

问题的纠葛。"第三条道路写作"曾经因为"不结盟"口号而赢得了无数人的赞许，但是在发展过程中，却出现了"盟主"名号以及"领导权"之争，从前期对流派意识的淡化到后期对流派领导权的争夺、从反诗坛分裂到自我分裂、从"不结盟"到自封盟主，"第三条道路写作"毫无例外地走过了一般诗歌流派或团体的命运之路，这是诗歌的宿命，而且是一种具有中国特色的宿命。

"第三条道路写作"由曾经的气吞山河、轰轰烈烈到现在的分崩离析、黯然落幕，从中不难发现这样一个真理：艺术竞技场上最有说服力的永远是文本（罗振亚语）。无论"第三条道路写作"的队伍如何庞大，理论建构如何杰出，都远远不如诗歌文本的影响力，文本永远都是人们认识一个诗歌流派的最佳切入点。"第三条道路写作"只有奉献出最上乘的诗歌文本，才有可能配得上"21世纪中国第一个诗歌流派"的自我称谓，否则，只会留下一个令人忍俊不禁的笑柄。

第二节 诗歌地理学：诗歌、地理、自然、文化的多重融汇

诗歌地理学①是近年来逐渐被人们熟知并给予关注的诗学概念之一，是新世纪诗学建构的重要组成部分。作为一个诗学概念来说，它并不是原发性的，而是人们出于对诗歌某些性质的认识和阐述的方便，从"文化地理学"的概念转化而来的。而有关"诗歌地理学"的内涵，我们可以从对"文化地理学"的认识中获得某些启示，进而理解新世纪诗歌地理学问题。法国著名史学家兼批评家丹纳在《艺术哲学》中论及意大利文艺复兴时期的绘画时指出："——环境与艺术既然这样从头至尾完全相符，可见伟大的艺术和它的环境同时出现，绝非偶然的巧合，而的确是环境的酝酿、发展、成熟、腐化、瓦解，通过人事的扰攘动荡，通过个人的

---

① 关于诗歌地理学的概念，一直没有比较明确的定位。2006年8月《诗歌月刊》（下半月刊）推出"诗歌地理特大号"专刊，刊载了大量带有地理意义的当下新诗，并有"诗歌地理五人谈"专栏，对诗歌地理的文化、传统、心理、地域、自然等问题进行理论阐释。9月，由中国诗歌学会主办的"中国诗歌学术论坛"相继在长春、兰州、成都召开，共同的理论主体为"诗与人"，因为召开的地点分别位于东北、西北、西南以及对人的社会性、文化性、审美理性、心理结构等问题的关注，必然涉及"诗歌地理学"这一命题，从而引起了广泛的注意。随着张清华、张立群、赵思运、杨四平、林童、耿占春、霍俊明等人对之进行的大量理论阐释，"诗歌地理学"开始逐渐被人们接受。

独创与无法意料的表现，决定艺术的酝酿、发展、成熟、腐化、瓦解。环境把艺术带来或带走，有如温度下降的程度决定露水的有无，有如阳光强弱的程度决定植物的青翠或憔悴。……因此我们可以肯定地说，要同样的艺术在世界上重新出现，除非时代的潮流再来建立一个同样的环境。"①也就是说，环境对艺术的生成有着至关重要的作用，并且因为环境的独特性缘故，只会产生艺术的相似性，而永远不会产生艺术的同一性。英国学者麦克·克朗这样定义"文化地理学"："文化地理学研究人类生活的多样性和差异性，研究人们如何阐释和利用地理空间，即研究与地理环境有关的人文活动，研究这些空间和地点是怎样保留了产生于斯的文化。"②文化地理学不仅研究文化在不同地域空间的分布情况，同时也研究文化是如何赋予空间以意义的。我们都知道文学中充满了对空间现象进行描写的诗歌、小说、故事和传奇，它们体现了对空间现象进行理解和解释的努力。基于这样的认知，新世纪诗歌提出了"诗歌地理学"概念，并不是一种凭空臆想的结果，而是有着深厚的诗歌传统和理论基础的，目的在于给新世纪诗歌一个视角、一个介入的门径，在多元化的理论背景下，重新建构诗学理论，也为当下诗歌写作提供一种借鉴和启示，这也正是诗歌地理学概念提出的意义所在。综合考察新世纪"诗歌地理学"的理论阐释，发现它是在以下几个层面实施建构的。

一　诗歌与地理关系的重新审视

自古以来，中国诗歌与地理、文化的关系就非常密切，可以说是水乳交融、合为一体的关系。从最早的《诗经》《楚辞》到魏晋、唐宋时期的"山水诗"、"田园诗"、"边塞诗"，再到元、清时代的"记游诗"、"边塞词"等，诗歌与地理联姻，造就了数不胜数的经典诗作，是中国诗歌的重要特色之一。正是这些诗歌经典，让我们领略了中国文化的博大精深，同时也引领读者遍历山水、陶冶性情，建构起深厚的民族文化心理，积淀了属于中国的"集体无意识"。然而，进入现代社会以来，"人与自然"的和谐关系被打破，诗歌中难以寻觅到传统诗歌那种或清新，或壮美，或

---

① ［法］丹纳：《艺术哲学》（图文本）上册，傅雷译，天津社会科学院出版社 2004 年版，第 226 页。

② ［英］麦克·克朗：《文化地理学》，杨淑华、宋慧敏译，南京大学出版社 2005 年版，第 3 页。

苍凉的美妙意境，取而代之的多是反映现代人心理哲思的凋敝、残破、衰落的意象。譬如同样是边塞诗，古典诗歌用苍凉雄阔的诗句表达人与自然、人与边塞的特殊关系，而现代边塞诗歌则更多地传达孤独、沧桑、疼痛、挣扎等生命意识；同样的乡土诗歌，古典诗歌多是歌吟式，而现代诗歌多是叹息式。这里面不牵扯孰优孰劣的问题，而是一种诗歌在特定时空下的自然表现。当下诗歌地理学正是秉持这样一种理念：在完成传统意义上地理文化的"断裂"后，建构具有现代意义的诗歌地理。"对当下的诗人来说，必须警惕的是，不要把诗人自己的价值寄托在地理文化意象上，去做那个文化意象符号的附庸，而应以这个文化意象符号彰显出自己独有价值与个性，反过来又为这个文化意象注入新的活力与生命力。"① 同时，赵思运指出，传统诗歌中的地理文化意象往往在一种集团意义上显示出其意义，传统历史、地理、文化本身压倒了诗人的主体意义，诗人的创造性更多地让位于诗歌所指涉的"地理"，而现代诗歌应该逐渐实现对特定地理文化的疏离，因为诗歌的任务不是再现一个地理文化意象，而是全面释放诗人的生命体验与精神深度。学者北塔对此也有相似的观点，他认为："真正优秀的地理诗重点不在地理，而在诗，地理只是诗的背景、舞台、道具或面具。从优秀的地理诗中，我们能看出诗人的思想和感情，而且思想是深刻的，感情是深厚的。"② 对于现代诗人来说，在诗歌中体现诗人独特的自我感受与发现，远比单纯地对诗歌地域进行具象描写重要。古典诗歌注重对环境景象的渲染，诗歌气韵生动、意味隽永，"野旷天低树，江清月近人"，"无边落木萧萧下，不尽长江滚滚来"，传达或细致，或宏阔的心理感受，诗歌中的"地理景观"对诗人创作的意义非常重要，占有绝对的优势地位。诗人的情绪情感抒发完全隐藏在对"地理景观"的具象描写背后，这也正是古典诗歌白描手法异常突出的原因所在。而现代诗歌更注重诗人精神层面的展示，"地理景观"在现代诗歌中只是作为诗人精神展示的"触点"，很少进行细致入微的白描表现，多是超越时间地理的理性精神的直接阐发。如舒婷的《神女峰》，完全没有对"景观"进行具象表现，而是超越地理物象直接发出对人性尊严的吁求与呼告，也就是诗歌地理愈来愈实现对特定地理景观、文化的疏离，从而达到现代意义

---

① 赵思运：《诗歌中地理文化意象的建构与疏离》，《诗歌月刊》（下半月）2006 年第 8 期。
② 北塔：《天文地理与人文心理的同构与互文》，《诗歌月刊》（下半月）2006 年第 8 期。

上诗歌地理的重建。新世纪以来，出现了大量有关地理方面的诗歌，这些诗歌往往都是以地理景观为依托背景的，表现了现代人对历史、文化、个人命运、环境生态诸多问题的思考与态度。"曾站在新淤地上/认定我是第一个站在这儿/仰望千古明月的人/却突然悟到/这些泥土/来自远方/来自历史/是先人骨灰的堆积/谁正借我的口/在月光里/对着大海/喃喃自语"（任真：《黄河三角洲》）。面对历史厚重的积淀，现代人不应再重复"堂吉诃德挑战风车"式的闹剧，而是应该怀着一颗敬畏的心，小心低语，唯恐因为自己的"喧闹"而打扰到"先人"的清静，这也正是现代人在面对历史文化时应该具有的姿态。同样，雪峰的诗歌也是以一种现代的视角回望历史："我和这座园子/住在同一个城市/这座园子和我/生在不同的年代/它是昨日的深渊/挣扎着沉甸甸的过去/我是今天的路口/看春夏秋冬过往"（雪峰：《长春伪皇宫》）。诗歌很短，但颇有"古今多少事/都付笑谈中"的历史达观，表达出现代人对一段沉重历史的态度。

现代诗人面对"地理景观"如何调整写作与传统的关系，这是当下诗歌写作亟待解决的问题之一。新世纪诗歌地理学的提出，其深层原因就在于这是当下时代如何对待诗歌传统这一永远没有解决的命题。新文学已经走过百年，文学艺术中的各种门类，包括诗歌在内，都没有很好地解决与传统的关系问题。诗歌写作作为人类文化活动的有机组成部分，始终在时间与空间的历史坐标中彰显自身的存在和价值。诗歌写作与其他艺术门类一样，有传承有断裂，无论是传承中断裂，还是断裂中传承，二者都是一种无法分割的关系，百年新诗的演进历程已经充分证明了这一点。毫无疑问，我们当下正处在一个以"反元话语、反中心、反体系、反文化、反文学、游戏、拼贴"等为特征的时代，一个只承认"断裂"而不认同"传承"的"后现代"时代，人们对传统的态度已经相当暧昧不明，喧闹狂欢却不知所措，这不仅仅是当下诗歌的表现，更是整个时代的写照。诗歌地理学的问世，给当下诗歌写作提供了一个视角，一种参考，一个期待解决诗歌与传统、诗歌与现实关系问题的路径。"人生代代无穷已，江月年年只相似。"无论历史是如何的"波诡云谲"，也许变化最小的就是我们和祖先共同面对的"地理"，只有地理和它所承载的文化，才是我们无法割裂的血脉，是我们生命的脐带。地理制约着文化的生成与延续，而反观地理也就是反观文化，这也就是当下诗歌地理学提出的意义。人们愈来愈明白一个道理：我们不可能也无法再对传统文化采取虚无主义的态度，否则是相当危险的事情，尤其是在整个世界力推"全球化"的今天。新世纪诗歌地理学的提出，并不是要诗歌回到传统老路上，也不是像"新诗草创期"或"后现代"那样完全剥离传统，弃传统如敝屣，而是在传统与现代之间寻求某种通性和平衡点，从而为当下的诗歌写作探寻新的可能。诗歌接续传统并非是一种简单的回归，重要的是一种精神的承续。更直观地说，就是重新激活自然、生态、价值、尊严、情感等诗歌基本元素的内在活力，开掘一种独具时代内涵和特点的诗歌价值理念及美学原则。

二　地理对诗歌多元化的意义：地域性强调

人们为了方便诗歌研究，常常以地域的概念来划分诗人及作品，如西北诗歌、西南诗歌、边疆诗歌等，用"空间速记"的方式总结、概括某些诗人及作品的群体特征，这样的研究方法具有很大的普遍性。不同地域的诗人及诗歌写作总能显现出一种独特的艺术魅力，因为特定的区域文化滋养了诗人的写作，无论接受怎样的教育或是写作上的限制，诗人写作素材中最为熟悉的莫过于生于斯长于斯的故乡。这样，共同的生活环境造就了本区域诗人写作中的某些共性，因此，用区域概念来归纳诗歌的群体特征也就顺理成章了。另外，人们对异质文化的感受来自异地的自然景观与物质生活方式的差异，"骏马秋风塞北，杏花春雨江南"，通过地域知识来理解诗歌，或是通过诗歌来了解地域文化，因此，诗歌与地理区域的关系历来都是非常紧密的。"文学作品不能简单地视为对某些地区和地点的描述，许多时候是文学作品帮助创造了这些地方。"① 诗歌写作总是要在一定的地域空间内进行，也就是地域决定了诗人写作行为的空间范畴，地理景观和地域文化对诗歌写作总是存在着或隐或显的影响，而诗人的写作往往也被看作某一区域的文化表征，如昌耀之于大西北文化、吉狄马加之于彝族文化。然而，在社会"全球化"、"一体化"、"城镇化"发展的今天，许许多多具有文化意义的地域、景观已经变得面目全非、岌岌可危。在"地球村"的概念下，人们对"地理"的认知程度逐渐下降，似乎每到一处所见所闻都大致相同，乡村城镇化、城镇都市化、都市集群化所带来的后果就是人们感觉和认知的"趋同化"，传统意义上的区域特征已经

---

① ［英］麦克·克朗：《文化地理学》，杨淑华、宋慧敏译，南京大学出版社2005年版，第40页。

相当微弱，甚至已经消失。当下时代更因为传媒手段的发达，人与人之间的联系变得迅速、快捷，强大的超稳定的文化传播加剧了区域一体化趋势，这些对诗歌地理的多元化建构无疑具有很大的负面影响。"如今，我们生活的地方日益变得无地方性，相同的技术元素和社会元素进入了生活空间，造成了对生活空间的'殖民化'。这样的环境在使人们的生活变得方便之时，也消除了地方经验的差异，甚至消除了个人化的传记经验，人的地方性意识、某种归属感和属性的形成也会逐渐解体。"① 而诗歌地理学的提出，凸显出地域性对诗歌的意义，反过来说，诗歌地理对区域特征的彰显也具有非常重要的作用，二者相辅相成。有些地方之所以被人们熟知，在很大程度上是和诗歌有关的，如德令哈（海子：《姐姐，今夜我在德令哈》）、哈尔盖（西川：《在哈尔盖仰望星空》）、平墩湖之于江非、大沽河之于徐俊国、天河城广场之于杨克，等等。

　　任何一个地域性文化的生成，都离不开一定的自然地理环境和条件，如地形、地貌、纬度、气候、物产、生态等，为人们的物质生活和生产方式提供了不同的自然资源，并在此基础上形成了具有鲜明地域标志的文化类别，如中原文化、巴蜀文化、岭南文化、关陇文化、塞北文化等。这些地域文化对各种文学艺术活动又会产生深厚的影响，一方面是自然地理景观不可避免地成为文学艺术的观照、表现对象，无论是山水地貌的细节描摹，还是生活场景的逼真再现，都会浸染、表现出浓郁的地域色彩；另一方面，地域文化通过逐渐渗透的方式，积淀为一种"集体无意识"，在不知不觉中影响着文学艺术家的生存方式、思维模式以及对外在环境的感知、处理能力，从而对其创作活动产生潜在而巨大的作用。不同地域之间的差别带来文学艺术创作的差别。也正是这种差别的存在，形成了中国千差万别、绚烂多姿的文学艺术形态。诗歌写作同样存在着地域性差别，本土性文化深植于诗人的骨髓之中，对诗歌写作产生着深刻的影响。譬如，牛庆国、沈苇、马非、高凯、娜夜、古马、唐欣、桑子等一大批西北诗人，将具有西北地域性特征的生活经验融入诗歌写作之中，延续着西北地域作为诗歌表现重镇的传统。而西南诗人如于坚、李亚伟、杨黎、翟永明、宋炜、宋渠、万夏、柏桦、张枣、马松、杨黎、何小竹、赵野、欧阳江河、孙文波、刘太亨、吉木狼格、二毛、吴克勤等，同样保持着南方诗

---

① 耿占春：《诗歌：作为一种微观地理学》，http://blog.sina.com.cn/gaochunlin。

歌所特有的敏感、细腻，以地域特有的方言写作，坚守着诗歌精神，在"最易滋生诗歌的灵魂"（翟永明语）的地方将诗歌的地域性特征演绎得风生水起、淋漓尽致。新世纪以来，关于诗歌地理学问题，不仅有众多诗歌文本的实践，同时也有许多理论文章及诗歌刊物积极推动着这一诗歌理论的发展。《诗歌月刊》（下半月）于 2006 年 8 月推出"诗歌地理特大号"专刊，刊登了 160 多位诗人近 200 首和地理有关的诗歌，并且同时刊发赵思运、北塔、林童、杨四平和张立群关于诗歌地理学的理论文章；敬文东的《抒情的盆地》（湖南文艺出版社 2006 年版）以四川盆地 20 世纪八九十年代的诗歌写作为线索，探索了四川特殊的地理、气候、方言甚至火锅、茶馆对诗歌写作的意义和作用，并提出一系列中国当代的诗学问题。具有诗歌发生学意义的《抒情的盆地》虽然并没有具体提出诗歌地理学理论，但是书中却潜移默化地将诗歌与地理的关系阐释得淋漓尽致，可以视为近年来诗歌地理学阐释的经典文本；以"××省或××市诗歌选"为题的地域性诗歌选集的大量涌现，也反映出当下诗歌地理建构的实绩，如《山东 30 年诗选》《雪国诗人——新时期黑龙江诗人优秀诗歌选》《中国西部诗选》《在路上——东莞青年诗人诗选》《深圳青年诗选》《厦门青年诗人诗选》等，这些具有地理学意义的诗选、专著及专号的出版，不仅在于展示某一地域或某一群体的诗歌写作面貌和艺术水准，而且以一种整体、历史性的观照，深入诗歌的现场，在一体化趋势愈加强烈而个性化特征渐趋消亡的当下时代，以诗歌地理作为一种"介入"，彰显诗歌的多元特征，避免陷入"麦当劳式"标准化的诗歌写作和批评模式里。同时，也是为规避当下诗歌写作和诗歌批评中所存在的狭隘的"圈内意识"和"小群体意识"，构建一种真正开放的、多元的并且富有生机活力的诗歌环境而做出的探索与尝试。

以往的诗歌史写作往往偏重于时间维度，多是诗歌的"流变史"、"演变史"写作，在很大程度上忽视了地理维度对诗歌写作的意义，结果造成诗歌研究知识根系的萎缩和片面。诗歌地理学概念的引入，促使我们对诗歌写作及历史进行重新发现与叙述，拓宽诗歌史写作的视野，钩沉长时间被诗歌史写作忽略的诗歌空间意义，坚守诗歌的多元化，不仅仅是冲破一体化时代的诗歌困境，而且更是对诗歌根性的探寻与回归，毕竟发达的传统文化根系深植于中国的每一片区域之中，对诗歌地理的强调和关注，其实就是对诗歌根性和活性源头的强调和关注。

三　家园、漂泊、断裂意识的呈现

新世纪诗歌地理学的提出，一方面试图重新调整、建构诗歌与地理的新型关系，本质上可以说是重新探寻诗歌与传统的关系；另一方面通过诗歌地理学强调多元化诗歌的意义，规避一体化进程所带来的诗歌的单调、批量化生产。同时，诗歌地理学的提出，还与当下诗人的精神状况有很大的关系。具体来说，当下时代是一个不断促使人们"精神还乡"的时代，鳞次栉比的高楼大厦遮蔽了人们瞭望家乡的目光，飞速旋转的车轮阻碍了对大地的亲近，尤其是生活压力的逐渐增强，压榨和侵蚀着人们日益萎缩的精神世界。人们在充分"享受"工业文明所带来的便利、高效的同时，在精神世界里却不得不接受"被物化"的现实，时时处于某种被掏空、被悬置的漂泊状态。无所归依的精神"流浪"促使人们反观自己的"出生地"，回归家园以寻找精神的慰藉，无论是徜徉山水还是梦回故乡，都是对几近破碎的心灵的一种修复。

新世纪地理诗歌的大量涌现，是对乡村与城市关系进行的重新反思。诗歌表现为放弃传统乡村、山水、田园的牧歌式吟诵和形态性描摹，从根性上反映人类的生存状态和精神实质，并且是以一种两栖人的心态，不断地穿行、跳跃于城市与乡村之间，以疗治"城市病症"的方式进入文化乡愁层面，这是诗歌地理精神的高度彰显，更是诗歌地理艰难而幸福的救赎。"爬上清水河公路，就可看到飞跃的大坝，神庙的屋顶，炊烟四起/红砖小楼夹着土屋，梧桐树中夹着久远年代的水杉和樟木/……沿着崎岖记忆，回到家乡，是这个下午的臆想/可她依旧那么沧桑，空荡荡的可爱，月亮依旧照在清水河上/公路依旧尘土飞扬，坟茔上的艾草，依旧灰飞烟灭/小牛依旧要吃草，怀孕，邻家小兰花依旧要开放"（江雪：《清水河公路》）。乡土诗歌中原本温馨浪漫的河流、土屋、杂树、牛车、草场等乡村元素，在工业化背景下变成"空荡荡"的逝去之物，只能成为一个个记忆中的语汇。蛰居于城市中的许许多多的人，在记忆中，甚至是生命中永远也挥之不去的，就是那萦绕在心头的乡愁，现实的紧迫促使人们不断地"离乡"，陌生的生活场景又不断地催生着精神的"返乡"，"离乡"与"返乡"构成当下时代人们的精神主体结构。"他们说的是水，代表'干净'和'纯洁'的事物，在一天天浑浊。/他们说的是土，具体说，是耕地/在一天天减少、荒芜；他们说的是森林、是树木，甚至是青草。/

或者诗意些，是大地、阳光/物种的更替和候鸟的鸣呖……但他们没说出另外的一些/当我回到故乡，我仍然认识那片土地/尽管它已废弃，身上长满稗草；/我仍然记得那片山林，尽管/它已枯黄、光秃；/我仍然能识别出那一张张面孔/他们高声喧哗，但神情恍惚。/终于，我看到年少时暗恋的邻家女孩/我流出欣慰的泪水/她朝我瞟了瞟，目光又落在/手中的麻将牌上。"（刘春：《流失》）熟悉而诗意的故乡，在时间与现实的磨砺下变得愈来愈陌生，不由得生出一种"返乡"的陌生感与尴尬，"浑浊"与"荒芜"的不仅仅是家乡的地理景观，还有人们的精神。这首诗深得鲁迅小说《故乡》的神韵，同样"离乡—返乡"的叙事模式，传达出类似的精神陌生、尴尬与无奈。

精神"离乡"带给人们最刻骨铭心的感觉就是"漂泊"，浮萍一样"无根"的感伤。这种"无根"的感觉，始终伴随着先锋诗人的诗歌写作。不仅有"离乡"的精神挣扎，还有更为宽广、深邃的文化背景。现代化的进程在一定程度上割裂了我们与传统相连的血脉，尤其进入多元共生、多音喧嚣的后现代文化语境之后，"颠覆一切"成为这个时代的核心关键词，其后果就是精神的碎片化、零散化，冷漠成为蔓延全球的"病症"，人们因现实日益严酷而变得非常现实与世俗，公共空间，包括精神在内，日益萎缩、逼仄，而私人空间却无限膨胀，但却无法掩饰精神自我孤立的寂寞。诗歌地理的涌现与人们的精神症候有很大的关系，徜徉山水间唤起人们对自然的亲近，暂时忘却都市里的喧嚣和失意；反观故乡则可以重寻自己精神的起点，卸掉自身身份所造成的压力和焦虑，这些都是地理诗歌勃兴的缘由所在。"城市在甜橙孤独中发酵/我漂木的意识，像水逸出切口/有人代替我当了流亡者，用我的灵魂/长途奔徙于时间的白骨"（野萍：《普者黑之歌》；普者黑，彝语为"鱼虾众多的地方"，位于云南省文山壮族苗族自治州丘北县境内。——笔者）具有典型喀斯特地貌特征的"普者黑"使诗人置身于优美的山水田园之中，放逐自己的流浪与孤独意识，远离城市的喧嚣，仿佛天籁一般的歌声，荡涤着诗人"漂木"一样的灵魂。这是一首非常具有诗歌地理意义的作品，典型地反映出当下时代人们孤独、漂泊的精神状态。"这是一部贺岁大片中的情景：/在那里，时光如箭，背景发出嗖嗖的声响，/我们俩相携着朝前走。/我们越过一个个站牌，我们不敢向人打听我们/的归宿。在这陌生的城市，/我们被迫不停地走动，进进退退，无所事事。/一开始还能表现出本性中的悠闲，盲目而缺乏沉着。/多么典型的外省人，多么渺小的小人物。"（海因：《呼家楼》）身处城市中的人们，犹如匆匆过客，踽踽独行中留下的只是落寞孤寂的身影。这是在影视作品中常常见到的场景，其实，它在我们的生活中更是屡屡出现，只是因为麻木才使得我们对此熟视无睹。"我站在天桥/等四月的雨中你的出现/高大的白杨与喧哗的车行在时时较量/即将到来的五月会成就我的忧伤/……如今我的故乡/只是比北京更小些更矮些/尽管，乡人也偶尔谈些早年的那匹枣红马/柏油路和路灯消淡了曾经堆满稻草的天空/那温暖而带有草粪的气息/烘烤和咬啮着我的记忆。"（霍俊明：《五月的北京和故乡》）对乡土家园的思念与忧伤来源于城市对乡村的挤压，原本是城市特有的标志性物质"柏油路和路灯"不仅切割了乡村宁静的空间，也冲淡了曾经浓郁的乡土气息，思念也不再是淡淡的温暖和幸福，而是一种噬心的痛苦与忧愁。

　　乡愁是地理诗歌中最为常见的表现母题之一，有着更为深刻的文化与心理内涵。"乡愁，是诗人对故土乡土深厚情感的无法排遣的心理郁结，是宗族先天血缘与后天环境的共同产物，几乎是来自心理生理不可抗拒的本能，它表现为一种剪不断理还乱的刻骨铭心的思念，一种绵长悠久的梦托，一种无声的仰天长啸，更是一种一触即发的疼痛。"[①] 乡愁，不仅体现在本土诗人"离乡"后的愁思中，还体现在众多孤悬海外的诗人"去国"后的"断零"体验中。文化的断裂与精神的飘零几乎是每一位"去国离乡"的人不得不面对的现实，感时伤怀的情绪宣泄、乡土田园生活的浪漫记忆与回望、文化断裂后的茫然与眷恋，是乡愁诗歌中最为集中表达的情感。这不仅仅属于生理、心理层面的问题，更是哲学、文化范畴的问题。"波罗的海。光秃的岛屿。一只我说不出名字的候鸟/在阳光里静静地躺着，接受几只苍蝇的叮咬/我蹲下。残破的羽翼忽然飞响成独白：'我相信漂泊的人，我相信把世界当汪洋的人/他不用祖国或亲朋作船桨，他用孤独。他远离灯塔……'/我用手翻动腐尸。一群黑压压的蚂蚁从它翅膀下散开/'我相信把沙漠当路的人。他摆脱了关系，骑与/被骑。他是完整的人。他是——完——整！'/我直起身。一片形如天鹅羽毛的帆从天际飘来/'我相信穿行沙漠后把自己埋在沙漠里的人/尽管他长在山里。我相信漂泊不息的候鸟/它对祖国——根——一无所知。它飞翔时所

---

　　① 陈仲义：《扇形的展开——中国现代诗学谫论》，浙江文艺出版社 2000 年版，第 139 页。

见地球的滚动'。"（李笠：《我相信漂泊的人》）身居瑞典的李笠，将海外游子的思乡与"异乡异客"的复杂情绪表达得淋漓尽致、感伤惆怅而不失坚定执着。诗歌运用统一而明晰的诗歌意象：光秃的岛屿、候鸟、船桨、灯塔、蚂蚁、沙漠，这些经常在诗歌中表现漂泊、孤独的意象，准确地表现出诗人对祖国的深切依恋以及对自己安身立命的"根"的寻觅和期待。"向深秋再走几日／我就会接近她震悚的背影／她开口说江南如一棵树／我眼前的景色便开始结果／开始迢递；呵，她所说的那种季候／仿佛正对着逆流而上的某个人／开花，并穿越信誓的拱桥／……那有着许多小石桥的江南／我哪天会经过，正如同／经过她寂静的耳畔／她的袖口藏着姣美的气候／而整个那地方／也会在她的脸上张望／也许我们不会惊动那些老人们／他们菊花般升腾坠地／清晰并且芬芳"（张枣：《深秋的故事》）。出生在湖南的张枣即使移居海外，魂牵梦绕的依然是江南家乡特有的地理景观，拱桥、小石桥和菊花深深浸润着诗人的灵魂，是诗人梦回故乡的引路使者，也是使自己不至于迷失的文化与精神的标识。"既可以把文化特征看作是代代相传的固定不变的事物，又可以把它看作是地盘性的事物——在这里，文化空间逐渐受到种族或民族观点的影响，形成了一个强有力的'血与土'联合体。因此，描写领土时会用到与血缘有关的隐喻——如'祖国'用'祖先的领土'指自己的国家——来赋予它人格。文化景观常被看成该过程的一个动因——它逐渐被看成是文化归属感的载体或文化的容器。"① 文化是一种积淀，是人们思考自己、认识自然，是人的精神得以承托的框架。故土家园的山山水水、一草一木是乡愁的物质载体，更多的则是潜移默化地支配人们精神的"非物质"载体，一首诗、一幅画、一座庙、一台戏、一句韵味十足的乡音，都是勾起异乡人无限愁绪的诱因。"这清泠世界亦沟壑纵横／夕烧拱卫着长庚／流火，你我，/能够在这颠簸中入睡的／只有异乡人，/我看见另有一千个我／在舷窗外的冥冥／犁云深耕／把一颗颗珍珠撒上。/要是千年前，必还有／春牛、旭日或者甘霖，/还有遮头荷叶一顶，/囊中的几个汉字／节气和时令，/凌霄、悲欢，/飞雪便上青埂。/这千里重担背负我／千里的白如岩如根"（廖伟棠：《云上的中国》）。文化是每一个人都挥之不去、深入骨髓的精神标识，是磁石，

---

① ［英］麦克·克朗：《文化地理学》，杨淑华、宋慧敏译，南京大学出版社 2005 年版，第150 页。

牵引着人们走向坚硬、深刻的精神居所。《云上的中国》正是运用富含中国古典诗歌意蕴的意象如春牛、甘霖、长庚、荷叶、节气、时令、汉字，接通自己与传统文化的血脉联系。"无数次一个人在岸上目送落日/看见残旧的城墙被照红，如弃置的子宫/看见李商隐，我忘记名字的古人/在天际哀嚎，像倦飞的鸥鸟/一面喷血的镜子。我凝视。炼狱/从那里涌出，响成起伏的波涛/'漂泊，便是这辉煌的落日！'"（李笠：《哥特兰岛的落日》）漂泊异乡犹如精神的炼狱，如血的残阳映照一颗泣血的游子之心，辉煌已成绝响。

诗歌地理学概念为新世纪诗歌多元化写作提供了一种可能，一条反思现时诗歌写作现状的路径和窗口，更是对当下诗歌无限蔓延的"现代心态"的一种反拨与制动。毫无疑问，受到现代化思潮推动的中国新诗写作始终存在着一种"影响的焦虑"，期待诗歌像中国经济一样，尽快融入世界一体化的发展体系之中，诗坛弥漫的"诺贝尔情结"就是这种情绪的显著表现。事实证明，百年中国新诗写作的现代化历程虽然取得了辉煌不朽的成就，但是同时也给诗坛留下诸多值得思索的遗憾，尤其是最近二十年来，随着全球化、一体化发展进程的加速，受其影响，诗歌和其他文学艺术形式一样，都在觉醒、反思现代化进程中的得失成败，关于诗歌的"中—西"、"传统—现代"、"本土化—西化"、"世界性—地域性"、"一体化—多元化"等论题被持续不断地进行着讨论、辨析，究其根源，其实正是当下诗界对诗歌陷入现代化困境后的一种"拯救性"探索，是一种诗歌的"寻根"活动。英国著名学者罗兰·罗伯森把人们在这种现代化进程逼迫下的"焦虑"称为"文化乡愁"（也称"现代性乡愁"），认为全球化进程中出现的这种"文化乡愁"具有某种"家的意识形态"，是现代人在追求全球价值认同的过程中，情不自禁地产生的一种"无根失据"、"无家可归"的怀旧情绪和"思乡病"，"某种程度上不同的、漫射性的存心、假象的怀旧，构成了类似于怀旧态度在全球的制度化"①，这种文化怀旧与乡愁不单单在我们的诗歌中存在着，而且衍变为一种"全球的制度化"情绪。它与我们这个时代愈来愈严重的历史失落感和传统价值认同缺失有直接的关系。

---

① 参见［英］罗兰·罗伯森《全球化——社会理论和全球文化》，梁光严译，上海人民出版社2000年版，第225—227页。

　　新世纪诗歌地理学概念不仅指在诗歌中表现出一定的地理空间，如"山水"、"田园"、"边塞"、"湖畔"等具有明显空间指向的地理元素，同时也包括街道、房屋、庙宇、城市等人文地理空间；不仅可以在诗歌中接续中国古典诗歌艺术表现，更是对当下诗歌中的现代化"焦虑"以"文化怀乡"的方式进行有效的纠偏和修正。当然，当下具有地理意义的诗歌在写作中还存在着很多问题，其一，诗歌地理的抒情略显浮泛，许多诗歌都是一种"应景"之作，尤其是许多地方频繁举办"同题诗歌大赛"，目的在于宣传某地的风光，为发展本地域旅游炒作、造势，缺乏一种诗歌写作的严肃性，同时这种"应题"写作的诗歌也不可能有诗人独立、深邃以及偶发性的灵感，毕竟诗歌是一种"灵性"写作。其二，各地相继出版诸如"××省（市）诗选"，为本地域诗歌做出阶段性总结，或是大力推出本地域诗坛新人，应该说，这样的举措对推进诗歌写作的意义是毋庸置疑的。但是，如果这样的举措过多过频，就会助长一种诗歌虚假繁荣的风气，诗歌中的"大跃进"现象毕竟在中国诗坛上出现过。此外，这种诗集诗选的出现，背后依稀还隐藏着一种"文化 GDP"情结，是一种文化政绩焦虑症的表现；属于诗歌地理范畴内的乡土诗歌，让我们领略到乡土诗歌"怀旧"与"思乡"的殷殷之情，提醒我们不要忘记时时回望被"现代化"逼迫、蹂躏的乡土田园。但是，许多乡土诗歌表现出一种"农耕庆典"的虚假浪漫，依然做着乡土乌托邦的温情美梦，虚妄又滑稽，在有意无意之中深陷意识形态的泥淖却无心拯救，这不仅缺失了真正的诗歌地理品质，更是诗歌精神的再次沦落。真正意义上的诗歌地理，应该是一种具有永恒诗歌精神的深邃而独立的表达，它的生命力将是持久而绵长，生生不息的。"这类作品比产生作品的时代与民族的寿命更长久。它们超出时间与空间的界限；无论在什么地方，只要一个会思想的头脑，就会了解这一类作品；它们的通俗性是不可摧毁的，存在的时期是无限的。这是最后一个证据，证明精神生活的价值与文学的价值完全一致，艺术品等级的高低取决于它所表现的历史特征或心理特征的重要、稳定与深刻的程度。"①尽管丹纳的观点存在着某种民族虚无主义的成分，但是，他说出了一个文学艺术真理。历史上曾有无数的民族消失了，但是

---

　　①　［法］丹纳：《艺术哲学》（图文本）下册，傅雷译，天津社会科学院出版社 2004 年版，第 510—511 页。

记录他们生存的文字、建筑、雕刻、绘画等却顽强地留存下来，诗歌的生命也是如此。

第三节　完整性写作：诗歌精神的重新凝聚

事物发展总是遵循"否极泰来"、"物极必反"的辩证运动规律的，人类文明的进程已经充分证明了这一颠扑不破的真理。先锋诗歌的发展衍变也毫不例外地遵循着这一规律，针对白话新诗的"非诗化"倾向出现了中国"纯诗"写作，而后"纯诗"写作因为脱离现实，随即被"九叶诗派"超越；朦胧诗派的象征艺术既是对 20 世纪 50 年代以降诗歌直白浅陋诗风的反拨，但同时也孕育了"第三代"诗歌对其叛逆的渊薮。百年先锋诗歌此消彼长、潮起潮落的衍变进程充分说明：当一种诗风兴盛繁荣到某种极致、界限，成为一种艺术圭臬之时，也就是即将被新的诗歌所替代、超越之日。90 年代以来，先锋诗歌长时间被"精英主义—平民立场"、"知识分子写作—民间写作"、"崇高—媚俗"等二元对立思维所激荡，诗歌写作始终像钟摆一样，在一种两极化境地内摇摆不定。随着新世纪初"肉身化写作"思潮狂飙突进的表演落幕，诗歌开始了一种精神的"爬坡"与"拉升"，逐渐向诗歌精神高地进发，力图扫荡"崇低"诗歌的残渣余孽，将诗歌带出精神的沦陷地，这是一场诗歌精神突围，并且注定是一场诗歌的"持久战"。而这场诗歌"战役"中的理论"先锋"和"排头兵"，当然非"完整性写作"理论莫属。

一　永恒与担当：诗歌的再神圣化主张

"完整性写作"理论由诗人兼理论家世宾提出。2005 年，民刊《诗歌与人》将世宾的专著《梦想及其通知的世界——"完整性写作"的诗学原理》以专号的形式刊出，作为"完整性写作"理论及宣言的正式面世。加之黄礼孩、耿占春、谢有顺、夏可君、东荡子、黄金明、杨若虹等人的理论阐释，以及世宾、黄礼孩、东荡子、俞心樵、黄金明、张执浩、沈苇、鲁西西、马知遥、三子、代薇等诗人的文本实践，"完整性写作"逐渐被人所理解、接受并产生深远影响，成为新世纪诗歌理论建构的表率之一。出版人黄礼孩在《梦想及其通知的世界》的前言中明确指出刊发本书的理由：一是基于我们拥有共同的写作梦想；二是在当前个人、流派，喜好按一己的趣味、需求，或某种短暂性的目的进行写作的混乱局面下，我们愿意重提诗歌写作的学术性和历史性，我们愿意重新回到历史和曾经见证神圣存在的先哲那里，重新找回我们人类已经失落了的生命之光、人性之光，并以这光来照亮当下的生存。破碎时代的原生个人是不可信任的，我们只有依靠"学术"和"思想"这条将我们与历史相连接的线索，重塑诗歌精神。黄礼孩的观点表明了诗歌"完整性写作"理论提出的目的，就是基于对当下诗歌"破碎性"现状的清醒认识，呼求和希冀诗歌回到永恒性和神圣性上，使诗歌触摸到的一切事物重获人性的光辉。

世宾在《梦想及其通知的世界》中认为，我们的时代已经没有多少诗意可言了，现实生活被物质、欲望和利益诉求所占据，完全不同于古典时期的自然山水，也不同于革命时期的激情浪漫，现实中的美不复存在，或是十分稀薄；文化和政治差异随着商业的交往越来越趋向一体化，在机械的再造时代，人已经被充分的物化，不再是世界的主宰；现实的力量无所不在地支配着我们的人生，虽然可以为人类提供丰富的物质享受，却无法解决精神的贫乏性问题。如果想解开这些现实的症结，我们就要在现实之外重新开拓另一领域——精神领域，以此拓宽人类生存的广度和深度，而诗歌恰恰可以作为现实和梦想之间的桥梁，通过诗的言说，将现实引渡到存在的世界。①

世宾的"完整性写作"理论的核心，是重新建构诗歌写作的伦理学，呼唤诗歌写作的责任和勇气，保持必要的良知、怜悯、羞耻和爱，超越现实中的"黑暗"，从而承受和担当一种悖论性的命运，将自己引渡到一个精神的高地。针对时代与人生的"破碎性"，世宾强调完整性：一是回到人自身，使灵魂和肉体达到和谐的统一，警惕物化、异化对人的侵蚀；二是人不再孤零零地散落在这被喧哗和各种欲望淹没了的人间，而是回到世界的整体中。世宾引用了希尔斯的论述来强调自己的观点，希尔斯认为，每个社会中都有一些人对于神圣的事物具有非比寻常的敏感性，对于宇宙的本质，对于掌握社会的规范具有非凡的反省力。在每个社会中都有少数人比周遭的寻常伙伴更愿意探寻、更企求不限于日常生活当下的具体情境，希望经常接触到更广泛、在时空上更具久远意义的象征。据此，世宾

---

①　本节重点讨论世宾在《梦想及其通知的世界》中的理论阐释，引文如果不特殊注明，均引自该书，这里不做详细注明。

认为，完整性写作就是要求诗人在观察一个人或世界的时候，必须看到神圣的、永恒的、象征的意义以及以个体心灵为体验、获得神圣性（良知、尊严、爱）在当前背景下的艰难和苦痛；而不是紧抱表象的生活、具体的经验而沉溺于日常片段、事件和在处理这些事件过程中所呈露出来的意味里，去肯定为迎和世俗事务所采取的短暂的、具体的、庸俗化的谋生策略。

世宾吁求诗人进入"完整性写作"的状态，但是他也承认进入这种状态的艰难，毕竟，外在的物质世界与内在的心灵世界势不两立，加之诗人是不可能脱离自己所处现实社会的，又要在内心渴求一个诗性的世界，可以想见诗人精神世界里的挣扎、煎熬与悖论的程度。但世宾认为，正因为追求完整性的艰难，所以具有矛盾性的人更值得信任。诗人们一方面无法放弃世俗生活，他必须为他的时代、族性，最终为他自己的肉身在这个世界里的存在，而置身于无可逃遁的日常。另一方面，他保存了人类必要的梦想、渴望和永不妥协的精神，这两种状态在任何一个优秀的诗人身上都不同程度地存在着，这就是矛盾与悖论的存在。应该说，世宾并没有在强调完整性写作的同时，刻意地回避人的存在的矛盾性和复杂性，否则，他的"完整性写作"理论同样会陷入与其他诗学主张一样的片面与狭隘之中，因为"完整性写作"理论的基石就是在承认事物的复杂、多元的前提下，进行有整体维度的写作，以此反抗那些片面夸大局部效应或是将局部夸大为整体的诗歌写作。也就是说，越是承认事物的矛盾性与悖论性的存在，越是彰显出"完整性写作"的难能可贵。矛盾的存在导致追求完整性的艰难，但是，这不能成为一种逃避诗歌责任的借口，诗人必须保持写作与生活的一致性，诗歌必须与当下结合、与人结合，在现实生存之上打开另一个空间，为生存和写作提供一个新的向度。完整性写作追求诗歌的永恒性和神圣性，但并不是让诗歌脱离现实生活而成为一种"凌空蹈虚"、"虚无缥缈"的艺术样式。诗意的产生必须通过对现实生存的批判，在现实世界之外重新建立另一个世界，保持一种具有神圣性的精神对现实生活的观照，并最终达到对完整性的发现和丰盈的体验。当然，关于诗歌的现实批判精神的提法，并非世宾的专属，中国的古典诗歌以及现代主义诗歌中一直都存在着这种积极"入世"的现实批判精神传统，20 世纪 90 年代，文学界就曾经喊出了"诗人，你为什么不愤怒"的声音，批判那些无原则、无操守的诗歌写作。世宾重提诗歌的现实批判精神，就是出于对当下诗歌写作因为回避矛盾而出现的无深度、平面化的"轻浮"现象的愤怒。

针对当下诗歌与现实的"去神圣化"现象，世宾提出写作的"再神圣化"的诗学理想，这也是完整性写作的核心理论之一。世宾认为，当下诗歌日常主义写作泛滥，不负责任的言行四处喧哗，诗歌不关注人在当下生存困境下的抗争、不屈和不可磨灭的良知，而是沉溺于华而不实的词语垒叠、不着边际的语言游戏之中。因此，在这种状况下，明确提出诗歌的"再神圣化"是十分必要的。正如世宾所言，当下时代是一个"去"字当头的时代，去中心、去本质、去象征、去政治化、去神秘化、去概念化等，总之是一个可以颠覆、解构一切的后现代主义时代。过去漫长历史所建构、培植起来的社会与人生的许多价值观念，都在当下时代分崩离析、灰飞烟灭。就连爱、美、责任、道义、尊严等这些人类最基本、最普世的价值观念，都受到极其严重的挑战，对其评判的标准混乱不堪。从表面上看，这是一种多元化的社会进步，其实却是人们价值观堕落的表现，因为对许多事物的评判已经丧失了最基本的底线，美丑不分、道义失范、尊严贬值在这个时代是司空见惯的事情。人的内心深处因为一种极端的"自我"，已经没有了对事物的敬畏感和神圣感，在凡俗化社会里，"去神圣化"成为响当当的"口号"和一种顺理成章的必然。诗歌在当下时代唯有"再神圣化"方能拯救自身日益破碎化的现实，并使自身获得永恒性的存在价值和意义。"只有艺术和诗永恒地祝福人的激情、回忆、想象、爱恋、苦恼，并创造出一个属于人的世界，肯定那些处于极端情境中的人的经验，那些在爱情、死亡、过失、失败、欢乐、幸福、懊悔中达到顶点的经验。诗意作品的内在逻辑确定了另一种理性和感性，反抗那些与占统治地位的社会制度结为一体的理性和感性。因而，艺术与诗才具有永恒的性质。"①"再神圣化"就是还诗歌以尊严，坚守生活与诗歌的永恒价值，对抗一切的文学商业化、解构化、空洞化和娱乐化，担当起写作的价值感和道德感，这就是"完整性写作"的非凡意义所在。

二 憧憬与批判：诗学理论的文本实践

每一种诗学理论的提出，都不是凭空臆造、幻想和虚构出来的，都是

---

① 刘小枫：《诗化哲学》，华东师范大学出版社 2007 年版，第 328 页。

需要诗歌文本强有力的支撑的，否则就只能是凌空蹈虚的"无本之木"。只有理论和文本相得益彰的完美结合，才是诗学理论得以立足的根本。完整性写作理论同样如此，不但有成熟、体系化的理论阐释，更有多位诗人以及众多诗歌文本的积极探索，使完整性写作理论更趋向完善，影响力也日渐加强。完整性写作理论为诗歌指明了一种精神向度，具体落实在诗歌写作中，就是世宾提出的"三个统一"，即写作中要求"灵魂与肉体的统一"、"个体与人类整体的统一"和"人类与自然的统一"。世宾认为，这三大统一既是在破碎时代诗人依靠梦想的力量重新印证人的存在的参照系，也是诗人对完整性渴望的必然指向。任何一对关系的缺失，都会导致完整性的破碎。只要诗人不愿在这个时代随波逐流，只要诗人对一种"更伟大的力量和秩序"保持着信任，这三对关系便必须成为他诗歌实践的方向；他必须在这破碎的大地上重新言说完整，重新找到人类生存的希望——那不灭的诗意。众多诗人，如东荡子、陈先发、鲁西西、哑石、黄礼孩等，都通过众多的优卓诗歌文本，实践着这一诗歌理论和理想。

"那一刻来临　我已经把我的肉体放在了一边/没有痛　没有感受世界通体透明/我随意进去　又随意出来　像从未来过/我的朋友　我的亲人　陌生人　甚至伤害我/和被我伤害的人　以及动物和植物　所有奔走/繁忙和吵闹　在我前头闪过　从不打扰/我也不觉得肉体的颤动和心跳那一刻/所有的一切都孤立　相互连接却并不纠错/时间已忘记了它手中的绳子/鱼儿在永远的水中/我在空中"（东荡子：《时间忘记了它手中的绳子》）。诗人用诗歌的反词手法诠释了"灵魂与肉体的统一"的诗学理想，空中飘荡着的"灵魂"自由而安详，脱离尘世而省略掉一切的伤害和喧嚣。诗歌以反向暗喻的方式希望现实中的"肉身"不再遭受苦难，像水中的鱼儿一样自由地享受"通体透明"的世界。这里的灵魂，当然不是指神学里所信奉的那种，而是一种精神，正如世宾所解释的那样：我们更愿意在马克思的物质性和实践性的范畴内理解灵魂，这灵魂，就是马克思哲学所说的主观世界，是指人的意识、观念的世界，是人的头脑反映和把握物质世界的精神活动以及心理活动的总和，是知、情、意的统一体。"那些在田野里起早摸黑的劳动者他们为什么呢/那些工匠在炭火里炼打刀剑和镣铐为什么呢/那些写诗的诗人们要写一个什么样的世界/那些出水芙蓉为什么还要梳妆打扮为什么呢/那些少妇和成年男子在街头为什么要左顾右盼/那些老人们为什么不出门远游/那些小孩建筑自己的高楼　自己

没法住进去呀/群峰已经低头　天空已经低头　河流带走了时光/手隔着手

　　眼睛看不到眼睛为什么呢/蜘蛛没有翅膀　也没有梯子和脚手架/它却造出了空中的梦想"（东荡子：《空中的梦想》）。诗人用一只小小的蜘蛛反讽着现实世界人们的空虚和无意义的劳作，一个放弃梦想的世界注定是平面化、苍白无力的。梦想的心灵不是与自己的生存现实相背离，而是更深刻地介入，是透视自己生命体验的真切传达。"所谓体验生活就诗人来说，就是透视自己的内在生活。诗人自身的内在生活的结构本身，决定了他的体验程度的深浅，缺乏内在感受、缺乏内在精神的人，不可能成为真正的诗人，哪怕他会写出华美的诗句，会精巧地摹写现实。诗人之所以能把一件具体的事件提高到真正富有意味的高度，就在于他能从自己的内在精神出发，去透视具体的生活事件的意义。"① 世宾认为，灵魂和肉体的统一，就是在这个世界里，既是肉体身不由己地被现实世俗的欲望和秩序拖扯着前行的命运，又是灵魂依靠梦想的力量使个体以致人类整体的物质化和技术化过程慢下来，并产生自我反省、自我抵制的力量。"这里刚下过一场雪/仿佛人间的爱都落到低处/你坐在窗下/窗子被阳光突然撞响/多么干脆的阳光呀/仿佛你一生不可多得的喜悦/光线在你思想中/越来越稀薄　越来越/安静　你像一个孩子/一无所知地被人深深爱着"（黄礼孩：《窗下》）。生活中每一个细微的体验都要有灵魂的参与，如果只有一种形而下的生命提样，哪怕是再真实、再刻骨，都将无法提升诗歌的精神品质。即使在对一场雪、一缕阳光的体验中都要注入灵魂和精神的因子，"于无声处听惊雷"，诗歌需要这样的"微言大义"，这不仅是诗歌品质的最高标准，也是中国诗歌传统的一种体现。

　　个体与人类整体的统一，意味着诗人从个体身份和立场出发，以个人方式承担着人类的命运和文学诉求，同时要超越个体视域的偏激与狭隘，将自身的命运同人类整体的命运统一起来，而非在"个人化写作"的旗帜下，拒绝意义指涉和精神提升，剥离生活的真实而诗魂轻浮。诗人必须担当起对人类永恒事业的孜孜不倦的追求责任，以更高、更广的视野注视人类社会的生存和发展，这是诗人及其诗歌无法逃脱的命运。正如诗歌所表现的那样："暮色透着薄薄的光/愈来愈近/我承担着今天的一切/旋转的早晨/落日一样平静/像神的故乡/明天再柔弱的大海/也会升起太阳/海

---

① 刘小枫：《诗化哲学》，华东师范大学出版社 2007 年版，第 226 页。

底的火焰之书/纵容了我的心/动身去朝圣"（黄礼孩：《火焰之书》）。落日一样平静地接受所承担的一切，尽管没有确指，但是短诗中流溢着纯净、空灵和朝圣般的虔诚与激情，使我们依然能感受到一种沐浴全身的担当的喜悦与宁静。也许诗歌的责任担当就是这样，在默默前行中承担起永恒性与神圣性，少了一些悲壮，却多了几分坦诚。"已是三月，我还必须忍耐多久/才能从寒冷和孤寂中脱身/屋里的家什零杂，心不在焉的样子/阳台上和街道上的植物/绿了，木棉花和角花红得耀眼/已是三月，我非常清楚，生机/已注入大地上所有生物的机体/溪水涨了，抬高了我们的视线/小草在土层底下，敲击着岩石/阳光变得热辣起来；已是三月/姑娘们的曲线获得了解放/我的心也狂跳不已，我的眼睛/发亮，在这欣欣向荣的景象面前/我要告诉每一个相逢的人：我爱/在我的内心深处，在每个血细胞/里面，我渴望与这世界融在一起"（世宾：《我渴望与这世界融在一起》）。春天唤醒了勃勃生机的万物，也唤醒了诗人蛰伏很久的心灵，面对欣欣向荣的景象表达爱的理想是再自然不过的事情了，简单的诗句、流畅的语感将诗人沐浴幸福的喜悦传达得亲切自然。正如世宾所认为的那样，诗人担当着人类永恒的责任，就要把个人从柴米油盐求生存的日常生活链上脱身出来，不要只顾着个人的、家庭的与团体的利益，得失的恩怨，在更广阔的范围和更高的层面上注视人类的生存和发展，并不惜牺牲日常利益。

　　20 世纪 90 年代以来，个人化写作成为诗歌写作的主流，它"不过是拒绝普遍性定义的写作实践，是相对于国家化、集体化、思潮化的更重视个体感受力和想象力的话语实践。它在某种程度上标志着对意识形态化的'重大题材'和时代共同主体的疏离，突出了诗歌艺术的具体承担方式"①。个人化写作冲决了意识形态神话对诗歌长时间的控制，避免诗歌成为简单的社会学阐释品，保持诗歌精神和人格独立，强化诗歌写作的独立思考态度来对抗后工业社会的机械复制，从这个意义上说，个人化写作有其巨大的诗学进步意义。当然，个人化写作也绝不是诗歌的最后"桥头堡"，其负面效应也是十分明显的，随着诗歌写作的逐渐发展、演变，个人化视域越来越狭窄，越来越丧失掉一种诗歌精神，诗歌的碎片化、零

---

　　① 王光明：《在非诗的时代展开诗歌：论 90 年代的中国诗歌》，《中国社会科学》2002 年第 2 期。

散化和平庸化弊端逐渐显现，从意识形态化的泥淖中挣脱出来后又陷入日常生活琐碎的陷阱中。"尤其是一些诗人借'个人化写作'之名滥用民主之事，将'个人化写作'当成回避社会良心、人类理想的托词，自我情感经验无限度的膨胀漫游，即兴而私密，平面又少深度，有的甚至拒绝意义指涉和精神提升，剥离了和生活的关联，诗魂变轻。"① 完整性写作所提出的"个体与人类整体的统一"的观点，就是要求诗歌摆脱"麻木、堕落和无是无非的境地"，抛弃将日常生活的短暂性和平庸性当成世界全部这一短视行为，回归诗歌的理想与神性的境界，把个人生命中的一切与人类整体的梦想结合起来，这是个人化写作的前途，也是诗歌得以存在和发展的理由。

　　完整性写作提出的又一个诗歌写作的原则就是：人类与自然的统一。面对工业化进程中自然环境与自然资源的无限制被破坏、污染和采集，大自然已经千疮百孔的现实，诗人何为？诗歌何为？世宾认为，天然的自然已不再存在，但自然曾呈现给人类的和谐与合规律却依然诱惑着我们，这也就是在自然破碎不堪的今天，人类依然一直从事着修补和想象自然的原因。而诗歌就是在自然与人类一起遭受破碎挤压的时代，依然必须聆听来自自然远古的声音，那超越了一般的是否、苦乐、正邪的判断，那合规律的和谐的律令。近三十年来，中国经济持续高速增长，取得了令世界瞩目的成绩，但是这种高增长却是以牺牲巨大的环境利益为代价换取的，是一条"涸泽而渔"式的工业化发展之路。自然资源过度开采、工业废水肆意排放、耕地被占用、水源被污染、森林遭砍伐，随之而来的就是空气污染、洪水泛滥、水土流失，人类同时也遭受着诸如禽流感、疯牛病、SARS 病毒、H1N1 病毒、艾滋病等的巨大威胁。如何摆脱困扰和威胁人类生存的层出不穷的自然劫难？唯有人类自身的觉醒，改善人类与自然的关系，走上一条可持续发展之路，这才是唯一正确的道路。诗歌写作也要担负起这样的责任，以诗的方式对整个宇宙生命系统进行审美观照和道德关怀，呼吁人类与自然的和谐、统一。"他们用大卡车运来脚手架，他们还运来/水泥、钢筋和大块的钢化玻璃/建起了大厦；他们把全世界/包括邮电、出口公司、零销商联系起来/形成一个庞大的商业系统/他们把金钱和荣誉集于一身/他们的生产线和运输线日夜运转/仿佛没有任何力量，能

<hr/>

① 罗振亚：《朦胧诗后先锋诗歌研究》，中国社会科学出版社 2005 年版，第 171 页。

使它们停止//他们的轮船在海上航行/从北美洲到亚洲的渤海湾/在海面上掀起了浪花/有时会因为超重，或其它原因/在海里沉没，大海会因此而咆哮/但很快就归于沉默"（世宾：《大海终将归于沉默》）。商业社会如果无限制地发展，总有一天会膨胀到像一艘超重的巨轮一样沉没在咆哮的大海里。诗歌用暗喻的手法，讽刺当下时代无止境的欲望追求，同时也警醒我们只有"合规律"的发展才是我们的出路，否则就像曾经号称"永不沉没"的"泰坦尼克号"一样，永远沉睡在大西洋冰冷的海水里。"黑暗里，它们谁也不在意/它们在忙碌：松土、搬动枯叶/在这个工地，它们没有蓝图/它们埋着头，顾管各自的活计/蚯蚓开挖了壕沟，蚂蚁把它填平/并搬走一小块骨头/蝈蝈在叫嚷/它丢掉一粒好不容易找来的草粒/牛粪螂开来推土机，它的推土机/没有烟囱，但威力无比/一会儿，便掘好了地基/它们没有要盖的高楼大厦/也不是要修高速公路，它们只顾/挥动它们的铁榔头，和它们的长吊臂/它们起劲地忙活着/把一块空地折腾得面目全非/但天亮前，它们毁掉了蚂蚁的锯木场/还有蚯蚓的金字塔/它们把夜间的辉煌和劳碌归还宁静/空地留下了原来的模样"（世宾：《一块空地》）。诗歌用童话一般的笔法，为我们描绘了一幅众多微小生命"忙碌劳作"的图景。诗歌一方面为我们展示了生物世界的和谐与美妙，另一方面却是讽喻当下时代社会的某些生存现状。人们就像这些"卑微渺小"的生物一样，劳碌奔波，疲于奔命，将一片曾经美丽的大自然"折腾得面目全非"，无论最后如何补救、恢复，世界真的能"留下原来的模样"吗？

　　完整性写作所提出的"人类与自然的统一"显现出理论提出者世宾非常鲜明的生态意识，同时也彰显出回归诗歌永恒与神圣性的自觉、焦灼和梦想。在此，诗歌的意义就是："重新审度我们'确凿无疑'的文明前景，扭转我们贪得无厌的物质目标，抑制我们过度追逐的经济利益，改变我们放纵的文化风尚，用诗性的目光和言说，或许可以在濒临之地找到一点攀缘之梯，缓解日益跌入的深渊。即从文学的角度，也就是从'环境想象'的角度，克服科技理性与工具的主宰，积极、主动、精神性地创造另一种生态文明，呈现一个不仅可憧憬，也可栖息的绿色之家。"①

---

① 陈仲义：《中国前沿诗歌聚焦》，中国社会科学出版社 2009 年版，第 242 页。

三 理想与现实：无法弥合的理论裂痕

20 世纪 80 年代，学者陈思和提出"中国新文学整体观"的著名观点，意在打通 20 世纪文学研究中的分割状态，在文学的整体框架下关注现代性的社会意识和个体精神的流变。这一观点为 80 年代以降的文学研究提供了全新的视角，并使之逐渐成为一门显学。完整性写作理论追求的就是一种有整体维度的写作，对抗将局部夸大为整体的写作，是一种修补诗歌"破碎性"、重回永恒性和神圣性的诗歌精神诉求。谢有顺认为，一个作家的写作不仅要有丰富的维度，它还必须和世界上最伟大的文学传统有着相通的脉搏和表情。而中国因为匮乏、缺失终极价值系统，所以文学维度基本上是单一向度的，很难走向深刻、超越和博大。"所谓的文学整体观，提倡的就是要从简单的现世文学的模式中超越出来，以一个整体的眼光来打量这个世界。而实现文学整体观的关键，就是要把文学从单维度向多维度推进，使之具有丰富的精神向度和意义空间。"① 完整性写作理论力求在此层面上有所突破，吁求诗歌以更高、更广、更深的视域，关注人类的生存与发展，向失却诗意的世界注入精神养料，引领人们走出黑暗的世俗的、物质的领地。"在自然已经千疮百孔、诸神已遁走无踪的时代，'完整性写作'的唯一目的就是使人重回人性的大地，使人类坚定而美好地活着。在当下，它的首要任务就是对创伤性生活的修复，使具有普遍性的良知、尊严、爱和存在感长驻于个体心灵之中，并以此抵抗物化、符号化和无节制的欲望对人的侵蚀，无畏地面对当前我们生存其中的世界，通过对现实的批判而抵达人的完整，以人的完整照亮现实的生存，直至重建一个人性世界。"② 在当下诗歌充满"物质"与"欲望"的时代，这种带有浪漫主义和理想主义色彩的理论是非常难能可贵的稀有之物，而我们的时代恰恰放弃了这种让"梦想介入现实"的梦想，诗歌在成为"拜物教"的同时也失去了精神乌托邦。

当然，完整性写作理论本身并不是"完整"的，还存在着某些令人感到缺憾的地方。首先，为增强理论的自我认同而片面强化当下时代的"物质与精神"的对立，造成理论背景与现实的分裂。诚然，当下社会已

---

① 谢有顺：《身体修辞》，花城出版社 2003 年版，第 209 页。
② 世宾：《"完整性写作"的唯一目的和八个原则》，《星星》（下半月刊）2007 年第 1 期。

然进入了物质消费时代，我们无可选择地置身于物质的世界中，人的精神空间被物质压缩、逼迫，生活的诗意日渐稀薄，这是当下时代人们必须正视的现实。世宾认为，现实虽然使人类过上了幸福的生活，却不能使人类活得更加丰富、更加美好，它无法解决精神的贫乏性问题，唯有重新开拓精神领域——梦想世界，才能拓宽人类生存的广度和深度。这一立论本身没有问题，问题是如何"拓宽人类的广度和深度"？如何产生诗意？世宾给出的答案是：必须依靠梦想，依靠我们被 2500 年文明武装起来的、具有人类基本价值和根本原则判断的心，以及责任感和无所畏惧的勇气。只有具备了这些，才可能创造出一个"高于现实的新世界"。问题就在于此，这里不仅有逻辑的错误——用梦想创造梦想世界，并且用"文明武装的……心、责任感和勇气"去解决问题，明显地具有"坐而谈玄"的意味，而用"形而上"的"玄思"根本无法解决"形而下"的社会现实和诗歌问题。80 年代，诗歌曾出现"不及物"写作，陷入"神学"和"玄思"的境地之中，"大词"、"圣词"现象比比皆是。经过 90 年代的纠偏，诗歌进入"此在性"的及物写作状态，注意当下日常生存处境和经验的挖掘、处理和提升。完整性写作理论明显具有"神性写作"所特有的"玄学"色彩，被认为是人造物质、利益和欲望统治的现实，诗意已经从现实存在物里面消失，诗意已经不能依靠在这些存在物上去挖掘或发现，否认"美存在于生活"。完整性写作追求事物"存在"的最高层次，但却是以拒绝"此在"的物质和现实生活的方式来完成的。海德格尔在《存在与时间》中这样论述存在、此在和日常的关系："在平均日常情况中，甚至在非本真状态的模式中也先天地具有生存论状态的结构。即使在平均日常情况下，此在的存在仍然以某种方式对此在性命攸关，只不过这里此在处于平均日常状态的样式中而已，乃至于是处于逃避它的存在和遗忘它的存在这类方式中。……凡在存在者状态上以平均状态的方式存在的东西，在存在论上都可以在一些深蕴着的结构中被把捉到，而这些结构同此在的本真存在的种种存在论规定在结构上并无分别。"① 通俗一些来说，日常生活中的"此在"同样蕴含着事物的最高层次——"存在"，只是如何捕捉、追问而已，不能因为日常生活的"物质化"和"非诗意化"而

————————

① ［德］马丁·海德格尔：《存在与时间》，陈嘉映、王庆节合译，三联书店 1987 年版，第 55 页。

拒绝或放弃对其的追问。里尔克明确指出,诗人应该成为"大地的转换者",把陷入历史迷误的大地转换成诗意的大地,把可见的东西转换成不可见的东西。由此可见,完整性写作尽管是用"存在主义"哲学建构自己的理论基础,但是在将其具体应用到中国诗歌的现实中时,却出现了严重的偏差;提出了诗歌永恒与神圣性命题,但是在具体解决这一命题时,却显出一种理论的含混和思维的不严谨。

其次,完整性写作与当下许多诗歌团体、流派所提出的主张一样,都是使用"打压别人、凸显自己"的方式,将别人的理论批判得体无完肤、一无是处,从而彰显自己理论的"正确"和"唯一"。"让那些愿意把自己萎缩成某种生活或某个器官的标本的日常写作继续萎缩吧!让那些对真正的生活无所体悟、对沉痛的现实生活熟视无睹的'某某主义'把野蛮的赞歌继续吟唱吧!让那些堆积着大量拗口的与生活无关的词汇的'学院派'继续堆积吧!'完整性写作'不是'知识分子',不是'民间写作',也不是'第三条道路';不是'70 后',也不是'中间代','完整性写作'不是任何坛子或什么东西都打算装进去的垃圾桶。'完整性写作'是对'清洁精神'深怀渴望的心灵并以此心灵面对破碎世界、在具有抒情极大难度的世界上写作的称谓。"① 可以说,世宾将当下诗坛最具代表性的写作潮流和流派一网打尽,统统流放,言之凿凿地斥之为"垃圾",而自己则是"清洁精神"的化身。这样的提法,首先就有"拔高"自己、标榜自己的嫌疑。其次,完整性写作这种"唯我独尊"的提法,完全忽视、抹煞了诗歌"多元化写作"的意义和价值。单不说"知识分子写作"和"民间写作"支撑了 90 年代诗歌写作的"半壁江山",以"个人化写作"介入诗歌现场,无论是诗歌语言,还是诗歌叙事手法,都为诗歌的多向度、多层面探索奠定了坚实的基础;而"70 后诗人群"、"中间代"诗群正是当下诗歌写作的"重镇",同样为诗歌的多元化写作做出了杰出贡献。尽管这些写作群体都或多或少地存在着一些问题和弊端,但却是当下诗歌写作中不容忽视和抹煞的力量,如果一味地"抹煞"、"屏蔽"它们的贡献和价值,那么,完整性写作也就不免陷入了一种"片面性"和"破碎性"的泥淖之中了。

最后,完整性写作关于诗歌的语言问题,也存在着值得商榷之处。世

---

① 世宾:《"完整性写作"的唯一目的和八个原则》,《星星》(下半月刊)2007 年第 1 期。

宾提出，"完整性写作"反对"口语化"写作。他认为："'口语化'是我们民族语言萎缩的标志，是一种把语言工具化的企图。'完整性写作'的所有语言源于诗人对世界的完整把握，他们的语言发源于他们内心所建立起来的那个本质世界，他们的所有语言是原生的、有根的，而不是被用烂了的熟语或被意识形态改造了的陈词滥调，他们的语言具有可以不断体味并让你意识到什么是'一词一世界'的魅力。"① 这样的主张让我们想起 80 年代"非非主义"的诗学主张。"非非主义"主张诗歌回到"前文化"时代，认为在人类创造文化之前，有一种永恒的存在状态即诗性存在状态，此时的宇宙万物都呈现着天然的原初风貌和本原意义，在经过人类"文化"的侵略和浸染后，一切都被"文化的世界"所异化，因而也就失去了原初的生命活力。诗歌语言只有回到"前文化"状态，才能恢复语言的生命活力。完整性写作要求语言是"原生的"和"有根的"，是未被文化和意识形态"改造"的语言，这样的提法和"非非主义"的理论有很大的相似之处。可以说，二者都意识到诗歌语言的"不纯性"会影响诗歌的原生性和原创性，进而影响诗歌的永恒性和神圣性这一问题。但是，如果把语言从既定的文化系统中"剥离"出来，悬置、瓦解语言的价值以及语言与现实世界之间的对应关系，将语言还原为"纯净"的不带有任何价值指向的符号，那么，仅仅用"符号"堆砌的所谓"诗歌"的意义和价值又在哪里呢？因此，完整性写作所提出的语言"原生性"理论本身就是一种悖论，是一种永远也无法实现的理想而已。

　　新世纪诗歌的诗学建构意识相较 90 年代的"沉潜"化状态有着非常显著的变化，复归了"第三代诗歌"时期那种多元化的价值取向，众说纷纭的诗歌主张与诗学宣言频繁亮相与展演，形成一种共时性的"狂欢"场面。这种诗学建构的沸腾、喧嚣局面，对当下诗歌写作来说，可谓"福祸相依"、"毁誉参半"。一方面，诗歌写作需要这种多元化诗学理论的支持，多姿多彩、丰富繁茂的诗歌写作样式契合了当下时代人们的审美需要，满足着多层次的阅读要求；另一方面，这种诗学建构的多元化也表明新世纪诗歌写作的方向感缺失。多向度的潜台词就是无向度，喧哗背后是掩饰不住的沉寂。新世纪诗歌写作资源异常丰富繁杂，却难以形成诗歌的"合力"，诗歌写作各自为战、诗坛一片"散沙"。诗人尽情演绎着

---

① 世宾：《"完整性写作"的唯一目的和八个原则》，《星星》（下半月刊）2007 年第 1 期。

"个人化写作"，甚至在这一诗学"大旗"的掩护下，顺理成章地我行我素、无所忌惮，在将"个人化写作"推向某种极致的同时，也造就了诗坛无数的混乱。每一种诗学理论的提出，都需要长时间的酝酿、斟酌、推敲，并在反复论证之后谨慎推出，经过较长时间的诗歌写作检验，方能形成一种影响，成为一种公认的诗歌理论。然而，新世纪诗学建构的过程却恰恰相反，"灵光乍现"式的诗歌主张不计其数，大家出于某种"文学史"焦虑以及"占山为王"的心态，都急于推出自己的诗歌主张，形成新世纪诗坛的"圈地运动"，全然不顾及自己的诗学理论是否能经得住时间与实践的检验。这种急功近利、浮躁虚华的心态已然在当下形成一种"恶性循环"效应，新的诗学主张和写作样态不断出现，造成虚假繁盛的诗歌景观；而这种虚假繁盛景观又持续地刺激着诗坛衍生出新的诗歌主张，循环往复、无休无止。诗歌需要理论支持，但是，花样繁多的诗歌主张对诗歌写作来说绝非福音，而是牵引出无数麻烦的"诱因"。只是一味地推出主张而不加以反思、锤炼、净化，这样的诗歌理论建构永远都只能是"惊鸿一瞥"似的诗坛匆匆过客，不会给当下诗歌留下多少有价值的促进作用。

第三章

新及物写作:诗歌精神的回归与提升

作为一种创作观念，同时也是一种文学把握世界的方法，现实主义被认为在作品中最能真实、准确地再现、反映现实，最为接近人们对现实世界的想象和理解。中国诗歌历来都没有间断过现实性传统，即使在现代主义诗歌当中也都或多或少地能寻觅到现实性的踪迹。在新时期诗歌当中，现实主义与现代主义也并不是彼此隔绝、对立排斥的，而是呈现出一种相通相融的共生状态，尤其在新世纪诗歌中这样的共处状态更是清晰、明确的。美国学者艾尔伯特·鲍尔格曼曾提出"后现代现实主义"的观点，对我们认识当下中国文学的状态有很大的启示作用。他认为，后现代现实主义的方针是"接受后现代批评的教训，解决后现代环境的意义含糊，采取坚韧态度，为建立以共同庆祝活动为中心的公共秩序而努力"①。也就是说，以解构、反精英、游戏、拼贴、不连续性、随意性、反讽、黑色幽默等为特征的后现代主义在遭遇到现实的困境后，如何调整自己激进的态度从而完成与现实的重构，也就是我们经常说的建设性的后现代主义。同时鲍尔格曼指出，后现代的生态学、经济学与社会想抵制超现代的迷失方向与干涸空虚的话，必须以现实为基础和中心。后现代主义以批判现实作为自己的逻辑起点，但却缺乏建设设想，也就是只负责解构但不负责重建，而后现代现实主义"在整个世界秩序四分五裂的状况下，如果我们想通过一种有意义的方式得到拯救的话，就必须进行一场真正有创造力的全新的运动。一种最终在整个社会和全体个人意识中建立一种新秩序的运动。这种秩序将与现代秩序有天壤之别，就如同现代秩序与中世纪秩序有

---

① ［美］艾尔伯特·鲍尔格曼：《跨越后现代的分界线》，孟庆时译，商务印书馆2003年版，第140页。

天壤之别一样。我们不可能退回到前现代秩序中去，我们必须在现代世界彻底自我毁灭和人们无能为力之前建立起一个后现代世界"①。当下时代已经充分认识到现代主义、后现代主义理论与实践的弊端，并在社会生活中逐步修正它们所产生的不良影响，体现在文学艺术方面则表现出一种重新思考人与自然、人与世界以及人与人之间的关系，如何使之形成良性的互动关系，改变现代主义、后现代主义以人为中心，尤其是极端的个人主义价值观，期望世界形成建构而非解构、肯定而非否定、多元而非混乱的有机整体。我们不否认现代主义、后现代主义思潮的历史功绩，但是，对它们显而易见的弊处我们也应当警醒和摒弃，这是社会认识发展的必然走势。新世纪诗歌同样面临着一种抉择，是在现代、后现代诗歌场域中的"一路狂奔"，还是在现实主义那里寻求有力支撑，抑或是平衡后现代与现实主义的错位关系并创生属于自己的诗歌？时间在慢慢前行的同时，也拉开了我们同新世纪诗歌的距离，可以清楚地探视诗歌后现代品质与现实精神之间的谐调与融汇，也看到一种属于新世纪诗歌精神的诞生。

　　诗歌及物写作的概念是在 20 世纪 90 年代的诗论中开始出现的，主要是概括 90 年代先锋诗歌的文本特征："拒斥宽泛的抒情和宏观叙事，将视点投向以往被视为'素材'的日常琐屑的经验，在形而下的物象和表象中挖掘被遮蔽的诗意。"② 针对 80 年代诗歌写作经常陷入与意识形态和宏大叙事纠葛中的弊端，警惕"圣词"、"大词"带给诗歌的虚华浮泛的局面，90 年代诗歌自觉地走向日常的诗意，也就是着意于将琐屑、细小、凡俗的事物纳入诗歌的写作之中，摒弃对事物先验的、本质化的规定，从而达到"物"的澄明的诗歌境界。如侯马《种猪走在乡间路上》，唐丹红《看不见的玫瑰的袖子拭拂着玻璃窗》，贾薇《咳嗽》，杨克《在东莞遇见一小块稻田》，马永波《电影院》等诗歌，就是介入、处理具体的人事和当下的生存，捕捉俗世生活的诗意，使诗歌完成面向现实的宽幅敞开。

　　但同时也要看到，90 年代的"及物"写作虽然使诗歌走向客观化境域，提高和拓宽了诗歌介入现实和历史的能力，并且破除了"宏大题材"

---

　　① 王治河：《别一种后现代主义》，陈晓明编：《后现代主义》，河南大学出版社 2004 年版，第 205 页。

　　② 罗振亚：《朦胧诗后先锋诗歌研究》，中国社会科学出版社 2005 年版，第 176 页。

一统化的格局,建立起诗歌与当下生活更为密切的联系,但是 90 年代诗歌写作的褊狭也是显而易见的,那就是在观照日常性事物时表现出私密化和狭窄化的特点。诗人往往更多地沉湎于自我在面对"事物"时的"个人化"体验,在一定程度上拒绝了诗歌写作的"伦理"存在,回避了社会良心和人类的理想,无法完成"对当代噬心主题的介入和揭示"(陈超语)。日常性诗歌在注重个人内心复杂感受的同时,忽略了远处那些需要"关注"的人和事,诗人们以一种"集体遗忘"和"集体出逃"的方式,有意地回避了诗歌与社会的关系问题,进而躲进自己营造的"象牙塔"之中叹息自慰、顾影自怜,诗魂变得轻浮,"沉潜"得几近失声。这里也许存在着一个诗歌写作的"悖论":80 年代的诗歌因为与社会的关系较为紧密而走入"意识形态化"的写作之中,丧失了诗歌的独立性;90 年代以"个人化写作"的方式完成了诗歌对"意识形态"的剥离却陷入了与社会"脱节"的弊端。如何处理诗歌写作与社会关系的命题,总是不断地纠缠着诗歌,使它在"自足性"和"社会性"之间游移不定,陷入两难境地。

进入新世纪以后,先锋诗歌在摆脱这一"两难"处境方面进行了卓有成效的努力与探索,在保持诗歌的独立性、自足性的同时,诗歌视域变得廓大,既保持了与社会的平等对话,又延伸了"世俗批判"意识。避免再次陷入"意识形态化"的警惕让诗人的"个人意识"承担起价值关怀。新世纪诗歌的社会内容有较大幅度的增加,"底层诗歌"、"打工诗歌"、"灾难诗歌"、"诗歌伦理关怀"等概念的提出显示了诗歌与社会关系的改善。这种改善不是对"意识形态"的重新依附,也不是对权力话语的寄生,而是以一种富有痛感的批判姿态切入当下的社会生活中,绝不终止诗歌的"求真意志",这是先锋诗歌怀疑精神和反抗姿态的延续,是对 90 年代诗歌"拆除深度"的"拆除",也是新世纪诗歌较为鲜明的特征之一。

第一节　社会问题的持续关注与书写

随着 20 世纪 90 年代以来经济的快速发展,在"共同富裕"的大趋势下,社会各阶层分化愈加明显。大批生活在社会底层的人们为生计所迫,不停地忙碌奔波,为社会创造了无数的财富,无论是作为社会公民,还是普通财富创造者,他们都应该得到社会的承认并尊重。然而与之恰恰相反的是，无数底层人们正处于被剥夺、被遗忘的生存状态之中，犹如蚂蚁一般，被任意抛撒在社会的每一个角落，权益得不到保障，价值被漠视、忽略，生活毫无尊严。新世纪诗歌出现的"底层写作"、"打工诗歌"，就是表现无数生活在社会最底层，最被人遗忘、漠视的人群的生存现状，用充溢着同情、理解、关爱的目光注视着他们，不仅使诗歌走向生活、走向社会，更因为重拾伦理关怀而提升了诗歌自身的品质，这是新世纪诗歌有别于90年代的最大转变。新世纪以来，中国大地上发生了很多灾难性的事件，如"非典"、"禽流感"、"猪流感"、"5·12大地震"、"玉树地震"以及频繁发生的大旱、洪水、台风、矿难、泥石流等，夺去无数人的生命。天灾与人祸共同作用并频现中国大地，不得不促使人们思考人的生命问题以及反思造成这些灾难的根本原因，而新世纪诗歌毫无疑问地承担起这一文学表现责任，丰富而深刻的文本彰显出诗歌写作的优势与强势，而诗歌深蕴着的生命终极关怀以及社会伦理关怀，让无数人看到了新世纪诗歌的希望。

一　"底层写作"：苦难的凝视

"底层写作"彰显出当下诗歌对文学基本准则的坚守，是对自90年代以来所谓"纯诗"理念的定向反拨。90年代诗歌被人们诟病之处，就在于诗歌在"个人化写作"的招牌下退守到"文学性"的片面坚持上，忽略了诗歌对现实的真正关注，将诗歌的"个人性"取代了诗歌的"社会性"，诗歌"小众化"的倾向造成其深度的边缘化，自负而"沉潜"地走着自己的绝路。任何事物的发展都有"度"的制约，不能走到危险的极致，否则，必将接受"物极必反"的命运。新世纪诗歌的底层写作就应和了这一使命，对90年代的诗歌写作进行"纠偏"，重新在个人与社会的维度上建立诗歌伦理关怀，把对自己的关怀扩大至对社会的关怀，勇敢地担当起诗人的命运。有诗人提出："在当下，它的首要任务就是对创伤性生活的修复，使具有普遍性的良知、尊严、爱和存在感常驻于个体心灵之中，并以此抵抗物化、符号化和无节制的欲望化对人的侵蚀，无畏地面对当前我们生存其中的世界，通过对现实的评判而抵达人的完整，以人的完整照亮现实的生存，直至重建一个人性的世界。"① 这一宣言式的呼

---

① 世宾：《"完整性写作"的唯一目的和八个原则》，《星星》（下半月刊）2007年第1期。

告，代表了当下诗人对诗歌重建人与社会关系的努力，试图找寻一条诗歌介入现实的有效途径。

生活在底层的人们或是在乡村里固守着那一份贫瘠的土地，幻想着一份微薄的收成；或是在城市的街头捡拾废弃物品换取少得可怜的收入；或是在濒临倒闭的工厂里用辛勤的汗水赚取难以维持生计的薪水。这些人无不面临着现代化进程的抽打与盘剥，在屈辱和苦难中挣扎着。诗人以悲悯的情怀达到对现实的拥抱，将目光投向底层生活的人们，关注他们艰难困苦的生存状态。"一整天。我站在对面的窗户/看这个人……/他那么老了。/一个人站在墙角里/眼睛一直看着/那些来来往往的过路人/他哪里知道，突然开过来一辆/清障车。城管员捧烂了/他的红薯，砸了他的炉子/谁也不容他多说一句话/他痛苦的表情，我看得很清楚/他是猫着腰走出去的/步履缓慢/大北风一直追着他吹"（田禾:《卖烤红薯的老人》）。诗人捕捉到一个城市生活中最为常见的现象:城管与小贩之间的矛盾。尽管没有做孰是孰非的判断，但诗歌依然流露出对老人的无尽同情与怜悯。"北风劲吹"中老人的凄凉无助与社会的冷漠无情形成了一种强劲的张力，无声的批判尽显无遗。"你河边放牛的赤条条的小男孩，/你夜里的老乞丐，旅馆门前待等客人的香水姑娘，/你低矮房间中穷苦的一家，铁轨上捡拾煤炭的/邋遢妇女，/你工厂里偷铁的乡下小女孩/你失踪的光辉，多少人饱含着蹂躏/卑怯，不敢说话的压抑"（杨键:《啊，国度!》）。这些生活中常见却被遗忘的群体，像土拨鼠一样孤苦无助地存身于漆黑的角落，他们离我们很近也离我们很遥远。一首好诗中的每个语词都应该经受心灵的过滤，用携带着诗人的精神气质和道德价值的目光去追寻他们，抚慰他们"岁月暗哑的悲凉"，从而"逼近我们百感交集的心灵"。诗人的情绪痛苦而激越，"哀底层之不幸，怒社会之不争"。"苍穹下/黄土上/一个农夫撵着一群绵羊回家/农夫衣着褴褛，步履沉重/三个孩子还被反锁在家里/无人照看/他面无表情地只知道往前赶，往前赶/黄昏里/那些被剪去身上毛的绵羊/露出鲜红的肉来/丑陋极了，可怜极了/他们配合着农夫沿着小道往前赶，往前赶/越走越荒凉/并不时地停下来/低头啃那些路边更为卑微的小草"（辰水:《羊群》）。诗歌的叙事将生活还原到无法再还原的程度，简单、深刻、震撼人心。农夫、孩子、羊群构成一幅凄凉的晚景，生活的磨砺已经使农夫面无表情，诗歌弥散着一种透骨的悲凉。丑陋、可怜的绵羊与农夫形成了相互的映照，卑微而可怜的生命在荒野上演绎着生存的悲剧。

诗歌关注社会人生，并不意味着诗歌就一定会陷入与意识形态的纠葛中而失去独立性，也不意味着所有书写苦难或底层生活的作品一定不会葆有诗歌的文学韵味。上述提及的诗歌无论在诗歌的内涵还是技巧方面，都有很高的水准，田禾《卖烤红薯的老人》用近乎"零度情感"的叙述将生活的场景客观地呈现出来，"零度情感"的姿态凸显了社会的冷漠与无情，诗内与诗外情绪的一致化，使诗歌批判的张力更强；杨键的《啊，国度！》情绪压抑却异常饱满，将对底层不幸的同情、理解以忧伤、愤怒的诗歌语调传达出来，哀伤中充满激越；辰水的《羊群》画面感极强，苍穹、黄土、农夫、绵羊和小草构成一幅立体的黑白剪影，色彩单调如诗歌的情绪一样——了无生趣的画面逼视卑微的人生。诗歌如何重建与社会的关系，诗人如何为"沉默的大多数"代言，如何将诗歌引向更为宽阔的道路，这些无疑是摆在新世纪诗歌面前亟待解决的问题。现代主义诗歌的一个重要主题就是拯救，不仅是孤独、渺小、物化的自我，还有卑微、苦难、无助的人们，这都需要诗歌用同情、悲悯的目光去凝视他人，而不是"揽镜自照"的自怜，只有拯救了别人也许才会真正完成自救。

二　"打工诗歌"：心灵的呐喊

伴随着城市化进程，大批来自农村及边远贫困地区的人们逐渐在城市里形成一个庞大的"打工阶层"，诗歌出现了一种新的表现领域和表现对象，"打工诗歌"这一称谓也就随之产生了。"打工诗歌"真正形成文学潮流是在90年代，初期多为打工者在紧张的工作之余，将自己贫乏和单调的生活诉诸笔端，抒发内心的诉求与焦虑。这时的诗歌还满怀着年轻人都市寻梦的幻想，张扬着个人奋斗的神话，将自己的打工生涯视为人生的青春驿站。随着打工时间的增加，面对陌生、冰冷的机器，冷酷、贪婪的资本积累，孤独、无助的人生处境，曾经的美好幻想被现实击得粉碎，加之对自己身份认同的困惑和焦虑，诗歌逐渐从青春激扬走向沧桑沉重，进入对现实环境的抗争与愤怒的情绪之中。

"打工族"在当今的社会经济生活中本是一种正常的现象，在经济发展的需要下，大规模城乡之间的移民对社会是有利的，但在现行的政治体制下，打工者却处于尴尬的境地，离开土地进入城市却依然保留着农村户籍，为城市建设挥汗如雨却享受不到任何的城市福利。因此，身份认同的焦虑就成为他们挥之不去的心理阴影。"本名　民工/小名　打工仔打工妹/学名　进城务工者/别名　三无人员/曾用名　盲流/尊称　城市建设者/昵称　农民兄弟/俗称　乡巴佬/绰号　游民/爷名　无产阶级同盟军/父名　人民民主专政基石之一/临时户口名　社会不稳定因素/永久宪法名　公民/家族封号　主人/时髦称呼　弱势群体……"（刘虹:《打工的名字》），诗人用这么多的称谓来指认打工者，但这些曾经或是现在正在使用的名字依然不能消除身份的模糊与尴尬，无法消除认同的缺失，反倒增强了被歧视、被漠视的感觉。多重身份的指称就是无身份的代名词。自古有云:名不正则言不顺，尤其在当今社会体制内，身份的不明意味着享受权利的不明。"写出打工这个词　很艰难/说出来　流着泪　在村庄的时候/我把它当着可以让生命再次腾飞的阶梯　但我抵达/我把它　读着陷阱/当着伤残的食指/高烧的感冒药　或者苦咖啡/……打工这个谬称　让生命充满沧桑的词"（郑小琼:《打工，一个沧桑的词》），诗人以哀伤的语调、真切的体验介入当下打工者的生存状态，梦想、伤痛、愤怒、沧桑、叹息、艰辛、惆怅……密集的语汇袒露出面对打工者身份的焦虑与惆怅，没有逃避，没有放弃，默然接受这一伤痛的命运，是真实的告白，也是生命的追索。

　　饱受着思乡之苦的他们，怀着脱贫的简单梦想，在城市里承受着繁重的工作和钢筋水泥喧嚣的挤压，还要接受雇主们的歧视和压榨，赚取与自己劳动付出极不相称的微薄薪水，这就是打工者真实的存在状态。诗歌深入挖掘和揭示了藏匿于角落里的艰辛，将深切的同情赋予这些贫富两极时代被遗忘和漠视的群体。"食堂的后面原是一块空地，现在/堆满了许多细碎的煤渣/我路过有些脏的民工/他们的身上/溅满了石灰水、黄泥巴和油漆/他们蹲在那里捧着大瓷碗吃饭/有的干脆坐在/旁边的砖头、废钢筋和水泥板上/那个大嗓门说话的高大胖（模样像工长）/他在一边吃饭一边训斥身旁的/矮个子。其中有一民工/眼睛看着工长，一块土豆夹在木筷/中间，停留半天。他的碗里/除了咸菜、萝卜，还有两个/半生不熟的红辣椒"（田禾:《路过民工食堂》）。诗人用纯客观的视线扫过正在用餐的民工，尽管没有更多的摹写和评判，但依然可以感受到诗人弥漫开来的同情。可以想象到清汤寡水的饭食与付出艰辛劳作的极大反差;一个劳动者应该享受的尊严与正在遭受的训斥之间的矛盾。生存的挤压与珍视、崇高与卑微、尊严与耻辱多重作用在打工者身上无法解脱，为了完成养家糊口的使命，不得不接受这残酷的命运安排。诗歌平静的叙述里深显沉重，每一个语词都镌刻着灵魂的刀痕。

经过了早期对身份焦虑的书写，诗歌在当下阶段更多地转入对打工者生命的关注，深入诗歌苦难与救赎的主题，体悟着打工者作为一个"人"应该享有的生命的权利。已经是颠沛流离的他们还要不时承受伤痛和死亡的威胁，或是造成肢体的伤残，或是失去鲜活的生命，而此时他们的生命感骤然变轻，轻得像雾像烟，随风飘散。"一个农民工从脚手架上掉下来了/一个农民工从高高的脚手架上掉下来了/一双父母的儿子从高高的脚手架上掉下来了/一个女人的丈夫从高高的脚手架上掉下来了/两个孩子的父亲从高高的脚手架上掉下来了/农民工惨叫一声/突然有人惊叫一声/许多人跟着惊叫了一声/救护车也跟着惊叫了一声。而后平静如初/农民工从高高的脚手架上消失了/从开着奔驰车的老板的工地上消失了/老板过来扫了一眼/命令手下的人用清水冲掉了地上的血迹/他的工地照样运行/他甩给三万块钱，醉醺醺地回家睡觉去了/与那个农民工睡得一样死"（田禾：《一个农民工从脚手架上掉下来了》）。打工者生命的"轻"与诗人内心的"重"形成强烈的文本张力，足以震撼每一个稍有同情心的人。生命如此轻贱，轻贱得用区区几张钞票就可以"摆平"。诗歌开头部分反复强化"为人子、为人夫、为人父"的生命的重要，结尾处轻描淡写般的处理，使读者在"轻"与"重"的多重纠葛、思辨中完成了内心道义的自我反省和确证。

打工诗歌存在着两种写作向度：一是被称为"在生存中写作"，也就是作为打工生涯的亲历者依据自己的经历而创作的诗歌，这种写作将"第一生存"体验直接呈现，因而诗歌中对生存的盘诘和对体验的深究，更具内心化的震撼力量，也超越了自己生活的表层使之得以升华为对整个"打工部落"的关怀。二是"隐含写作"，即诗人作为一个与打工者相比有着"合法城市身份"的人用同情和理解的目光去写作，这部分诗歌呈现了"知识分子"的人道情怀，尽管有人怀疑这样的写作带有"中产阶级趣味"的虚伪性，不能真正为"沉默的大多数"代言，但我们还是应该承认，这样的诗歌写作同样起到了为"弱势群体"呼号的客观效果，这一点不容置疑。总之，这两种写作向度共同推动了"打工诗歌"这一诗潮的发展，使诗歌真正抵达真实。

三　"灾难诗歌"：生命的关怀

新世纪以来诗坛就充满了"诗歌何为"与"诗人何为"的呼声，主要是针对 90 年代诗歌面向现实的退守姿态，书斋化和学院化的写作使诗歌远离了生活，也远离了诗人面对现实"发言"的责任。但这种局面在 2008 年"5·12 汶川大地震"之后，却有了一次转折。诗人们以"集体出场"的方式，完成了一次诗歌面向现实、面向灾难的壮举。巨大的自然灾害夺去了无数的生命，也唤醒了诗人蛰伏许久的"公共性意识"，不再滞留于自我的"浅吟低唱"，不再迷失于日常琐屑事物的翻检，而是将激情、责任诉诸对生命的关爱、珍惜和悲悯之中，使苦难凝结为民族的创伤性记忆，从而使诗歌获得了广阔的深度。

综观地震之后所出现的诗歌，大多是对生命消逝的悲痛表现以及作为"幸存者"对自身生存的反思，既有对亡者的哀悼，也有对生者的祝福和警醒，以及由此牵连出的许多值得重新反思的种种问题。"躺在废墟中的孩子们/生命已从你们的身体上溜走/你们被死神选中/在那一刻，在轰然倒塌的/教室里，天都塌了/……你们还在播种，尚未收获/却猝然躺倒在冰冷的大地上/像滴血的蜡烛，开始流淌、/融化"（韦白：《躺在废墟中的孩子们》）。脆弱娇小的生命在瞬间香消玉殒，这稚嫩的生命的逝去尤其让人震惊，为之深深地惋惜和悲哀，我们在对灾难突然降临感到手足无措时，就只剩下同情、悲悯和震惊了。"今天，仅仅几分钟/曾经鲜活的世界，因此消失——/地动天摇，惊骇莫名！/心中的某些东西，也消失了"（哑石：《日记片段：成都》）。"孩子，我不得不再次动手/写你们/我的神经/这些天都在为你们跳动/都在残酷地折磨自己/……孩子，我没有办法伸手/去把你们拉出来/更没有办法让你们/活下来/我只能看着你们/被死亡残酷地掠走"（中岛：《孩子》）。这些诗歌无一不传达出我们在灾难面前的伤痛，没有廉价的抒情，没有虚假的感慨，没有空洞和无聊，他们用属于诗的方式去关注灾难，去书写伤痛和悲情。

诗歌除了传达对逝者的哀悼外，更多地还有对生者自身的反省，包括对道义感赢弱的怀疑、对"救世情怀"的空指与泛滥的控诉，对社会良知缺失的愤怒，当然也不乏诗人出于对"活着"真诚的感恩之情的表达。"周围的一些博导们，开始/抽着名烟，喝着茶/（眼神中，不时闪过恐慌）/讨论天灾的哲学意义、国际影响……/他们都曾经是我很好的朋友/

突然，我开始厌恶他们／说不出理由"（哑石：《日记片段：成都》）。在灾难面前的行动远远高于座上空谈的意义，这就是诗人面对朋友时愤怒的原因。"在这里，我才知道，以前／我用过的'破碎'，从没像现在／我看到的这么绝望、彻底／以至于我怀疑自己，是不是／一直在滥用？／我愿意把破碎这个词最后再用一次／……破碎中，我们还有灵魂／是完整的"（林雪：《请允许我唱一首破碎的苔西》）①。诗人亲历地震现场，为灾难的强度深深震慑，进而反思自己曾经对"破碎"一词的滥用。其实，这不是一个简单的语汇使用的问题，而是背后认识生命脆弱的同情之心的体现，也是反观曾经的浅薄写作而做出的深刻检讨。"今夜，我必定也是／轻浮的，当我写下／悲伤、眼泪、尸体、血，却写不出／巨石、大地、团结和暴怒！／当我写下语言，却写不出深深地沉默。／今夜，人类的沉痛里／有轻浮的泪，悲哀中有轻浮的甜／今夜，天下写诗的人是轻浮的／轻浮如刽子手，／轻浮如刀笔吏。"（朵渔：《今夜，写诗是轻浮的……》）诗人在文章《为什么普遍写得这么差》中解释道：轻浮，更多地指向一种自我批判，羞愧、懦弱、无力感。并且认为，轻浮的人也许永远都无法正确理解"自省"的含义。这是一首带有"灵魂考问"意味的诗，不仅是自我的考问，更是对整个社会的考问。诗人质疑这种灾难诗歌的泛滥，认为成吨的地震诗歌，将我们滥俗、贫乏的精神底里彻底暴露。诗歌一旦失去文学创作的个人性本质，诗人就会陷入"刀笔吏"的危险境地。这里隐含着诗人作为一个知识分子的责任问题，面对灾难，他应该是一个质疑者、见证者，而非歌功颂德的人。

如果诗歌仅仅面对灾难"发言"而不具有"普世情怀"，那么诗歌就会陷入苦难歌吟的泥淖而无法自拔，创伤性记忆只有转化为价值记忆，转化为一种"普世性"的关怀，灾难诗歌才具有书写的意义。"只那么一瞬，那些以躬身挖掘的姿势／长年供养着我们的人／那些祖祖辈辈都在这片锋刃颠连／逶迤起伏的土地／挖掘土豆，挖掘白薯，挖掘／酸酸甜甜的大头菜的人／他们突然都变成了土豆，变成了白薯／变成了凄凄苦苦的大头菜／陷落在崩溃而落的预制板里"（刘立云：《挖掘啊，我们挖掘》）。诗歌将自然灾难与生存苦难的现实联系在一起，将这些脆弱生命的短暂与苦难生

---

① "苔西"：羌语，情歌，原注出于黄礼孩主编《诗歌与人：5.12 汶川地震诗歌专号》，2008 年。

存的漫长联系在一起，更具震撼力、穿透力。我们经常为一个人因突发事件失去生命而唏嘘不已，却对他漫长的生活苦难熟视无睹。一个人的生命固然重要，但我们就因为曾为这些生命逝去感叹过、哀怜过却忽视了人的存在的重要性而感到自己救赎的完成，那么，这样的怜悯必定是虚伪的、无意义的。试想，一种漫长无望的苦难生存究竟比失去生命的意义重要吗？灾难提醒我们，那些现在正处于被漠视、贫穷、寒冷、饥饿之中的人们才是我们真正应付出关怀的。灾难不是遮蔽社会问题的幕帐，而恰恰是关注问题的警钟。

诗人林雪曾问道：一首诗能拯救什么？这个疑问切中要害，也体现了许多有"自省"意识的人们的独立思索。这里隐性地提出了诗歌写作中的伦理关怀问题，不论是拯救别人还是自己、肉体还是精神，人类必须面对自己的道德做出回答，必须对其写作和表达的责任与资格有所担当。地震诗歌曾出现了短时间集体爆发的局面，但却没有被"集体"的声音湮灭，许多诗歌因为有个人性写作的支撑而显现出独立、自省、怀疑、愤怒、悲悯等非体制化的文学意义。诗歌如何重建与社会的关系，诗人如何为"沉默的大多数"代言，如何将诗歌引向更为宽阔的道路，这些无疑都是摆在新世纪诗歌面前亟待解决的问题。现代主义诗歌的一个重要主题就是拯救，既有自我拯救，更包括对苦难、无助的弱势群体的关注，从这个意义上说，现实主义与现代主义并不是彼此隔绝、各自为政的，而是互相打开、相容共生的。

新世纪以来关于诗歌"如何面对现实"的论争一直没有间断过，有人提出诗歌重新连接"朦胧诗"时代的诗歌传统，让诗歌关注时代，面对时代发出自己的声音；也有人认为"诗歌与时代"的提法既不新鲜也很"廉价"，甚至有些"矫情"和"撒娇"的嫌疑，因为这样的提法或做法不能保证诗歌在介入"现实"的同时还能保持自身的独立精神。现在看来，这两种观点都有其合理的一面，但仔细审视后发现，其实二者并不是"非此即彼"的悖论关系，二者可以达成某种平衡、协调的统一，也就是说，诗歌可以做到以现代或后现代精神为根基、现实性为表征的书写范式，诗歌在充溢现代主义艺术精神的同时张扬时代情感，以一种先锋化个人写作的方式介入现实，从而提升当下诗歌的精神品质。90 年代的诗歌写作策略是逃逸，也就是规避文学语境中的权力话语和拜金浪潮，另铸诗歌唯美乌托邦。而当下诗歌则更符合"对当代噬心主题的介入和揭示"这一诗学判断,"更自觉地深入它、将近在眼前的异己包容进诗歌,最终完成对它的命名、剥尽、批判、拆解的问题。勇敢地刺入当代生存经验之圈的诗,是具有巨大综合能力的诗,它不仅可以是纯粹自足的,甚至可以把时代的核心命题最大限度地诗化"①。新世纪以来的众多诗歌文本已经在某种程度上印证了当下诗歌的巨大综合能力,如谭克修的《县城规划》,沈浩波的《文楼村纪事》,江非的《英雄帖》等,这些诗歌以非凡的先锋诗歌精神与技艺勇敢地"楔入"当下时代,真正具有"后现代现实主义"的品质,积极寻求重建诗与世界、诗与人的正常和谐关系,这种探索对当下的诗歌写作无疑具有很大的借鉴意义。

第二节　个人生存的日常性写作

从 20 世纪 80 年代"第三代诗歌"开始,诗歌出现了日常主义的诗风,表现为从零散、琐屑、易被忽略的日常事务中挖掘潜在的、被遮蔽的诗意。可以说,日常生活的诗意开掘,为诗歌提供了"形而下"的诗歌写作的可能性,并且用丰富的、卓有成效的文本,构建了生命歌吟与生活体悟诗歌的又一辉煌时代。诗歌进入日常琐屑的事物之中,于事物的绵细褶皱中发现诗意,其实背后有着浓厚的哲学与现实基础。20 世纪初,实证主义思潮开始盛行,人们被实证主义科学所支配,造成的结果就是,人们坚信科学理性可以解决社会和人生的所有问题与困境,慢慢地人们不再关注人生的意义和价值问题,从而导致片面的理性和客观性对人的统治。但是随后的世界现实击碎了人们的浪漫幻想,世界大战、种族屠杀、人造病毒、原子弹等,无不昭示着世界已经陷入一种深刻的危机之中。与科学相生相伴的艺术,也同样陷入同日常生活处于分离状态的危机里,常常远离生活的原生态,以浪漫的或是现实的手法,提炼、塑造"典型环境中的典型人物",一味地追求文学艺术的"本质主义"。面对这样的生存与艺术危机,胡塞尔、维特根斯坦、海德格尔、列斐伏尔、科西科以及赫勒等一批哲学家提出"回归生活"的命题,目的就是寻找被科学理性和实证主义所遗忘、遮蔽的人的世界。胡塞尔认为,导致危机的根源在于科学

---

① 陈超:《求真意志:先锋诗的困境和可能前景》,陈超编:《最新先锋诗论选》,河北教育出版社 2003 年版,第 2 页。

世界在建构过程中，遗忘了生活世界，因此，如果想摆脱这场危机就必须回归生活世界。维特根斯坦认为，时代的疾病要用改变人类的生活方式来治愈。海德格尔觉得，存在已被遮蔽得太久，需要澄明和亮敞，每个人只有为自己的存在操心，他才是亲在，本真的在。由此可以看到，日常生活范式的建立，为人们生存的恬然澄明找到了一条现世的道路，也为文学艺术的生存和发展提供了转型的契机。"现代社会需要突破日常生活结构和图式阈限，通过主体自身的改变而使现存日常生活人道化，使之摆脱纯粹的自在和封闭状态，达到自为自觉的状态。"①

中国诗歌中出现的日常主义诗风，不仅有深远的哲学背景，更有其巨大的诗学意义。日常主义诗歌的源头，可以追溯到朦胧诗时代，可以说朦胧诗为日常主义诗歌提供了精神源头。朦胧诗最具当代诗歌史意义的部分就在于它回归了诗歌主体性——人的身份的再次确认与张扬。"朦胧诗"产生时，正是一个主流观念强大到足以消弭个体意识的时代，在民族的空前浩劫和忧患中，在轻信过的某种理想价值秩序瓦解崩塌中，朦胧诗产生了。他们曾高喊"在没有英雄的时代我只想做一个人"，舒婷曾说："我们经历了那段特定的历史时期，因而表现为更多的历史感、使命感、责任感，我们是沉重的，带有更多的社会批判意识、群体意识和人道主义色彩。"② 不可否认的是，朦胧诗中的话语主体，依然是一种集体的经验主体，也就是时代的主流价值观所规定的、带有社会公共性和普遍性的东西。在 70 年代末期的历史语境中崛起的朦胧诗与那个时代的启蒙主义思潮是合拍的，表现自我，寻找自我，体现人的价值、尊严、个性、自由等，成为诗歌最强烈的诉求。可以这样说，朦胧诗在高喊自我的时候，依旧是一代人的整体情绪。当经历 80 年代中期的社会思潮转型，在"人"的观念发生转变后，到了"第三代"以及 90 年代和新世纪时，日常主义诗歌也相应地表现出世俗化、个人化和肉身化的变化。现在看来，这种变化与朦胧诗的主体"人"的观念的确立是分不开的。

到"第三代诗歌"的时候，主体的人的概念发生了变化，由群体意识的"社会人"转化为个体意识的"世俗人"。"第三代诗歌"的话语主

---

① 衣俊卿:《日常生活批判刍议》,《哲学动态》1989 年第 4 期。

② 转引自洪子诚、孟繁华主编《当代文学关键词》,广西师范大学出版社 2002 年版,第 194 页。

体，带有更多的个人体验的性质，年轻一代的诗人渴望用更具个性的语言方式自由轻松地表达思想。他们没有深重的历史记忆，没有与民主—国家纠缠不清的互文关系，他们有更多现实感受和个人的直接经验，在 80 年代中期，其直接表现就是平民意识的觉醒。"第三代"诗歌主将之一的韩东认为："生命的形式或方式就是一切艺术（包括诗歌）的依据。生命的具体性、自足性、一次性、现实性和不可替代性必须得到理解。"也就是说，只有在话语主体的经验具有不可替代的唯一性时，人才能重返真实。"第三代"诗撕毁了诗人充当时代抒情主人公的形象，摧毁了"大写的人"，也摧毁了自我，他们自称"变成一头野家伙，是腰间挂着诗篇的豪猪，认为诗歌是最天才的鬼想象、最武断的认为和最不要脸的夸张"。他们大大咧咧，把诗写得很随便，恣意杂陈，或以调侃、自嘲、恶作剧的方式亵渎"神圣"，或以现代野蛮姿态放逐崇高和优雅，即使在面对生命与生存的问题时，也只是认同平凡人生命的本真部分，肯定真实、自由、具体的人性，不让人的意识更多地渗入矛盾、荒诞之中而倍感精神的煎熬。不再有顾城那般"用黑眼睛寻找光明"的执着，也不再痛苦地疾喊"中国，我的钥匙丢了"。"你看看，这就是我，天生的人物/生在中国，住在二十世纪/我和以往的祖宗们一样，吃着、喝着/梦想做名人，并为爱情而哭"（丁当：《背时的爱情》）。调侃又自嘲的形象充满了真实感。他们是一群自我流放的边缘人、"小人物"，不再有自我标榜的崇高与悲壮。孙基林曾经在一个哲学的高度上探讨后朦胧诗的价值："当新一代诗人再度面临主体性时，他们似乎觉得真正的自己被遮蔽了，启蒙理性在追问人的存在时，却恰恰遗落了人的真正的生存，而导向一种逻辑的虚构，而真正的生存本身却恰恰是另一番情景。因而，新一代诗人纷纷从一个逻辑的世界抽身出来，返回到实存的生活和所置身的现象之中。回到生命或事物本身，这是新一代诗人的思想基础。"[1]

　　如果说"第三代"诗中的日常主义诗歌在面向俗世时，表现出的是一种愤怒、无奈和尴尬，那么，90 年代诗歌则更多的是平静、内敛和澄明。依然是"从身边的事物中发现需要的诗句"（孙文波语），继续在形而下的物象中开掘诗意，但诗歌却明显表现出与"第三代"的不同——冷静、智性、思辨。90 年代是一个"个人化写作"的时代，是诗人从个

---

[1]　孙基林：《"第三代"诗学的思想形态》，《诗探索》1998 年第 3 期。

体身份出发,以独立的个人化立场介入历史、文化以及当下的生存语境,以个人的方式担当着文学、生存诸多层面的思辨与言说的责任,相较之面向社会和群体命运的探索,以普遍性、权威性和宏大性为特征的诗歌文本,个人化写作更强调面向个体生命自身的意义与价值的追问和探询,体现出个人性、内在性和主观性的文本特征。日常主义诗歌的内审式、私人化写作完全取代了之前的反叛式和群体式写作,由慵懒萎靡、顺世随俗的诗风转向困惑感伤、纯粹澄澈的诗意吟唱,面对生命、生存的问题时,表现出一种理性的克制与内敛。

新世纪以降,日常主义诗歌在90年代诗歌的基石上继续前行,并且表现出对日常生活更为细密的智性思考和审美观照,尤其在对生活与生命的体验方面,表现出更高层次的理解与珍视,完全进入生活、生命与社会事务的"形而下"观照时代。

一　生命体验在"下降"中提升

日常主义诗歌在进入21世纪的关头,猛然刮起一股"肉欲狂潮","引体向下"般地把诗歌带进了肉体狂欢的境地。最为突出的标志就是"下半身写作"诗歌的出现。沈浩波、李红旗、朵渔、宋烈毅等人组成了一个诗歌团体,诗歌界就以其同名刊物《下半身》为其命名。在他们看来,人的身体在很大程度上已经被传统、文化、知识等因素污染和异化,只有回到身体,才能给予诗歌以前行的动力。其实早在"第三代"诗歌中就已经包含了"身体诗学"的因子,只不过"下半身写作"更强化了肉体的在场感,尤其是一批涉"性"诗歌的出现,将这种"身体诗学"推向了"狂欢"的极致。现在看来,这种基于原欲、本能的写作,在对抗"卓越的政治动物、稀奇的文化动物和深刻的历史动物等世俗角色"(韩东语)的先在规定性方面,确实具有非常大的贡献和意义,可以说,这是"人"的观念的一种深入理解的体现。梅洛·庞蒂曾说,世界的问题,可以从身体的问题开始。是不是可以反过来理解,身体是理解世界的基点,包括诗歌在内。从身体开始,诗歌才找到了自己的依托。这样的理解是有其道理的,长期以来,诗歌处于纯粹的形而上精神乌托邦的审美虚幻当中,缺乏一种介入现实的勇气和力量。尤其是"身体"作为意义世界的具体要素和实体支撑的地位,在中国诗歌乃至文学艺术中都处于被遮蔽、遭放逐的状态,文学艺术想通过身体抵达事物本质的做法,被视为一种社会和个人道德缺失的低级趣味而遭到明令禁止，写作没有自我，更谈不上真实的身体细节。"身体一词始终是缺席的，以至于我们一直有一个错觉，以为写作只和社会思想和个人智慧有关，它并不需要身体的在场。"① 随着社会转型的逐步展开，人们有了观念的转变和理解的深入，真正接受诸如"身体是我们在世界中存在的关键……也是我们获取经验和意义能力的关键。身体代表着外在世界和我思得以发生接触的内在世界场所"② 此后，文学艺术中身体的意义才又被凸显出来，同时也消解和规避了种种存在于身体之上的"戒律"，使得人们真正把自由还原给身体。

随着诗坛对"下半身写作"的纠偏，当下日常主义诗歌在身体诗学方面步入一种相对平实、相对智性的状态，或者说不再像"下半身写作"那样，弃理想、伦理于不顾，而是有了智性的思考和审美的观照，真正回到了"身体写作"的原发点——对生命的深入理解与珍视上。"感谢疼/感谢胀/感谢麻/感谢酸、乏、痒、闷、喘等等/总之是感谢所有让我疼痛、难受/活着没劲、度日如年、看什么也/不顺眼的感觉/正是你们让我知道/我原来还有一样叫做身体的财富/我还有五脏六腑、心血管、脑血管/胆固醇、肝功能、乙肝六项/血脂、血糖、血黏稠度等等等等/正是你们让我开始正视、看重、敬畏/顶礼膜拜自己的身体/总之是开始拿身体当身体了"（姚振函：《代表身体感谢》）。诗歌运用反词手法写出身体诸般"不良"感受，也正是这些感受让人们觉出身体的真实和生命的意义。"滴答/滴答　滴答/滴答滴答滴答/哦，这是胃里一只老鼠拖着铁夹逃跑的声音/这是心脏里抽血机抽血的声音/这是脑袋里两颗钉子吵架亲嘴的声音/我用胶纸封住嘴巴/用手死命地按住心脏/用一把夹子/夹住自己的脑袋/直到我/……睡着为止"（谢湘南：《滴答》）。当身体处于某种紧张状态之下，人就会对周围的事物变得异常敏感，这首诗从一个侧面反映出当下时代人们心理紧张焦虑的程度。"深切的焦虑不是一个旁观者冷静观察所产生的忧虑，而是一种'认识你自己'的焦虑，它打碎了各种现存文化外在地赋予的生存诺言和自我的伪像，在一种紧张剧烈的心理过程中，最直接地

---

① 谢有顺：《文学身体学》，《花城》2001 年第 6 期。
② ［美］理查德·沃林：《文化批评的观念》，张国清译，商务印书馆 2000 年版，第171—172 页。

洞见了常态下难以窥视的深隐的自我本来面目,瞥见了自身多重人格的诸侧面,洞悉了它们永恒的冲突与搏斗。"① "我体内的水重新荡漾/不再有可怕的幽深,万物的力量/在我躯体的中央聚起/一只柔软的手,唤醒永逝的时辰/我根部美好的欲望/回转到自身,和大地重新接触/我皮肤下的血,流动得缓慢/它撞动石头,像撞动喉咙里的呼喊/在耀眼的天空下面,加工着深蓝/触摸我肉体的日子/又一次悄然汇合。一个瞬间/打开它熟悉的宽阔,时间的完美文身/它碰到的物体,每个人的目光/在那里预言而又无声"(远人:《你的形体、你的界限》)。诗歌将人的细密而真实的身体感觉,通过一种舒缓而紧凑的叙述淋漓尽致地表达出来,显示出诗人对身体感觉的把握以及语言控制的超强能力。用身体观照生命,把握外在世界,是当下诗歌写作的惯常路径。"从重大的人权到细微的叹息,不管是正值层面的高扬抑或负值层面包括自渎自虐自戕的展示,都显现了生命在不可抗拒的悖论中——自明的意义,其顽韧执着的自我穿透,自我体认,自我放血,自我烛照,通过体验为中心支持强大发射网络,占据和覆盖了诗歌最广阔的版图。"②

诗歌的身体写作策略如果运用得当,可以成为冲击、颠覆僵化的文化躯壳的利器;如果使用不当、"走火入魔",则很容易陷入浅薄、低级与媚俗,将身体美学进行粗暴的简化,这样的诗歌最后只能剩下本能的荷尔蒙而变成废弃物。诗歌永远不能放弃存在的底线,如果诗歌中缺失了对社会、文化、知识、道德的承诺,只是一味地进行色情的快感宣泄从而损害了诗歌的尊严,这不是真正的先锋诗歌的反叛形态,而是一种真正的堕落。正如特里·伊格尔顿所言:"作为一种始终局部性的现象,身体完全符合后现代对大叙事的怀疑,以及实用主义对具体事务的爱恋。因为我在任何个别时刻都无须使用罗盘就知道我的左脚在哪儿,所以身体提供了一种比现在饱受嘲笑的启蒙主义理性更基本更内在的认识方式。在这个意义上,关于身体的一种理论有着自我矛盾的危险,在思想上重新发现仅仅意味着会贬低它的东西。"③ 从这个意义上说,身体不仅仅只是生理性的、物质性的,当然更重要的还是精神性存在,如果只强调身体对"大叙事"

---

① 周宪:《文学创作与焦虑体验》,《文艺理论研究》1990 年第 1 期。
② 陈仲义:《扇形的展开——中国现代诗学谬论》,浙江文艺出版社 2000 年版,第 187 页。
③ [英]特里·伊格尔顿:《后现代主义的幻象》,华明译,商务印书馆 2000 年版,第 82 页。

的反抗意义而陷入肉欲的泛滥，无疑只会贬低身体在生存世界的价值，因此，诗歌中的身体写作必须始终保持着对陷入肉欲暴力的警惕。

二　日常感受在细密中澄明

从日常生活场景切入瞬间感受，完成生活的诗意化，在缝隙和褶皱中让诗意闪光、澄明，使当下日常主义诗歌书写具有一种哲学的意味。胡塞尔主张将一切客观与主观事物实在性的问题都存而不论，即悬置判断，进行本质的还原和先验的还原。"这样，在日常主义诗歌那里，世界无所谓现象与本质之分。现象即本质，本质即现象。故你抵达表象，你实际上已占有本质。逃离所有观念束缚和意义先置，在现象世界漫游，就能够获得一种本真心得。"① 这样，在悬置、还原原则的策动下，日常主义诗歌不再一味地求索叩寻抽象绝对的"在"，而是以表现"此在"作为自己终极价值目标，力求诗歌摆脱追问本质的艰难与疲惫，回到生存、常识的事物本身和现场，回到凡俗、日常、琐屑的自然本真的状态之中，因为诗人们深知"生存之外无诗"的道理。"他们从本质即现象、现象即本质的现象学那里寻找思想援助，不挖空心思地琢磨、臆想审美对象之外的微言大义，更懒得煞费脑筋、寻访设法赋予审美对象以抽象的象征的蕴涵；他们只是老老实实地恪守直面当下、即时的时空观，感兴趣于常识、生活和事物的具体甚或琐碎的形态，建设自己注重细节、置身存在现场、回到日常化和事物本身的诗歌美学。"②

新世纪日常主义诗歌继续在细小琐事中翻检诗意，最大限度地打开事物存在的遮蔽，充分发挥日常主义诗歌本真透明、轻松自由的诗意释放的艺术威力。相比以前的日常主义诗歌而言，生活流色调更多地偏向于暖色，流溢着温情与人性的光辉，增添了许多澄澈、平静与轻松的诗意成分，琐屑但不平庸，平淡却不乏温情。"我要重新认识脚步、马车和麻/我的脸是羞红的。每天打开生活这扇窗/迎面碰上的是露水、萤火虫或松鼠/我要带着它们在清洁的空气里走到天亮/没有什么能够阻挡，我对散步和水果的热爱/我再也不会说到现代/说到痛。不再有什么纠结/包括被排斥的善、被拒绝的爱、被歪曲的风"（李轻松：《返回》）。每天以轻松热

---

① 陈仲义：《扇形的展开——中国现代诗学谫论》，浙江文艺出版社 2000 年版，第 274 页。
② 罗振亚：《朦胧诗后先锋诗歌研究》，中国社会科学出版社 2005 年版，第 207 页。

情的心态拥抱晨曦中每一个充满活力的事物,没有"现代"的沉重与压抑,更不是后现代的解构、反讽式的压力释放与戏谑,而是一种真心的触摸,一种因为感动生活而产生的本真的情感流露。"从今天开始,都是明亮的事物/我的指甲是透明的/没有任何的病。一些杂音过于安静/我分辨不出左手和右手/到底隔着多少诧异/从今天开始,都是温暖的回声/我的歌唱是纯棉的/没有任何的杂质。一些风吹送着我/我一直坚持到最后,骨骼轻巧/每一次行走都像飞。"(李轻松:《……从今天开始》)日常生活中的"轻"不再是"生命不能承受之轻",而是一种真正全身心的放松,一切都是透明而自然的生命体验。"我坐在你们中间/你们坐在壁炉旁/窗外,雪缓缓飘坠/她们在灯光下旋转、侧身/撞在玻璃上消融/烟尘已经散尽/木炭发出橙红的光芒/你们的脸在光明中,生动/柔和。那些古旧的油画、台灯和挂钟/天花板上剥落的石灰/都是我不厌其烦端详的细节/栗色的楼板掩盖了风——/在房子里穿行的回声/现在,我想靠在你们当中谁的肩上/睡去,在红茶的气味中睡去/外面雪下个不停"(莱耳:《雪夜》)。诗人"不厌其烦"地"端详"着生活中每一个微小的事物,淡然平静地感受弥漫其间的俗世温暖。如果将窗外的雪比作当下喧嚣烦杂的世界,那么这个温暖而复古的房间就是诗人极力求索的"诗意栖居",恬然澄明中流溢着不再拒斥的接纳与包容。"在一个收不到短信息的地方/我慢慢地数着雨点/这些圆润的小雨点他们从长长的叶片下不断往下滴落/他们先是在叶尖汇结成一个小亮点/然后将叶片沉出一个优美的弧线/然后一闪而过/这些细小的雨点从一个下午的中间轻声擦过/没有伤害/满是回忆/你能看见的只是叶片在来回晃动/在这样一个有着翅膀但不会飞的下午/一滴一滴的小雨点/他们经过我的窗口/没有呼唤/没有回头/我一滴一滴地数着/我终于克制不住/我把自己也数了进去"(老刀:《小雨点》)。诗歌的存在不一定依靠所要表现的内容的深度有多大,有时诗歌的语感同样是一首诗得以存在的价值标准。这首诗的优势恰恰在于用舒缓平静的语感营造出生活无欲无求的坦然境界。日常主义诗歌的价值就在于从被绝大多数人忽视的、看似无意义的事物中发现诗意,这也是日常主义诗歌的优势所在。

新世纪之前的日常主义诗歌尽管同样是平庸琐屑的生活万象的呈现,但总体来说,是一种在后现代主义语境下带有浓厚解构色彩的诗歌,还原生活、张扬原生和本真是为了反叛、颠覆文化霸权和主流话语,蛰伏在诗歌深层的依然是现代主义的批判意识和反抗精神。例如侯马的《种猪走在乡间路上》透过戏谑反讽的表层，直指人的隐秘的猥亵心理和麻木混沌的生活本质；伊沙的《天花乱坠·15》透过对中国传统服装——旗袍的言说，一针见血地指出道德与本能在中国式审美中的"和谐"统一，反讽着传统道德对人性的钳制扼杀。此外，蓝蓝的《让我接受平庸的生活》，马铃薯兄弟的《在超市看到一张熟悉的面孔》，侯马的《现代文学馆》，等等，都是以无深度的语义狂欢和后现代批判消解的方式，颠覆以往既定的诗歌艺术规范。而新世纪以来的日常主义诗歌因为时代语境的变化，那种后现代主义戏谑解构的诗歌艺术表现已经逐渐让位于诗歌的理智、深沉、内敛，而不再是非理性、狂欢化、外向式的批判和解构，接受并且认同当下的俗世生活，置身存在现场并拥抱日常化生活，抛却对俗世生活的文化追问，代之以淡然平静的接纳，这是新世纪日常主义诗歌较之以前诗歌的一种明显变化。究其根源，就在于诗歌存在语境的变化，后现代文化语境渐渐退却，同时一种建设性的文化语境正在悄然兴起，对日常生活的态度不再是批判性对抗，而是一种建构性的包容，这直接导致当下日常主义诗歌的存在状态较之以前更加的本真和澄明，因为诗歌在对事物本质认识的过程中，不再借助对事物所承载的文化的批判或认同这一中间环节，不做价值与意义的判断，而是真正意义上对事物的直接呈现。"从高高的云端或茂密的枝头泄下／鸟语是一粒粒晶亮的雨水／越过灵敏的听觉／淋湿了每一双充满渴念的眼睛／让我们在最蓝的天空下／学会幸福地流泪／获得晴朗开阔的心境／这是倾听欢乐的好时光／鸟语洒在我们周围／散发出与星星和樱桃有关的气息／教我们忘掉白雪飞舞的季节／忘掉猖獗原野的风声／然后端坐在这亲切的声音中／独酌一份宁静"（冉仲景：《鸟语》）。也许这首诗能准确地"象喻"当下日常主义诗歌的存在境况，细节呈现不再隐喻文化和人生终极追问，一切都是事物自然底色的纯实再现，温馨宁静的气息弥散在诗间，这也许就是当下时代人们所追求的喧嚣之外的淡然，一种恬淡平静心理的真实写照。"在一个没有人打扰我的午后／我在深草里坐着，这些草／安静而荒凉，当风吹过去时／它们沙沙作响，像要说些什么／可我现在已不愿意再去倾听／我现在只想在这里坐坐，身边／空掉的矿泉水和废旧的报纸……一切都在这时，忽然变得遥远／只有我依然坐着，把自己留了下来"（远人：《在深草里坐着》）。当下的日常主义诗歌就是这样在看似无意义的事物中发现意义，并且拒绝抽象概念对诗歌的介入和控制，在细节的凸凹之处穿梭、徘徊，将表象提升到无以复加的高度，这是新世纪诗歌在日常主义题材表现领域的发展之处，也是突破之处。

三　伦理表现在凡俗中升华

新世纪以来，理论界关于诗歌伦理问题的讨论始终延续着，并且导引出对"诗歌与现实"、"诗人与时代"、"诗歌与意识形态"、"文学自足性"、"纯文学"、"诗歌技术性"等一系列看似"老生常谈"话题的重新认识和争论。一方观点认为，底层写作与诗歌伦理（美学自主性）是二元对立的，一味地强调底层写作会使诗歌再次陷入"题材决定论"的泥淖；加之"底层写作"、"打工诗歌"等诗歌概念在没有得到充分的界定和厘清的情况下就泛泛地使用，同样对诗歌写作造成混乱和伤害。另一方观点则认为，诗歌介入当下现实、处理社会焦点题材并不意味着诗歌写作在美学上就会"不纯"，并不意味着社会、集体、民族的伦理会压制诗人个体经验表达和诗歌自身美学伦理的澄明，相反，诗歌有责任承担起对社会问题的关注，逃避责任并不能带给诗歌真正的美学自足，而只是一种伦理的堕落。综观整个对"诗歌伦理"问题的讨论可以发现，论辩双方在"伦理"一词的使用口径上存在着明显的"不统一"，一方强调诗歌伦理的美学自足性，即尊重诗歌的本体自主意义；而另一方则是在社会与道德伦理的范畴内使用，双方虽然各执一词却很难"针锋相对"，原因就在于对"诗歌伦理"的理解和使用存在着偏颇。我认为，诗歌伦理所牵扯的美学自主性问题和诗歌社会责任问题并不是一种"非此即彼"的关系，二者完全可以和谐、完美地统一在一起。遍数古今中外的诗歌历史，无论是杜甫的"三吏三别"、艾略特的《荒原》，还是中国的"现代诗派"、"九叶诗派"，抑或是"朦胧诗"、"第三代"中的经典诗歌，有谁能将艺术问题和社会问题截然对立的区分开来加以讨论？被我们奉为经典的诗歌没有一首不是艺术与社会问题的高度结合，真正的"纯诗"是根本不存在的，它只是一种推动诗歌无限接近"完美"的理想。同时，片面强调诗歌的社会内容而忽略艺术造诣的诗歌，很早以来就被我们斥为"垃圾"而遭到鄙夷，如"十七年"和"文革时代"的许多诗歌，就是被我们用来当作"反面教材"加以批判的。因此，单纯地强调诗歌伦理的某一层面而忽视、贬损另一个层面，都是一种诗学认识的狭隘与封闭。毫无疑问，当下诗歌正处于多元化语境之中，多向度、包容性诗歌日益成为诗歌写作的"主流"，要求诗歌在语言、技法、格调各种艺术因素间进行综合调试、均衡探索，同时避免诗歌滑向"纯诗"的危险；诗歌深刻地介入现实，复归诗歌独立自由的批判精神，但要警惕诗歌问题泛道德化、泛伦理化倾向。

新世纪诗歌坚持个人化写作立场，诗人介入现实与文化语境时的独立性愈发强烈和明显。个人化写作本身就要求诗歌疏离意识形态化的"重大题材"和时代共同主题，突出个人独立的声音、语感、风格和个人的话语差异。新世纪以来出现过诗歌共同题材写作的"爆发"："打工诗歌"、"底层诗歌"、"地震诗歌"、"草根写作"以及"生态诗歌"等，及物写作进入轰轰烈烈、蔚为大观的辉煌时代，让人们有充分理由确信诗歌现实性和道德伦理的复归与振兴，"人类良知"、"价值选择"和"灵魂皈依"也成为当下诗歌评论中的"关键词"，诗歌内外部形成某种"共谋"局面。面对这种诗歌写作的恢弘气势，一些诗歌研究者清醒地提出警告，警告诗歌在介入现实时，不要预先将自己置于无须辨析的道德位置，从而形成居高临下的布道和施予意味。相反应该是"一种审美的角度，一种沉着的专业的态度，通过'技巧'对思想、意识、感性、直觉和体验的'辛勤咀嚼'，成就出经得起时间磨损的诗歌形式，和能够保持苦难的重量与质感的、具体的诗歌文本。他的道德价值也只有通过对诗歌艺术的忠实，通过艰苦的甚至是寂寞的诗歌劳作来体现。他的伦理态度、伦理价值关怀不应该表现在人云亦云的热情和具有轰动效应的题材上，而应该体现在遵循诗歌自身的逻辑上"。① 诗歌中的"题材写作"往往都是"一哄而起"，风风火火，主义如云，形成短期轰动效应，但往往都是"各领风骚三五天"，题材耗尽后便做"鸟兽散"，既成的诗路纷纷中断，难以为继。探寻造成诗歌"题材写作"弊端的根源，就在于诗歌精神的贫乏和流失，无法在某一"题材"写作成熟后提供新的精神向度、注入新的生命力，这样的例证在诗歌中比比皆是，如"下半身写作"、"垃圾写作"、"荒诞写作"等。因此，关于诗歌伦理问题，无论是美学伦理，还是社会、道德伦理，要想持久地存在于诗歌之中，就必须坚守诗歌精神，一种承担人类命运和文学诉求的精神。"诗歌是一种神圣的宗教，是诗人的精神家园，它要求诗人付出绝对的虔诚。那些坚守的诗人都视诗为生命意义的寄

---

① 钱文亮：《伦理与诗歌伦理》，《新诗评论》2005 年第 2 辑。

托形式,把诗供奉在心灵的殿堂,不让世俗的尘埃玷污;他们用生命和心血去写作,对每字每句都一丝不苟,绝不敷衍,生怕因一丝的粗心草率而损害了诗歌的健康和尊严;他们虽然置身于物质欲望的潮流中而又能拒绝其精神掠夺,置身于日常生活的诸多琐事之后又能以脱俗的勇气出乎其外,保持自己独立的精神空间,致力于日常性的生活的提升。"①

坚守诗歌伦理不仅仅体现在诗歌是否在介入社会现实或日常生活时,表现出多么深刻的同情、爱心与悲悯,更重要的是如何以个人化姿态规避主流意识形态的导引,以一种常态化的诗歌写作持续不断地关注现实,从个人化写作出发抵达"非个人化"的表现境地,从而提升诗歌的精神和艺术品质。新世纪诗歌在表现社会现实和个人生活方面,正经历着从集中爆发到常态书写、集体性表现到个人性承担的转变,也就是将诗歌中的公共话题的短期表现转化为个人日常生活的持续性书写,不再借助群体造势,而是注意探究个人生活中"非个人化"的因素,从而规避社会轰动效应对真正个人声音的遮蔽和挤压。"日常生活的转型最有力地拓展出一个与日常性私人领域相对立的非日常性公共领域,其价值目标是一种作为'社会整体和人的类存在的'合理化的公共秩序。在这个意义上,日常生活转型作为一种'扩大'非日常生活世界且将'日常生活'隐匿到私人性存在领域中的现代转型,它在市场、社会和现代国家等公共秩序建构过程中的道德合理性诉求,就具备了涵摄现代精神的伦理自明的力量。"②"灾后乡村/农民们/忙着收割麦子/忙着插下秧苗/天空蔚蓝/大地宁静/根本看不出/这是劫后/我甚至还/看到了笑/是在收了麦子后/绽放在一位/农民脸上的笑/劫后余生/没有笑/有了粮食/笑了/这是他的粮食/生活的保证/地震没震掉/当然/也没有任何人/能拿走"(朱剑:《从没有这样一次丰收让我如此无语》)。这首诗从灾难后的生存角度切入,农民面对丰收时的"笑",远比劫后余生的"庆幸"更有震撼力,有时人们可以坦然面对生的"馈赠",却无力承受漫无尽头的苦难的折磨。对每一个存在的个体来说,生命和生存是同样重要的,诗歌要关注人的生命的意义,更要不遗余力地表现生存的艰辛,因为漫长而艰难的生存所积淀的痛苦往往是脆弱生命不能承受的。"多少铁片制品留下多少指纹/多少时光在沙沙的消

---

① 罗振亚:《与先锋对话》,吉林出版集团有限责任公司2009年版,第157页。
② 田海平:《日常生活转型和公共伦理意识》,《求是学刊》1999年第4期。

失中/她抬头看见，自己数年的岁月/与一场爱情，已经让那些忙碌的包装工/装好……塞上一辆远行的货柜车里"（郑小琼：《表达》）。无数寂寞而忙碌的青年，将自己的青春和爱情抛洒在长长的机器流水线上，因为生存而耗尽生命中最美妙的时光，这是苦楚而寂寞的生存现实。脆弱易逝的青春在坚硬冰冷的钢铁面前，显得如此无助，这里面所蕴含的同情与怜悯如何能说得清楚？诗歌如何将"宏大叙事"与"日常经验"进行有效的综合调适与平衡，是当下诗歌写作需要解决的命题。"就诗歌而言，更多的是强调诗歌本身的自主性和自洽性，把它作为日常生活、人生需求的一个重要部分，强调人生、社会与家庭的平淡、坚韧而持续，强调绵延不绝的继承，而这一切又会让人觉得平凡琐碎，因此也就需要诗意"①。此外，黄梵的《疼痛》《制花工》，杨建的《小镇》，江非的《时间简史》，张杰的《命定的豫西小煤城》，刘春的《低音区》等，无不是在诗歌介入日常生活中，将一些"重大题材"进行个人化处理，既避免了诗歌陷入意识形态化的尴尬，又充分体现出诗歌伦理的光照，从而积淀下一种清洁深厚的诗歌精神。吴思敬指出："日常经验与诗的抒情特质并不矛盾，相反它为诗人抒发情感提供了物质基础，也是疗治青春写作的滥情主义与空泛的形式雕琢的有效药方。诗人的才华不仅体现在凌空蹈虚的驰骋想象上，同样也表现在将繁复而杂乱的日常经验织入精巧的诗歌文本并显现出一种葱茏的诗意上。"②

第三节 旁观者心态：城市诗歌观照

城市作为现代最宏大的文化符号，一直是社会流动不居的缩影，并且以其眼花缭乱、波诡云谲的转换魅影，不仅改变、影响着人们的生存状态，同时也为诗歌写作拓展出无限丰富的想象和表现空间。王德威曾言："城市与文学的关系，是现代文学史家及论者最常触及的关目之一。"③ 诗人罗门也曾谈道："都市诗又怎么能不成为各种诗型中，表现现代人生命、思想精神活动形态，较具前卫性与剧变的特殊舞台。甚至我们可以

---

① 李少君：《诗歌乃个人日常宗教》，《文学界》2007 年第 10 期。
② 吴思敬：《本世纪初中国新诗的几种态势》，《诗刊》2006 年 5 月上半月刊。
③ ［美］王德威：《如此繁华》，上海书店出版社 2006 年版，第 146 页。

说:都市诗中的创作园区,是凸显现代诗形体的最佳展示场。"① 城市诗歌写作一直是中国新诗的重要组成部分,尤其当城市现代化演进较为迅猛时,其诗歌的表现深度与广度都会有很大的提升,多角度、多侧面凸显现代都市人的生存状态,深入挖掘人们的精神病灶,最大限度地展示现代主义诗歌的艺术成就,因此,城市诗歌无论是写作,还是阅读研究,都是人们进入现代都市精神领域的最便捷通道。总体来说,新世纪城市诗歌书写依然走在传统道路上,无论是展现城市朝气蓬勃的活力和无限发展的空间,还是揭示现代人的物化、焦虑、麻木、困惑诸多精神病症,在很大程度上还是延续着 80 年代以来城市诗歌表现空间和艺术的手段,这是不容置疑的事实。虽然如此,但随着城市化进程的加快,新世纪城市诗歌还是表现出诸多的新质新貌,如在探索城市诗歌写作的可能性时,表现出比以往任何时代都更为宽阔的视野,城市生活的每个角落都可以在诗歌中得以表现,无论是眼花缭乱的都市生活节奏,还是光怪陆离的城市人的精神状态;城市生态问题越来越得到诗歌的关注,其诗歌表现已经形成一定的规模,以诗歌的形式参与社会生活重建,是新世纪及物写作的重要特征之一;城市商业化进程加速,导致人们生活消费观念急剧变化,其间巨大的物质与精神裂缝为诗歌留下了无数的写作素材,新世纪城市诗歌写作正是因为在这些领域延续并拓宽介入处理现实的能力,获得了诗歌发展的可能性和必要空间,从而建立起诗歌与当下生活更为广泛而紧密的关系。同时,新世纪城市诗歌写作因为坚守诗歌伦理,保证诗歌及物写作的纯度和密度,凌空蹈虚式的城市乌托邦情结得到很大的遏止,城市生活中诸多值得人们关注的事物和细节,都能得到充分、准确和深刻的书写,诗歌精神与艺术品质从而得到进一步提升。

一　城市批判者:人性异化的警觉

物质与技术的高度无限发展,必然催生出城市最膨胀的欲望,而欲望因为遮蔽了人的浪漫本真心性,成为人们走向异化深渊的幕后推手。物化现象在城市中是最为普遍的,高速转换的工业化效率、严密紧凑的组织化条律、无孔不入的现代传媒等,像无形的绳索牵引着人们走在人性迷失的

---

① 罗门:《都市诗的创作世界及其意涵之探索》,《罗门论文集》,中国社会科学出版社 1995 年版,第 95 页。

物化道途中，越陷越深而无力自拔。生存的压力扭曲着人们的心性，常常丧失自我而变成非我，利欲熏心、尔虞我诈成为无数人生存的梦魇。如何拯救被物质欲望纠缠不放的人们，使之脱离"苦海"而走向人生的正途，成为现代主义诗歌面对这一困境时必须解决的问题。而这一命题在城市化进程较为迅速的 20 世纪八九十年代的诗歌中早已触及，如"物质的高潮滚滚而来/精神的痉挛源源不断/两次高潮之间，些许的冷淡呵/谁也看不见"（黄显龙：《小戴》）。精神与物质的巨大裂缝之间，是谁也觉察不到的冷淡，唯有诗人以其特有的敏感，提醒每一个人在令人心悸的寒冷中保持清醒的意识，不要被物质的滚滚红尘所湮没、吞噬。"商业革命了 但最终/生命不能拿到超级市场上出售/自由人人都见过/美好的一天/也会有太多的泪水/如果有一天阳光和鲜花都被伤害/历史也无意中安排了/一场无知的游戏/我将是惟一心动的人/因为我将被摆在超级市场上/任购买者选择"（中岛：《生命不能拿到超级市场上出售》）。应该说，这一时期的城市诗歌写作在揭示人的被物化状态、探究城市空间对人造成的逼仄感和压抑感，以及对商业社会中非正常态现象的批判等方面，都表现出很强的深刻性和警觉性。尤其是在表现人面对巨大城市机器时的卑微感和渺小感方面，更具一种淋漓尽致的深刻，"在这里，天空对人群俯就/我多么弱小，卑微，沉闷/擦着多余的手/在那大厦黑暗的深处/电视咬啮人的头颅/情侣们相拥时的孤独密封在各自心中"（叶匡政：《城市构成》）。在高楼林立的城市中，天空也变得低沉压抑，人与人之间存在着巨大的无法摆脱的孤独与隔膜感，压抑、危机、困惑和恐惧感，时时刻刻缠绕在每个人的心头，挥之不去。

新世纪城市诗歌仍然延续着前辈们开拓出来的写作空间，以诗性的言说抵御着物化对人的侵袭，依然表现出极其强烈的诗歌冲力。但随着诗歌语境的变化，新世纪城市诗歌写作无论是写作素材方面，还是诗歌的趣味指向，都与以往有了很大的不同。具体来说，一方面随着社会科学技术的发展和人们物质生活的丰富，许许多多的新生事物进入人们的生活领域，如手机、电脑、网路、个人博客、家用汽车、MP4、随身听、3D 技术、各种磁卡等，在改善人们生活品质的同时，也改变着人们的心理。另一方面诗歌的趣味指向也有很大的不同，主要源于当下诗歌在经过后现代主义思想的陶冶和锤炼之后，追求一种轻松自由的表达，在不失去诗歌内在精神品质的同时，更注意诗歌的语感问题，因此，没有了以前诗歌阅读时的艰涩感，反而多了几分轻松诙谐，在看似游戏化的写作中，直达事物和精神的本质。

越来越多的事物充斥着人们的生活，现代文明带来了物质的高度享受，而这种便利和享受却是以失去人身自由为代价的。"不断增长着的物质性强化人的奴役地位。奴役即物化。物质自身除给予人以沉重的客体性外，便空空然矣。"① 物质文明在增殖过剩，而人的精神却深陷紊乱之中，甚至在物质的控制下，人已无力思考。"从远处看一个人跳楼/掉下来的时候速度很慢/快/快打 911/不/应该是 119/不对不对/应该是找 110/要不先打 114 查询一下/所有人一边大声叫着/一边正忙着给手机充电"（祁国:《21 世纪最佳诗歌》）。这就是当代人们深陷物质享受之中无力自拔的真实写照。人们正是因为被所享用的物质控制，而失去了自由、清醒的思考，没有了自己独立的判断，严重的物化已经使人变得无所适从。"我总是不停地打手机/想知道你是不是还活着/从南京打到北京/告诉北京我在南京/从门里打到门外/说一声客人我就不送了/有时打给天空/问一问今晚有没有飞机从我上空飞过/有时打给远方/打听一下九点钟的火车拖了几节车厢/有时实在无聊就打给我自己/看看自己在什么地方/在梦中，我也在打手机/最近一次是打给一根油条的/只要有手机/我就会活得很舒畅"（祁国:《我总是不停地打手机》）。诗歌中的场景也许我们都遇到过，手机是人与人、人与外界沟通交流的工具，的确为人们的生活提供了诸多便利。但是，人们却为这小小的工具所控制，它的存在与否，会让我们变得无所适从。没有它我们手足无措，有了它我们却变得更加茫然而无聊，优越的物质条件无法弥合、改善孤独的境地，科技的"双刃剑"作用恰恰体现在这里。"来北京我过上城市生活/刷卡/每次吃饭　购物　坐公交地铁/我不太看重卡里的小钱/卡里有我的身体　生命　历程　情感　人格　精神　甚至/不为人知的秘密/每刷一次卡　滴一声/像警报/卡与卡间我努力找回自己/卡与卡间/我多了一种顿悟　失落　疼痛　茫然/多了一种无措的消费"（梦野:《每刷一次卡》）。一张薄薄的卡片，无时无刻不在生活中左右着人们的行动，每个人从身份到日常需求，无不浓缩在小小的卡片上，"每刷一次卡"都是人们生命历程的一次记录。人生的"顿

---

① 〔俄〕尼古拉·别尔嘉耶夫:《人的奴役与自由》，徐黎明译，贵州人民出版社 1994 年版，第 78 页。

悟、失落、疼痛和茫然"都凝结在"滴"的一声中。"每月中旬/我都要往/一个账户里/打入一笔钱/在那串数字的/深处/坐落着/我的房子/那处房子/早就建成/可我总觉得/还是自己在盖/以骨作砖/以血为浆/我真嫉妒亚当/听说他的肋条/能够做出女人/我的显然不行"（朱剑：《还房贷》）。现在都市人最为焦虑困惑的，是沦为各种物质的"奴隶"身份，"卡奴"、"车奴"、"孩奴"，当然也包括"房奴"，生活必需的栖身之所，成为亿万家庭无法承受的生命之重。一个普通人也许用一生的劳作，也换不来属于自己的"安乐窝"。诗歌最后以一种诙谐语调进行自我调侃，在看似轻松的自我解嘲中满溢着人生的尴尬、无奈与悲哀。"在个人直接的现实的周围世界中不再有任何东西是由这个个人为了他自己的目的而制造、规划或形成的了。每一样东西都应一时的需要而来，然后被用完，然后被扔掉。就连住所本身也是机器的产物。环境变得非精神化了。……人就是这样地被抛入了漂流不定的状态之中，失去了对于连接过去与未来的历史连续性的一切感觉，人不能保持其为人。这种生活秩序的普遍化将导致这样的后果，即把现实世界中的现实的人的生活变成单纯的履行功能。"①

　　新世纪城市诗歌写作触及面非常广，涉及人们生活的各个领域，将无处不在的城市物化现象揭示出来，用诗歌的方式诊治都市综合征，表现出很强的介入现实的能力。尽管当下城市在无限膨胀的超速发展中，暴露出不可遍数的诸多问题，并且这些问题深入人们生活的每一细节和褶皱里，极其难以察觉，但是诗人们还是凭借其敏锐的艺术嗅觉和高度的感知力，将城市生活中焦虑、孤独、自闭、冷漠、敏感、麻木、烦躁、无奈、困惑、悲哀甚至绝望诸多"城市综合征"心理和情绪，准确而深刻地表达出来，体现出强烈的批判与拯救意识。"正是因为文明的病态隐患像影子一样追随文明的都市，故前卫诗人们比谁都激烈反抗都市。自然目下大众反抗呼声寥寥，但随着岁月推移，都市负面所带来的非人性症状将会愈加暴露，先锋诗人的批判锋芒不过是比社会大众先走几步而已。这似乎是上帝精心安排的一种逃不掉的秩序。"②

---

　　① ［德］卡尔·雅斯贝斯：《时代的精神状况》，王德峰译，上海译文出版社2003年版，第45页。

　　② 陈仲义：《扇形的展开——中国现代诗学谫论》，浙江文艺出版社2000年版，第270—271页。

二　城市清醒者：生态意识的强化

高速发展的城市化进程，不仅仅带来丰富的物质以及由此产生的物化现象，更多的还有威胁人类生存的生态危机。褊狭的倡导和理解"发展才是硬道理"，让我们尝到了难以逆转的苦果：发展汽车工业和倡导汽车消费，带来能源危机、交通拥堵和尾气污染；城市改造换来居高不下的房价和无数"蜗居"的"蚁族"人群；光彩夺目的城市夜景难掩"光污染"的尴尬；鳞次栉比的高楼大厦和纵横交错的交通网络是以牺牲大量的可用耕地为代价的；修建众多休闲广场却难见绿地；砍伐树木只为所谓的"绿色家居"；发展"城市圈"换来的是人口膨胀和饮用水枯竭，等等。在城市发展和环境污染的"二律背反"的矛盾中，人们显得手足无措，一脸的茫然。面对越来越严重的生态危机，许许多多清醒者率先行动，生态诗歌写作正是在这样的背景下应运而生了，用诗的方式"重新审度我们'确凿无疑'的文明前景，扭转我们贪得无厌的物质目标，抑制我们过度追逐的经济利益，改变我们放纵的文化风尚，用诗性的目光和言说，或许可以在濒临之处找到一点攀缘之梯，缓解日益跌入的深渊"①。众多充溢着强烈诗歌精神的优卓文本，以鲜明的批判性、体验性和梦想性传达了一种美好和谐的愿望。无论是基于对工业化"巨兽"的质疑和批判，还是对当下人类"生态罹难"处境的同情和反思，抑或是对自然和谐的憧憬，都表现出新世纪诗歌介入社会、人生现实的能力和价值。

"都市的荒凉在疾速中行进/无尽的人群/无尽的街/无尽地铺开/车辆楼房高耸的工业烟囱/现代的自然景观/形如鸩酒般的容颜/纵情狂欢"（韩叙：《疾速》）。在别人眼中，"无尽"的人群、街道、车辆、高楼、高耸的烟囱是文明的代表和繁华的象征，是许许多多人梦寐以求的"天堂美景"。然而在诗人眼中，这些足以代表工业化成果的"现代自然景观"却如同喝了"毒酒"一样，正在"纵情狂欢"。诗歌用"反词"的方式，深刻传达出诗人在面对毫无生气、无节制发展的城市现状时内心的"荒凉"感。"我通过父亲的矽肺/开始认识这座水泥厂/它在堵塞的气管和肺叶之间/顽固地凝结滋长/宛如企图钻出海面的珊瑚礁/我曾在梦里/遇见那些奇异的形状/呈几何数倍增的楼宇、城镇/耳边起伏着/风箱密集传

---

①　陈仲义：《中国前沿诗歌聚焦》，中国社会科学出版社 2009 年版，第 242 页。

来的喘息／以及'咕咕'不清／历数生活之惩戒的抱怨"（刘泽球：《水泥厂》）。以牺牲个人身体健康甚至生命为代价换来的城市发展是如此沉重，而且这样的状况还将持续很久，这不能不令人反思城市、社会的发展进程。"黑河本来不黑／黑河原来是清澈的／……自从黑河两岸／林立的厂房突起／轰隆隆的机器鸣叫起／黑河一天天地变黑了／黑河从那时起病了／黑河河床上的塑料袋／随处随时地飘着／像那招魂幡一样舞着"（思杨：《黑河》）。黑河的得名来源于河流两旁茂密的森林遮挡住阳光的照射，河流呈现出一种清澈幽暗的色彩。而现在却因为工业的兴起，产生出一种强烈的对比反差，这真实地映照出所谓工业文明对自然的戕害，黑河这座城市越来越变得"名副其实"。"这个季节燕子没来／姥姥的眼睛始终盯着屋檐下两个钉子搭起的燕窝／似乎燕子在下一秒钟就会飞来／然后每天陪着姥姥唧唧喳喳地说些话／这样的日子穿透这个季节／姥姥的眼睛变得呆滞／有时干脆耷拉着看地／嘴里嘟囔着只有她自己才懂的话"（北川：《燕去楼空的日子》）。年年飞来的燕子已经成为一个家庭成员，总会给人带来一种生气和快乐，而现在一位"空巢"老人却要面对另一个空巢，此间的失望无以言表。诗歌虽然没有明确说明造成这种结果的原因，但是字里行间无不透露着对现代工业化扩张所导致的生物物种灭绝、减少的深刻批判。此外，徐南鹏的《一条河，面目全非》，黄梵的《酸雨》和《沙尘暴》，潘维的《别把雨带走》等，都从不同角度传达出对当下环境污染与生态危机的深切关注。

　　赫伯特·马尔库塞曾指出："自然作为社会地变化了的自然和人相对，它屈从于一种特殊的合理性，这一合理性越来越发展为一种适应于资本主义要求的技术的、工具主义的合理性。……在现存社会中，越来越有效地被控制的自然已经成了扩大对人控制的一个因素：成了社会及其政权的一个伸长了的胳膊。商业化的、受污染的、军事化的自然不仅从生态的意义上，而且也从生存的意义上缩小了人的生活世界。它妨碍着人对他的环境世界的爱欲式的占有（和改变）：它使人不可能在自然中重新发现自己，无论是在异化的彼岸，还是此岸；它也使人不可能承认自然是自主的主体——人和这一主体一起生活在一个共同的人的世界里。"① 当下时代

----

① ［美］H. 马尔库塞：《反革命和造反》，任立编译：《工业社会和新左派》，商务印书馆1982年版，第127—128页。

人们依然没有形成这样的理性认识——自然是一种独立存在的主体,人与自然之间应该是主体互动关系,而绝非是一方无条件地占有另一方。在急剧膨胀的城市发展所带来的生态危机中,既包含城市决策者的问题,也有城市生活者自身的问题。尤其是后者,并没有建立起高度的城市文明理念,当我们抱怨城市污染和生态危机时,究竟有多少人能扪心自问:我做了些什么?"一个收破烂的老头,城市俊男靓女/见他,会皱眉头/他把废物收集、分拣。他在最底层/以此养家糊口,并向世界微笑着一缕阳光/循环,循环经济,一种呼唤/就在最高层。老头,站在那儿令人仰视"(申文军:《收破烂的老头》)。当下城市生活中本应该最为自觉的行为——垃圾分类行为并没有真正实施,只是停留在"口号"与"宣传"中。诗歌正是通过一种强烈的对比,将城市人群责任感缺失的麻木精神特征揭示出来。作为城市生活者的个体来说,"他也许会因为群众一般呈现出来的面貌而鄙视群众,或者会认为全体人类团结一致的状况在某一天注定要成为现实,或者,虽不否定每个人对所有的人所负有的责任,但仍然多少与之保持距离——然而,这责任始终是他不可能躲避的"①。

新世纪城市生态诗歌尽管表现出很强烈的生态伦理关怀和警示批判的功能,但是也要清楚地看到,包括城市生态诗歌在内的整个生态诗歌写作,还存在着很大的问题和弊端,主要表现在对生态问题的关注多停留在简单的批判上,缺乏一种深邃的思想反思;诗歌技艺多表现为简单的现象罗列,未能很好地处理诗歌技巧与内容的充分融汇;诗歌情绪抒发常常是简单地呼告、吁求,张扬外化式的情绪表达严重地影响到诗歌的品质,目前还缺少内敛、凝重的生态诗歌精品;诗歌常常借助"怀乡"写作,虽然隐含着对生态问题的关注,但极容易被"误读"成乡土诗歌,原因就在于没有很好地把握"怀乡"与"生态"之间的平衡关系,这是关乎诗歌技艺能力的问题;有些诗歌甚至已然沦为一种"应景"之作,成为某些地方政绩的宣传品和工具,严格地说,这并非真正意义上的生态诗歌,因为它缺失一种生态的伦理关怀。"生态诗歌不是简单的生态加诗歌,我认为生态诗歌探索的关键是生态题材和生态思想的诗歌'内化',它首先是诗歌,而且是一种体现生态美学追求的创新的诗歌,因而在创作和评论

---

① [德]卡尔·雅斯贝斯:《时代的精神状况》,王德峰译,上海译文出版社2003年版,第42页。

中，我除了重视形而上的生态思想之'道'外，还着力于生态诗歌的审
美创造，在实践和研究的基础上，提出了生态诗歌的批判性、体验性和梦
想性（或想象性）的美学特征。"① 生态诗歌只有真正地将生态意识和诗
歌技艺完美地结合、融汇，避免诗歌矫情式体验与本真体验的混杂，真正
体现出诗歌伦理关怀，方不失为新世纪诗歌的完美探索与贡献。

三　城市游戏者：消费意识的转变

新世纪城市诗歌深刻介入现实不仅表现在对城市空间和人性异化的批
评，以及对城市生态巨大的关注热情上，而且透过众多的诗歌文本我们还
可以发现，当下诗歌对社会思潮的变化同样具有异常的敏感性。具体来
说，消费时代的诸多社会景观都在诗歌中得到表现，诗歌对此不仅仅有反
向的批判，当然也包括一种正向的肯定态度。也就是说，当商业大潮不可
阻挡地涌到人们的身边并且渗透到日常生活的每一个细微的褶皱里时，其
中固然有值得警醒的许多负面效应，但同时它所带给人们的生活意识、消
费意识的正向转变，也是诗歌无法回避的话题和素材。"城市是一个隐
喻，是唯一恰当的隐喻，通过这个隐喻可以表明各种关系问题。市场的需
要要求诗人同任何手工业工人一样移居城市，竞争的压力迫使诗人极不稳
定地生活在与他的社会进行战斗的状态之中，生活在与其他娱悦新兴资产
阶级，并为他们的剩余现款而争吵的人进行战斗的状态之中……于是孤立
的诗人便带着与浪漫主义主观性不同的绝望心灵转向内心深处，拼凑着文
化的零章片段，这些零章片段使他们暗暗感到有所归属，感到存在着某种
秩序，不管这种秩序带有怎样的个人色彩。因此，诗人就有了自己的文化
环境，即使他必须保持不断地创造这个环境。"② 在这个隐喻的商业化语
境中，社会生活可谓千姿百态、流光溢彩，一个充满无数变化的时代，包
括休闲、娱乐、美食、运动、服装、汽车、家居等在内的时尚美学保障着
人们追求欲望的合法性。尽管这里面蕴含和充斥着物欲的享乐主义元素，
但这是当下时代的整体时尚氛围，其间的利弊不可统而化之地混为一谈，
毕竟这是当下时代真实的社会景观，谁也无法逃避与拒斥。透过新世纪城

---

① 华海：《生态诗境》，《我与生态诗歌》，中国戏剧出版社 2008 年版，第 4—5 页。
② G. M. 海德：《城市诗歌》，［英］马·布雷德伯里、詹·麦克法兰编：《现代主义》，胡
家峦等译，上海外文教育出版社 1992 年版，第 314—315 页。

市诗歌文本，我们可以较为清晰地了解社会时尚变迁的轨迹，也可以透过时尚的变化透析当下人们的精神状态。

"两旁的建筑通过后视镜迅速地/站立在自己的位置，桑塔纳的后面/丰田正雄劲地追赶着知识经济时代道路的互联网络"（杨拓：《小灵通的漫游》）。这是当下时代发展的一个真实写照，一切如飞驰而过的汽车，充满着速度与激情，令人目眩神迷。"化学羽绒是披在她肩膀的晚霞/美容院，正在技术的废墟上建起/斑斓的睫毛，刻薄的指甲/妖媚的肢体驾驭着秋天/坐落在果实丰硕的我邻居的经济之家/残骸可以修补，描眉，塑造/用黄铜的火焰和纯钢的光斑支撑/假肢内部的结构。有人用/镁光灯痛苦地拍摄这华丽/这相去甚远的她早年的形体"（王艾：《美人画像》）。美容是当下时代已经司空见惯、再平常不过的事情，人们通过美容找到一种自信，一种俗世生活中对抗各种压力的自信。这首诗歌正表现出当下时代人们通过各种方法"重塑"自我的时代潮流。文化发展历程表明，每个人在生活中都存在着一种"自炫性"心理，有时是自发的、潜意识的，有时则是自觉的、有意识的。当下商业化时代这种"自炫性"表现得尤为强烈，社会中各种商业、文化活动中的"走秀"，日常生活中个体的自我"包装"，都属于"自炫性"的表现，这已经是当下时代的一种文化潮流。"一种慢/仿佛是她的前世和今生/被这个夜晚无孔不入地侵蚀/这个夜晚是她温柔饱满的恋人/年轻姑娘的身子在白色瓷器里闪光/她的安静和着迷又把夜推向高潮/音乐响起潮水卷走灯光/旋转　旋转/舞台在灵魂里拨响最强健的音符/像她内心一刻也不肯停止的忧伤和疯狂/咬住细细的针尖怀念青春和爱情"（冰儿：《在酒吧里》）。酒吧、咖啡厅、茶馆、舞厅等休闲娱乐场所，成为时下人们经常光顾的地方，成为时尚化、个性化生活追求的表达方式之一。"时尚"已经不再被看成一种随波逐流、追赶时髦、光怪陆离、昙花一现的东西，甚至也不再等同于喜新厌旧，而被视为一种追求某种新颖流行的个性行为方式。"酒吧不对外营业，朋友们坐在这里喝酒吹牛打麻将/面对大街，偶尔看看从人群中闪过的美女，或者/看看和我们一样面带笑容慢慢飘来飘去的酒鬼，或者/数数街上跑过多少辆奔驰，娶新娘了多少辆花车/更多的时候，眼睛和阳光碰撞，和街对面的树木碰撞/新城开工典礼上的欢笑声和鞭炮声，体育场新开出一等奖的锣鼓声/嘴中的烟雾在空气中飞来飞去，和我们一样怡然自得"（姚彬：《0号商铺》）。缤纷的城市犹如变换的万花筒，令人眼花缭乱，一扇小小的窗口折射出当下社会绚丽灿烂、丰富多彩的城市生活，"怡然自得"中透着对生活的惬意与满足。"城市没有黑夜。因此／我从来不管天什么时候暗下来／我也从来不在天黑之前回去／你看，在拥挤繁华的大街上／旁若无人地走着，谁也不认识谁／谁也没空认识谁／火了大骂，得意了大笑／就像霓虹灯和叫卖声／就像车祸和爱情故事／自由游走在城市的角角落落，像幽灵／那是多么惬意的事"（朱佳发：《城市真好》）。"流行以前的一切艺术都是建立在某种'深刻'世界观基础上的，而流行，则希望自己与符号的这种内在秩序同质：与它们的工业性和系列性生产同质，因而与周围一切人造事物的特点同质，与广延上的完备性同质，同时与这一新的事物秩序的文化修养抽象作用同质。"① 时尚文化在当下已经和消费时代构成一种"同质"关系，成为后现代人存在的一种重要方式，是当下时代生活的基本内容，普泛而弥散在城市生活的各个角落，正日益冲击和改变着人们原有的生存方式和价值观念。"生活，当它变为精神化以后，它就持续创造出这些人工制品：自给自足，内在的，渴望永恒与无限。它们能以生活发展的形式，或是作为精神生活的表现的必需模式来描述。但生活本身不间断地往前发展，随着它为自己创造出的每一个存在的新形式出现，它的永恒动力就与那种形式的永恒或无限性发生矛盾，生活的动力迟早会腐蚀掉其创造的每一种文化形式。当一种形式获得充分发展后，下一步就是失去形式，并最终以一种或长或短的斗争被取代。"②

　　当然，消费时代并非诸事咸宜，任何事物的存在与发展都有着矛盾的两面性，物质的丰富可以在一定程度上满足人们的生活欲求，但是消费时代人们因追求物质和感官享乐而精神变轻，也是一个不争的事实。"无聊的时候去唱K／寂寞的时候去唱K／绝望的时候去唱K／一个人死了的时候，别怕／更多的人继承你，和你的／生活，继续唱K／歌声像哀悼曲"（陈思楷：《唱K》）。物质追求的结果就是被物所制，"为物所役"，一代一代人如诗歌所传达的那样，"前赴后继"地投入物的怀抱，无怨无悔，无察无觉。"地图上的菜地被卷起／餐巾裹着火腿，擦掉了／胃里的阴影。拧开啤酒的瓶盖／变质的爱情像泡沫一样溢出／一次性消费的饭盒被随手扔掉"

---

① ［法］波德里亚：《消费社会》，刘成富、全志钢译，南京大学出版社2000年版，第121页。

② ［德］齐奥尔特·西美尔：《时尚的哲学》，费勇等译，北京文化艺术出版社2001年版，第152—153页。

（黄金明:《幻想曲·快餐馆》）。当下时代最大的景观就是消费"一次性"，仿佛一切都已贬值变轻，包括情感、精神在内，一切都变得无足轻重，人们在浑浑噩噩间已经是空洞和荒凉的"能指"。"人的可能的状态和实际状态之间的鸿沟越大，我们称之为'补充压抑'的需要就越大，也就是说，不是有利于维护和发展文明，而是有利于使现在的社会继续存在下去的合法兴趣的本能压抑就越大。对个人来说，这一补充的本能压制和逼迫带来的是新的紧张和负担（即位于社会冲突的彼岸、居于社会冲突之上或社会冲突之下的紧张和负担）。"① 新世纪城市诗歌对当下人们各种各样的生存样态和意识观念进行深度挖掘，对诸多社会风尚既有正向肯定，也有反向批判。我们可以通过诗歌文本感受时代风尚的衍进与渐变，同时透过诗歌对时尚的细微触摸，认识诗歌介入生活现实的能力，以及由此折射出的诗歌精神和个体灵魂问题。

新世纪初期的诗歌虽然在消费文化的语境中退守为一种边缘化姿态，也经历过肉身化狂欢表演，表现出日益严重的浮躁心态，为新世纪初期的诗坛换来无数骂名，一度被视为诗歌堕落的前奏。但是经过近十年的诗歌锤炼，新世纪诗歌还是积淀下一种洁净的诗歌精神。诗歌"再神圣化"吁求逐渐深入人心，诗歌文本实践也日渐沉稳健康，诗人将诗歌视作生命的最高体验和神圣宗教，放弃书斋化写作而深刻地楔入当下的社会与日常生活之中，虽然置身物质欲望的消费语境却能保持诗歌的独立、丰富和尊严，不让诗歌沾染消费时代些许的世俗铜臭，将诗歌从物欲横流的氛围中拯救出来，提升至灵魂澄明敞开的境界，应该说这是诗歌的福音和幸运。诗歌保持先锋性，同时现实精神得以深化，关注社会、民生、环保、灵魂诸多努力，让人们有理由坚信新世纪诗歌将在自身沉潜、寂寞、边缘化的处境中，坚守住诗歌的现实担当和精神固化，在诗歌的长河里留下精彩而永恒的瞬间。新世纪诗歌复归了现实主义精神，多侧面、多角度地切入社会生活中，完成"对当代噬心主题的介入和揭示"（陈超语）的诗歌理想。"底层写作"、"打工诗歌"、"生态诗歌"、"灾难诗歌"等都是这一诗歌理想的最好实践。但也应该看到，这样的现实主义写作依然存在着再次滑向"意识形态写作"的危险，这绝不是危言耸听的观点。新世纪以

---

① [美] H. 马尔库塞:《当代工业社会的攻击性》，任立编译:《工业社会和新左派》，商务印书馆1982年版，第4页。

降，上述这些写作大都存在着一种"非常态"写作的特点，也就是说，很多写作是应合着某种意识形态化的"节拍"而出现的，不管是出于主观意愿还是客观效果，都有与主流"合谋"的危险，而这也正是诗歌的危险所在。当一种诗歌写作逐渐成熟壮大，就会慢慢滋生出许多"非个人化"的写作因素，诗歌滑向写作观念先置的境地，"为写作而写作"是诗歌宏大叙事最为常见的弊病。诗歌要警惕那些具有普遍性、容易被意识形态化的东西进入诗歌写作，真正处理好"个人化写作"与"现实主义精神"之间的关系，在两者之间找到有效的平衡点，既有现代主义的自由、独立、批判的精神，又能充分关注、表现现实生活，这样的诗歌才是当下诗坛最为需要的。

第四章

诗歌技艺的综合调试

新世纪诗歌在表现内容方面有了很大的变化，深刻地介入现实、表现社会与人生，尤其是在传达诗歌的伦理关怀方面，迥然有别于 20 世纪 90 年代那种沉潜写作，如"底层写作"、"生态写作"、"灾难诗歌"等，这些都清楚地表明新世纪诗歌一种轨迹分明的变化。与诗歌表现内容相生相伴的诗歌技艺也相应地表现出一种新质新貌，语言策略、修辞手段、对结构和风格的把握与处理等都变现出探索的努力与变化的活力。诗歌如果创新，则不单单是在表现内容方面有所转变，更重要的在于诗歌技艺的突破。纵观中国百年新诗的变迁可以发现，每一次诗歌潮流的更迭转换，在很大程度上取决于是否有新的诗歌表现技巧的诞生。如象征艺术之于"象征诗派"、格律之于"新月诗派"、意象之于"现代诗派"、戏剧化之于"九叶诗派"、口语化之于"民间写作"、叙事之于"知识分子写作"，等等，每一种新质艺术几乎都成为该流派得以立足诗坛江湖的"独门暗器"并成为一种标识。人们结识或认可一种诗歌流派，往往最深刻的印象是该诗派的艺术创新，而不是具体表现了什么样的内容。新世纪诗歌之所以会重新得到社会的关注，一方面是因为其表现内容，以及各种各样名目繁多的诗歌活动、宣传的影响，同时也包括诗歌传播渠道的多样化所带来的受众面的扩大；另一方面则是诗歌表现技巧的探索带给读者以全新的感受，如诗歌意象、诗歌叙事以及口语化写作等。这些诗歌技艺虽说不是新世纪诗歌的独创，但却是在前人写作基础上进行的有效的改造和提升，同样成为新世纪诗歌复兴的标志之一。"事实上，自'盘峰诗会'的争鸣和激烈中走脱出来的诗人们，就不再追求打旗称派、搞诗歌运动的激情和锐气，甚至不再关心流派和主义的名分；而是使写作日趋沉潜，悄然回到诗本位的立场，从多方面寻找着诗歌艺术的可能性，使一切变得沉潜内在，并在静寂平淡的真实局面中专注于写作自身，使技艺晋升为主宰、左右写作的主要力量，迎来了一个从形到质完全个人化的写作时代。进入新世纪后，这一追求更为普泛和显在。"① 重视诗歌艺术探索和实践，是新世纪诗歌很重要的特征。任何艺术都讲求内容与形式的统一，只注重一个方面，必然是一种不成功的艺术。"质胜文则野，文胜质则史"，中国诗歌多次有过这样的弊端，如只重视内容而忽视艺术的"十七年"诗歌，也出现过所谓的"纯诗"写作，事实证明，这样的诗歌都很"短命"。新世纪诗歌不仅在表现内容方面有所突破，同时也没有忘却艺术的探索，两者互生共荣，共同演绎着新世纪诗歌的恢弘乐章。

第一节　新质意象的出场

意象作为一个重要的表现方式和审美理论，在古今中外的诗歌中始终占据着重要的位置，无论是在表情、达意方面，还是在说理层面，一直是诗歌非常有效的手段，并且形成了自己完备、充实的理论体系。从《周易》提出的"圣人立象以尽意"，魏晋时期王弼提出的"得意而忘象"，经过《文心雕龙》较为系统的理论阐释，再到王国维"意境说"的升华，以及现代主义诗歌理论与实践的转化，可以说，诗歌意象理论已经在漫长的历史演进过程中形成了一套完备的体系，成为诗歌史中非常重要的理论基石之一。

中国现代主义诗歌中"意象"理论不仅来自于古代，同时还深受西方现代主义诗歌意象理论的影响。20世纪初，西方现代主义意象理论经过医学心理学到文艺心理学的阐释，从直觉主义、象征主义诗歌到意象派诗歌文本的实践，也同样走过了它的发生、发展之路，并且对中国现代主义诗歌的影响更直接、更明显。20年代以李金发为代表的象征诗派将意象论引入象征主义诗歌中，注重诗歌的暗示性与象征性；30年代的"现代派"诗歌同时运用中国古典和西方现代意象理论，打造"纯然的现代诗"，具有开创性的意义；40年代的"九叶诗派"追求诗歌意象的"智性化"，意象运用更具生活化；80年代初的"朦胧诗"运用意象所造成的朦胧含蓄反抗之前诗歌"浅白直露"的弊端；"后朦胧"时代尽管理论

---

① 罗振亚：《与先锋对话》，吉林出版集团有限责任公司2009年版，第159页。

主张是反对诗歌意象化的，"拒绝隐喻"，但在文本的实践中，还是留下了许多意象的印迹，也就是在元语言诗歌写作中生成了新的"意象"，如"语词"、"钉子"等。

　　经过现代主义诗歌对意象理论的承继、变异后，已经完成从传统意象向现代意象的转变。这种转变表现在以下几个层面：其一，由感物抒怀向生命体验的转变。古典诗歌意象多有抒情性，如"碧云天，黄叶地，西风紧，北雁南飞，晓来谁染霜林醉，总是离人泪"（王实甫：《西厢记·长亭送别》），其中"黄叶"、"西风"、"北雁"、"离人泪"等典型意象的组合，深切地传达出离别时的哀婉惆怅之情。现代意象更注意对人的非理性的内心世界的表现，体会事物之间带有神秘色彩的感应，正如庞德所言：一个意象是在一刹那时间里所呈现的理智和感情的复合物。其二，自然意象向城市意象的转变。早在 30 年代，"现代派"诗人施蛰存就谈到，现代生活提供了与前代诗人截然不同的场景，必然会产生不同的感觉，这种感觉即是所谓的"现代的情绪"。古典诗歌意象中多为"山"、"花"、"水"、"动物"等浪漫主义意象，而现代生活提供的多是"港湾"、"工厂"、"百货店"、"咖啡屋"等意象，更适合表现人的生存状态和生命欲求。其三，感觉意象的扩展。古典诗歌意象在感觉上多集中在视觉、嗅觉、听觉等方面，如"柳叶鸣蜩绿暗/荷花落日红酣"（王安石：《题西太乙宫》）。现代主义诗歌在感觉方面则注意强化人的本能感觉，如痛、苦、滑、尖利、硬、冷、热等。这些触觉的强化和人的生命意识的觉醒存在着深刻的关联。伴随着现代社会的发展，人的外在生活景观和内心世界都发生了巨大的转变，古典的、浪漫的、田园化的生活方式越来越远离了人们，成为遥不可及的幻象。取而代之的是现代的、颓废的、都市化的生活方式，以及人们由此产生的疼痛、焦虑、孤独、恐惧等心理体验。当下的诗歌写作也就是在这样的语境中艰难地，同时也是不可回避地潜行着、跋涉着。作为诗歌的意象也就无可辩驳地带着当下语境的深刻影响在文本中修复着人们几近破碎的心灵。

　　尽管当下诗歌中也不乏乡土诗歌意象。如"麦地"、"桑树"、"水井"、"晒场"乃至"蝈蝈"，这些依然还能带给人们许多审美的愉悦和美妙的回忆或是想象，但这些美好的诗歌意象在文本中往往多是作为无法排遣的"乡愁"郁结而存在的，并且这种"乡愁"是诗人在乡村与都市之间游走、冲突、碰撞甚至是"受伤"之后的一种无奈的精神"归依"。传统生活方式下积淀的习性和都市现代生存方式下物化的人生之间必然会生成无法摆脱的"分裂感",已经使乡土诗歌意象带有鲜明的"存在主义"意味。相比之下,都市诗歌中的意象在表现人的生存境遇、探索人的物化状态和揭示敏感而脆弱的心理方面,会显得更直接、深刻。这正如一张纸的两面一样,伴随着现代化进程而出现的现代诗歌以及诗歌意象,当然在表现人的"现代情绪"方面有着"先天"的优势。

一 病院:精神疗伤的隐喻

在当下诗歌文本中,病院(包括医院和精神病院)是一个出现频率很高的意象,这是作为现代诗学根基的生命诗学所必然要表现的领域。一方面,面对疗治躯体伤痛的医院时,人们或多或少地都会生发出对生命脆弱的感叹,无论是接受救治的病人,还是旁观者,都不免要感知、思考生命的问题,检视生命的苦痛、短暂和疲弱。而人们对"精神病院"总是存在着某种神秘的想象,或是出于人性隐秘的窃喜和自我膨胀,对生活在里面的人群抱有某种"天然"的偏见和优越感,这是否也是一种病症呢?因此,病院作为一个意象,就像一片玻璃,既能透过它观照里面的病症患者,表现他们面对生老病死时人的真实体验;又能通过玻璃的反光,折射出旁观者内心的隐秘。

"到一个医院的病房里去看一看/去看看白色的病床/水杯、毛巾和损坏的脸盆/看一看一个人停在石膏里的手/医生、护士们那些僵硬的脸/看看那些早已失修的钟/病床上,正在维修的老人/看看担架、血袋、吊瓶/在漏。看一看/栅栏、氧气、窗外的/小树,在剪。看看——/啊,再看看:伙房、水塔/楼房的后面,那排低矮的平房/人类的光线,在暗。"(李小洛:《到医院的病房去》)面对医院冰冷的房间、医用器械,每个人都不免会产生一种彻骨的凉意。外在的压迫与内在虚无的双重逼压、生命的不确定性与强烈的生存欲求的尖锐对立,迫使每一个身处病院里的人陷入或轻或重的病态挣扎之中。焦虑、恐惧、逃避、绝望等心理体验,无时无刻地缠绕在心头,挥之不去。病房内外了无生机,隐喻着人的内心深处的眷恋和忧伤。"人类的光线,在暗"一句诗将人们的悲观、颓废的心理揭示得无以复加。"深切的焦虑不是一个旁观者冷静观察所产生的忧虑,而是一种'认识你自己'的焦虑,它打碎了各种现存文化外在地赋予的生存诺言和自我的伪象,在一种紧张剧烈的心理过程中,最直接地洞见了常态下难以窥视的深隐的自我本来面目，瞥见了自身多重人格的诸侧面，洞悉了它们永恒的冲突与搏斗。"① 医院是疗救伤痛的场所，同时也是一个试验场，一个心灵的净化场。诸般的体验，如轻掷生命的悔恨、诸多享乐戛然而止的不甘、无望的幻想以及伤痛去后生的窃喜等，在医院这个平常而特殊的场所中，无不淋漓尽致地显现出来。"约莫大半个下午，我都坐在/二楼病房阳台的长椅上，看南边天空/一团美得像雪豹一样的云如何/渐渐被肢解：/先是矫健的四肢/被风慢慢撕开，接着一架飞机/撞碎了它的头部。当它弯曲的背脊/终于像一摊被抽掉了脊骨/的皮肉一样，落在清华园尽头的/树林之中，我感到自己的身体/开始像沙子一样从椅子的空隙间/向下泄露，直到堆积成/一座沙丘，在疾病的沙漠里流动。"（胡续冬：《短章》）这首诗同样用隐喻的方式，传达生命体内因为"疾病的流动"而产生的细微而深切的体验。生命就像天空中的一片云，风慢慢地撕裂它，轻飘得不堪一击；疾病像细沙，慢慢地堆积，湮灭一切。诗中的外在意象与内在体验彼此映照，无言且无奈地接受这病痛的审判和折磨。无所谓抗争，无所谓妥协，真实存在的病痛使人不得不变得虚无而琐屑。

　　疾病既会使人变得精神恍惚，也能使人清醒，或是使得人们处于半梦半醒的游离姿态里。"在我和职工医院之间，/一定有一个病了。当下午两点，/我睁开眼睛，看见一次精确地注射/在我手上留下了痕迹。事实上，/我早已杀死了我的睡眠，/聆听着楼下婴儿的咳嗽、/走廊里突然响起的争吵。……"（游太平：《职工医院的下午》），病痛让人变得敏感，这种敏感不仅作用于病人自身，还有对周围一切事物的敏锐的体察。无论是对自我的，还是外界的敏感，毫无疑问，其实都是自我生命关爱的表现。或者更确切地说，是因为有了自我的极端自恋与自危，才产生了近乎极端的对周围的关注。每一条关于病友的讯息，或生或死，都会使人的内心产生波动，触动敏感而脆弱的神经，进而产生无限的冥想或瞻望。

　　如果说，医院作为一个意象能传达出对生、老、病、死等生命问题的探索，那么，精神病院则作为一面"镜子"，更多地反观人的自身的精神问题，这也许比面对医院更能揭示当下时代人们的精神状态。精神病院是社会生活中一个特殊的场所，人们既觉得它充满了某种神秘感，又对它有一些恐惧感，这两种感觉同时作用在现代人的心理上，必然会生出某些隐

---

① 周宪：《文学创作与焦虑体验》，《文艺理论研究》1990 年第 1 期。

秘而矛盾的情感，甚至是不知不觉的精神变异。"在我没见到那个疯老头时/谁说这是疯人院/我都不相信/你看这里青山绿水/空气新鲜/小鸟坚持真唱/花朵抱着团开放/这么适合人类居住/我差点要说这里是天堂了/在这座城市十五年/我才第一次看见这么好的地方/我甚至想让自己疯掉/在亲朋好友的护送下/来这里居住/日后谁要想起我/我会以自己的亲身感受/劝他也搬到这里来/这么好的地方/怎么就住着一群疯子/如果我一天到晚想这个问题/我真的会疯掉"（卢卫平：《疯人院》）。现代社会里的人们，在都市化的生活中越来越感到自己深陷在精神的困局之中。都市化正在以前所未有的速率，影响着人们的生存状态：高楼大厦分割着城市的天空，空间日益变得逼仄、狭小；生活与工作的流动性增强，自由度增大。同时人与人的交流时间却越来越少，彼此的陌生感不知不觉地侵入了原本熟悉的交流空间，人的孤独、寂寞感的产生也就顺理成章了；不断加码的社会压力，市场经济下的交换、对等原则无不给享受现代生活的人们以巨大的分裂感。因此，看似"无烦无恼、无忧无虑"的精神病院居然成了躲避世间纷扰的最佳去处，"这么适合人类居住/我差点要说这里是天堂了"。读者都明白这句诗的反讽意味，但又有谁能否认自己从没产生过类似的想法呢？"请送我去精神病院/我要当小安的病人/混在他们中央/与生俱来呵/你是这么喜欢香蕉/而厌恶苹果/林秀利说/如果不是难产/你会更聪明/如今你聪明错了/你在人堆里/下着莫名其妙的棋/对面不是裸体的杜尚/脚底下不小心踩到的尾巴/也不是狗的/是22条清规戒律/关于妇女解放民族主义/你没有任何看法/你还能苦苦熬过几天/一打开门/门外是鼓浪屿/再开一次/是大海/最后开一次/是护士成群的院子"（巫昂：《请送我去精神病院》）。诗人对社会生活的厌倦使她萌生了去精神病院成为另一位诗人小安的病人，这当然是一种反讽似的幻想了。可精神病院的高墙内与世无争的生命状态和墙外那纷繁复杂的社会生活、各种各样的"清规戒律"形成的鲜明对比，让人生发出"请送我去精神病院"的想法，也是合情合理的。"在精神病院/我尽量装出/不知道他们得了什么病的样子/我含混地问/怎么样/其中一个答道：/还成/就是老想喝酸奶/他开始翻我的网兜/我只好眼望别处/我担心受到袭击/担心他看出/我的不信任/我是多么痛恨啊/短短两星期/他们就胖成这个样子"（侯马：《在精神病院》）。也许诗人只有用反讽的方式才能显现出自己的正常，可是看到病人因为"心宽"而"体重"，又不免生出"嫉妒"的心理。诗歌很自然地流露出自己的生命状态，越是"羡慕"就愈能给人以震撼。如果这种震撼来源于对病人的"无烦无恼"的羡慕，还有些许"矫情"之嫌，那么，侯马的另一首诗《在精神病院的花园》则带来了对自身的怀疑。"在精神病院的花园/病人三三两两一本正经/我感到了春天的温暖/也察觉到春天的不安/女病人似乎有最大胆的性/男病人却有惊人的理智/四病房的问一病房的/'唉，你们屋那爷们怎么又回来了。'/一病房的回答：/'他精神病犯了。'/这一幕曾让我狂笑不止/今天却感到了一丝悲哀"。这里存在着一种双向的荒谬：住在精神病院的病人清醒而理智地谈论别人的病情；正常人因为自己的"正常"而感到些许的悲哀。诗中寄喻着人在生存中的荒诞性。在生活中我们都有过类似于这样的怀疑：生病的究竟是谁？是谁赋予了自己判定别人是否"有病"的权利？所谓的精神病人是否愿意接受治疗而重回正常人的行列？这其中就存在着一个明显的悖论：许多人是因为在生活中遭受了沉重打击而变得精神"失常"的，如果将疾病治愈，岂不是又一次将人推向了生活的苦难之中？

病院在诗歌中作为一个意象，更多地代表了诗人对当下人们生存状态的关注。人们无论面对何种疾病，肉体或精神的，都不免会生发出或多或少，或轻或重的人生慨叹。并且通过这些慨叹，透视出人内在意识的真实境地。生存的焦虑、死亡的恐惧、希冀或绝望等，无不显现出人对待生与死问题的难以遮掩的真实。诗歌每一次对病院的表现，都是一次对灵魂的考问与净化。人的脆弱、卑微的一面在这里展现无遗，这不是隐秘的"窥私"，而是为了加深我们对自身问题的认识，从而更好地生存。

二 广场：焦虑的言说

"广场"是一个非常富有历史深意的意象，它代表着知识分子对民众言说的理想。"广场"在现代历史中始终是一个重要的语汇，是国家/历史巨型寓言的载体，曾经关联着许许多多重大的历史事件，见证着一个国家、民族的奋斗、荣耀；同时，也记录着血雨腥风、家国的衰微与耻辱。作为中国文化语境中的特定能指，广场曾经是一个专有名词，特指天安门广场，并且有着一种"天然"的神圣感。在国家的社会生活中，广场已经演变成具有象征意义的场地，充盈着太多的激情与狂欢，多次展演不同时段的国家—民族—革命的历史活剧，同时，也占据着人们的心灵世界，成为一块巍然屹立的精神高地。知识分子也许对广场有着较之普通民众更深的情感寄托，这里是知识分子将自己的理想、抱负付诸实践的开端。面对普通民众，现代知识分子从"庙堂"走向"广场"，以启蒙者的姿态改变了传统知识分子远离民众的自修自为的形象，成为公众的代言人。因此，作为"全民性的象征"（巴赫金语）的广场就成为知识分子关注民众、引领民众的一个重要空间。在当下诗歌写作中，诗人的"广场情结"依然浓厚，但由于社会生活的变化，广场作为公众声音载体的地位也随之发生改变，更多的是透过广场上的喧嚣与寂静，揭示当下人们的生存状态以及精神症候。

"傍晚，威尼斯的一个广场上黑压压站满了人/他非常吃惊地看到了这一幕/小心翼翼地问，发生了什么事？/'没有什么事，他们就是喜欢聚在这里'/一个商贩告诉他。瞧这一广场/鸽群般祥和，亲切而又独立的人/历史的一份活遗产/其中蕴含着极易统一的意志"（侯马：《诗章12》）。看到这里，不由得想起鲁迅先生的小说《示众》的情节：人们眼里发着光，伸直脖子聚在刑场上欣赏杀头的情形。诗歌用反讽的语调，活化出在集体无意识作用下人们不自觉的生存状态。"独立的人"与"统一的意志"之间，明显构成一种反讽的结构，诗句诙谐之中充溢着悲哀与警醒。这种警醒其实是知识分子"一种怀疑、投注、不断献身于理性探究和道德批判的意识"①。"一个人，在针尖上构建广场/一万个人，在广场上朝圣锋芒/……诗人的心力/是在针尖上修建广场，又是/在广场上安装针尖"（凸凹：《针尖广场》）。身处当下的文化语境之中，"广场"精神已然失落，如何重拾失落的话语，构建精神的广场，是留给知识分子的一个无法回避的课题。诗人写道"在无限小的地方创造无限大/在无限大的地方实现无限小"，辩证地将"针尖"与"广场"这对处于两极地位的意象统一在一起，用"一介布衣"的自信还原精英意识与英雄情结。这里包含着一层隐喻：知识分子处于某种边缘化的"失语"状态，所处空间狭小、逼仄，极为有限，如何在狭小的空间里重建精神广场，这不仅仅是一种焦虑，更是一种悲壮。这首诗鲜明地带有神圣"乌托邦"的色彩，尽管离当下的日常生活距离较远，但我们丝毫不能怀疑诗人的忧患意识和知识分子的真诚，因为这是一个"一介布衣的高贵气质布满天空的广场"。广场所具有的壮阔宏大的历史意味还表现在冰儿的诗中："这里是

---

① ［美］萨义德：《知识分子论》，单德兴译，三联书店2002年版，第23页。

所有人的纪念碑／一滴血裹住另一滴／一具躯体覆盖住另一具／他们的呐喊　英勇／被那个时代的黄土地和山脉听见／绵延至今被再次证实／绞刑架上的耻辱和光荣将他们钉在高处／心满意足又充满悲哀／花匠带来了铁锹和种子／轻易就抹去昨天的血迹／无所事事的人群／他们需要的是今天的阳光和雨水"（冰儿：《穿过一个城市的广场》）。在这里，广场的意义转变的轨迹非常明显。原本是一个负载着光荣和耻辱的历史符号，是一个个英雄时代见证的广场，其文化的价值与意义对当下的人们来说，已经不那么重要了，人们享受"阳光和雨水"才是广场最现实的意义。尽管诗歌中流露出对"无所事事"的人群的忧患之意，对当下世俗生活的某种认同，但我们依然能读出诗中所具有的知识分子"广场情结"的眷顾与依恋。相比之下，诗人杨克的《天河城广场》则更传达出对这种转变的失落之情。"在我的记忆里，'广场'／从来是政治集会的地方／露天的开阔地，万众狂欢／臃肿的集体，满眼标语和旗帜，口号着火／上演喜剧或悲剧，有时变成闹剧／夹在其中的一个人，是盲目的／就像一片叶子，在大风里／跟着整座森林喧哗，激动乃至颤抖"。诗歌中的"天河城广场"已经不再具有政治的象征，而是一座广州城内的商业性建筑。来到这里的人们不再心具"朝圣"的虔诚，而完全是出于休闲消费的目的。政治化时代的个体如"风中的叶"，即使"跟着整座森林喧哗，激动乃至颤抖"，也失去了个体存在的主体性意义，隐喻着个体的渺小存在和虚无的狂热。"进入广场都是些慵懒平和的人／没大出息的人，像我一样／生活惬意或者囊中羞涩／但他（她）的到来不是被动的／渴望与欲念朝着的全是实在的东西／哪怕挑选一枚发夹，也注意细节"。现实与商业化的广场从政治、历史的高度滑落，坠入凡尘之中，知识分子于世代言的理想也随之滑落。如果继续葆有这份"理想"的话，显得多么的不合时宜。处在此时此地的人们，尽管依然是"被动"的，但这种"被动"不是由于"政治化"的被动，而是出于世俗生存的"商业化"的被动，二者有着天壤之别。

当"广场"回到世俗的层面，成为人们休闲娱乐的场地时，它就不再具有神圣感和崇高感，这和当下文学对"政治化"事物的刻意解构与颠覆、还原成普普通通事物的努力分不开的。这不仅仅是一种文学的策略，更是当下文化语境制约下的"有意误读"。"广场　城市的脸／或者头部／长在我的脖子上／高高在上／站得高看得远／包括我的过去和未来／我每天穿过广场／在那里找到做人的高度／……那些在广场上游荡的人／是广场脸上的黑斑/以吐痰的方式撒满广场/广场离我很近/广场离我很远/我是城市的病句/在诗歌中修改自己"（萧萧：《广场》）。与将广场作为理想化的政治诉求而使之"神圣化"不同，诗人更多的是思考与广场的关系，并且这种关系是建立在理想失落之后的错位、破碎、病态意识之上的。每个人都成了广场上的"黑斑"，是广场上的"一口痰"，在消解深度、拆解崇高之后却是一脸的"茫然"，这充分表现出当下人们的精神病症——荒诞、无聊、平庸和孤独。同样，姚风的《孤单》也是用相同的反讽技巧，将历史的崇高消解殆尽。"广场很大，雨也显得很大/我跑到纪念碑下避雨/一个英雄，从浮雕上走下来/向我借火点烟/在一点光亮下，我看清了/他满脸都是历史的孤单。"后现代主义文化有一个致命的缺陷：只负责颠覆而不负责重建。因此，当将政治、历史、文化等亵渎一番之后，精神的虚弱就浮现出来了，面对"广场"无不感到一种巨大的压力。"我每每穿过这城市的广场之时，我感到的晕眩不是来自日光的照耀，而是在我和城市贫血的关系中，广场所赋予的那种强烈、巨大以及无言的压迫"（远人：《失眠的笔记——广场》）。这种心态的形成是人们与政治、历史的错位关系分不开的，边缘化的生存状态造成了一种悖论和尴尬。"宽阔的广场。走在上面总想要小跑/这众目睽睽的地方/空旷得只有我走在上面//除了当众滋事的念头/我对广场没有什么想法/当下午的阳光把整座大楼移向广场/我听到内心坍塌的声音/像挖广场的墙角"（安石榴：《文化大楼前的广场》）。宏大的广场与个体的渺小之间形成了不可调和的矛盾，有意地参与和无意地叛离之间的张力促使人们思考着自己与社会非正常关系形成的根源。

　　总之，广场作为诗歌中的一个意象，深刻地传达着人们——尤其是知识分子对文化、历史、政治以及自身存在状态的反思。在都市泛文化的冲击之下，精英意识、为民众代言的理想已经衰落，迫使人们重新思考和定位自己与民众、社会的关系。受文化思潮的影响，曾经被打碎、颠覆的理想又悄然地回到了知识分子的身边，或者，当初就无法从人们的身上彻底抹去，这也许是知识分子永远挥之不去的命运使然。

三　车站：无根的漂泊

　　在诗歌中，车站意象的隐喻功能是非常明确的。提起车站，人们总是想到漂泊、流浪以及目的不明的"旅行"，它也总是关联着旅人的焦虑、不安甚至略带恐惧的心理体验。从现代主义诗歌诞生的那一刻起，车站就成为表现现代人命运和心理的常见意象，尤其在城市化进程越来越快的今天，车站成为联结着居住地与目的地的中间扭结点。随着人们异地交流的增多，往来频率的加剧，许许多多的人行走在各式各样的交通线上，因此，人们与车站交往的机会也就越来越多，车站带给人们的感受也就随之增强。或是喜悦，或是沮丧；或是希望，或是茫然，总之，车站带给人们的心灵抖动促使它越来越成为文学的表现对象，在诗歌中已经形成了一种固化的意象，更多地展示人们的灵魂在处于无根与茫然的"悬浮"状态后的痛苦、心酸与无奈。

车站作为一个意象，在诗歌文本中的作用更像是一个"窗口"，可以"窥视"来来往往的每一个个体"潜在"的精神状态，"欣赏"发生在车站里形形色色的"表演"，领受现代社会生存的空虚感、荒诞感、焦虑感等现代病症。首先是孤独感，这几乎是现代社会最为普遍、最为"流行"的心理体验。"正午的四等小站，我挤上梦想的火车/妻子撑着雨伞站在站台/车窗玻璃上的雨水是我愧疚的眼泪在流淌/我在九月下海了，我的孤独/从此成了岛屿的孤独/海水包围着我，我听到的波浪/都是一个异乡人梦醒时分的呜咽"（卢卫平：《九月叙事曲》）。车站送别，这是一种最为常见的情景，但带给诗人的感受不是亲人间依依不舍的离别的伤痛，而是即将成为"异乡人"的孤独感，像海水一样包围着"孤独的岛屿"。诗人将这种离别的孤独用人们最为理解和接受的意象——岛屿形象化地表现出来，汪洋中的孤岛，像一叶扁舟，随波逐流，任尔东西。"就是说/车站里　只有一个人/车站里　其实　有很多人/只有你视而不见/你只想着/你心里的/那个人/那个人　看不见/那个人　没有出现在你眼前/那个人　不可能出现在你眼前/所以　你对现场的每一个人/视而不见/一个人的车站/一个寂寞彷徨的车站/一个挤满了形同虚设的人的车站/一个贩卖灵魂写真的车站/一个没有人的车站/火车载着落日开进车站/火车的喘息声/揪住你的心/揪牢每一个人的心/你默数着　一个个下车的人/陌生的面孔里面/没有你期待的/那个人"（肖铁：《一个人的车站》）。这里明显表现出同荒诞剧《等待戈多》相似的感觉：虚无的等待，无尽的孤独。每一张面孔都不是你所等待的，但是，又必须在此等候，一次次希望的破灭带来了一次次沮丧与焦灼，无尽的等待消磨了时光，也消散了意志，却增长了一份不安与孤独。这里将现代人作为一个个体处于群体之中时的孤寂感、陌生感以及由此生成的对自身"此在"生存的怀疑，展现得淋漓尽致。"车上有几个人孤零零站着/他们都面色蜡黄/神情抑郁/这其中也有我/我们是同路/还会孤零零地站在别处/注定不会再相遇/想到这/车停靠松江站/黑夜突然吞下火车"（任知：《火车》）。旅途中人们因短暂的相遇而共处一室，相逢只是种偶然，陌路才是必然，这也决定了人与人之间陌生感的存在，并且彼此小心、拒绝交流。孤独像黑夜一样吞噬着整个世界，这不仅仅是一段短暂的旅途，更是现代人一生的无奈体验。其次，车站还代表着未知和茫然。车站永远不是旅人的目的地，它只是一段旅程的终结，短暂的小憩，等待的是后面也许更为漫长的行程。因此，面对车站时，无根的漂泊感就漫延而至。"是广州东站结束了我与广州的距离/出了站我便到了广州城里/一只游荡的蚂蚁/渺小得无所谓生命/有时候我忧伤得想到了地狱/我不知道它是出口还是入口/涌动的人流等不及我的行走/我站在出口茫然/忘了来路又失去了目的地"（李尚荣：《广州东站》）。诗中传达出的忧伤令人怦然心动，人生旅途究竟有多少是目的明确的行走，又有多少是漫无目标的找寻？异乡异地的陌生，前途命运的不可确知，茫茫人海里诗人以"游荡的蚂蚁"自况，卑微渺小的自我心理体验跃然纸上。"忘了来路又失去目的地"的尴尬，深切地传达出个体在巨大的都市里失落飘零的感受。"它的人群苍茫，它的站台颤动/它的发烫的铁轨上蜿蜒着全部命运/它的步梯和天桥运载一个匆忙的时代/它的大钟发出告别的回声/它的尖顶之上的天空多么高多么远，对应遥遥里程/它的整个建筑因太多离愁别恨而下沉/它的昏暗的地下道口钻出了我这个蓬头垢面的人/身后行李箱的轮子在方块砖上滚过/发出青春最后的轰轰隆隆的响声"（路也：《火车站》）。诗人将内心的感受进行了对象化处理，"颤动的站台"、"蜿蜒的铁轨"、"下沉的建筑"和"昏暗的出口"是人的内心感受的一种形象的外化，诗人以客观物象为基础，经过主观想象的变异、投射，将瞬息变幻的主体感受以一种强有力的视觉意象的转换，完成对人的存在的言说与关怀。最后，车站意象还隐喻着人因为前途的渺茫而产生的对逝去的岁月、故土和家园的依恋，这种情绪也是相当具有代表性的。人在失落、痛苦、迷惘之际，总会自然而然地生出对曾经的美好岁月的怀想，以此达到自我的精神与情感的疗伤。"站台，它总是被反复地掠过和抛弃，它也因此成为一个容易忘掉的名词。它几乎要隐没的退缩，令人感到像是某种时光的匿去。从一个地方到另一个地方，站台所拉开的那种空间的断面，总令人在茫然里生出对抵达地的怀疑——'一个相似的中途小站，旅人是否从未离开？'因此，站台也是它们每个实体间的一种幻觉。在这时候，我总是把身子探出窗棂。听到外面交谈着的陌生口音，才使我确信了旅途、确信了我此时在异域的存在"（远人：《失眠的笔记——站台》）。在陌生的异地，诗人怀想着乡音的亲切，过去的时光在"中途小站"上画出忧伤的句号。已经逝去的是曾经的拥有，未来的一切却不可把握，在这两难的选择中，前途的茫然和过去回望的合力作用，不能不使人感到一种彻骨的凄凉。

车站已经成为人们日常生活的组成部分，也是显示人的内在心理感受的重要场地之一。无论是自己的远行，还是送别友人踏上旅途，车站总是能触动人内心深处最为柔软、脆弱的地方，尤其是它能将现代人的躁动与内省、摇摆与自重、琐屑与纯粹等对抗性的精神因素完整而统一地展现出来，因此，也就成为现代诗歌文本中较为常见的意象。情绪的宣泄、欲望的传递、焦虑与孤独的表达，总能通过车站这一意象达到高度的契合。

当下的诗歌写作中尽管许多诗人不再像"朦胧诗"那样将意象这一诗歌技巧奉为圭臬，但在实际的文本艺术效果中，意象的作用还是凸显出来了，只不过此时的意象更符合"新批评"理论中"语象"的概念。新批评派的瑞恰兹指出："一个孤立的语象在文本中的意义是由它所取代的东西所决定的，也就是说，它代替某事物或某思想而存在，它就是那个意义。"[①]"在某个特定时代，一系列核心语象成为诗人反复涉入的元素或原型，是诗歌内部机制自动性的反映。因此，不存在如何人为抑制它们的问题，而只存在如何通过个人的生命体验来加深或改写它们当代内涵的问题；不存在是否符合某一类老式读者阅读类型的问题，只存在通过个人对它们的创造性使用，去同时创造其读者的问题；不存在我们能否使传统不朽的问题，只存在传统是否能顿起经由当代激活、扩大和更新注意的问题。"[②] 传统意象理论比较注重实体意象，如菊花、枯藤、绿竹、孤雁等，而现代意象更注意空间意象的效果，也就是在文本中意象多作为一种整体性的环境、事件发生地而存在着，如医院、车站、广场、道路、居室、乡

---

① 引自赵毅衡《新批评——一种独特的形式主义文论》，中国社会科学出版社 1986 年版，第 138 页。

② 陈超：《求真意志：先锋诗的困境和可能前景（节选）》，陈超编：《最新先锋诗论选》，河北教育出版社 2003 年版，第 2 页。

村等，这种注重意象的整体性而放弃意象的单一性，是现代诗歌对诗歌意象理论的丰富和拓展，也是现代诗歌标志性的贡献之一。

第二节　叙事技巧的调试：“后叙事”写作

新世纪绝非仅仅意味着时间长河流荡进一个新的“检录点”，虽然只是一个静态的社会时间符号，但是它投射在诗歌上的最为显著的表现却是诗歌的精神和诗歌技艺的嬗变，尤其是后者，这种变化特征显得更为突出。既有诗歌新质意象的大量出现，同时也包括诗歌叙事技巧的综合调试，将 20 世纪 90 年代重新燃起的诗歌叙事技巧推向一个新的境界。90年代诗歌进入“凡俗化”的时代语境，社会生活以及由此产生的个人体验都发生了明显的更迭，80 年代的情绪化、青春型的“不及物”写作已经无法满足诗歌表达日常经验的需要了，因此，诗歌选择叙事也就成为一种必然。诗歌视点转向日常琐屑经验，在形而下、凡俗化的事物中发现诗意，叙事“使一切具体起来，不再把问题弄得玄乎，一方面强调某种一致性，一方面注意依据自身经验使诗歌在结构、形式，甚至在修辞方式上保持独立性，这无疑是 90 年代诗歌的显著之点。”[①]

新世纪的叙事诗歌在很大程度上依然延续着 90 年代所挖掘、开拓的诗歌写作路向，继续走向日常诗意，热衷于具体、个别、繁琐、破碎的诗歌叙述；触摸事物的纹理、处理日常经验的能力进一步提高；诗歌技艺的包容性增强，戏剧化叙事、小说化叙事、散文化叙事成分增加，多重叙事的混同包容、彰显着诗歌技巧的娴熟、圆润。同时，我们也应该看到，新世纪叙事诗歌在原有的基础上还显示出一种建构的努力和探索。运用后现代思维创造一种解构式的诗歌叙事，丰富叙事的表现技巧，颠覆传统意义上的叙述，也有人将这种叙事方式称为“后叙述”或“后叙事”。新世纪叙事诗歌在很大程度上显示出“后叙事”的特征，解构式叙事、口语化叙事、碎片化叙事、语词叙事、无逻辑叙事以及诗歌“系列化”叙事，等等，都是新世纪以来在诗歌叙事技艺方面卓有成效的探索，显示出同以往诗歌叙事相融又相异的特征。

---

① 孙文波：《我理解的 90 年代：个人写作、叙事及其它》，陈超编：《最新先锋诗论选》，河北教育出版社 2003 年版，第 207 页。

一　超越：解构式叙事的诗学意义

应该说，90 年代是叙事诗建构的时代。"在抒情的、单向度的、歌唱性的诗歌中，异质事物互破或相互进入不可能的现实。既然诗歌必须向世界敞开，那么经验、矛盾、悖论、噩梦，必须找到一种能够承担反讽的表现形式，这样，歌唱的诗歌便必须向叙事的诗歌过渡。"① 叙事诗歌的出现避免了此前"不及物"写作中面对复杂现实的失语，将诗歌从精神的高蹈引入琐屑日常的生活空间，由集体"泛政治化"的抒情转向个人复杂经验的叙述。既避免诗歌再次陷入"泛政治化"的危险境地，清除观念的虚妄和"本质"的幻念，又为诗歌探寻到一条综合各种经验的写作可能，表现与我们的生存息息相关的东西。叙事诗歌不仅用客观冷静的笔触承担了及物写作的"历史命运"，在诗歌技艺中也创造出诸多手段，如多变的叙事视角、完整的叙事结构、反讽、戏剧性、转喻、互文、复调、散点透视等，为后来的诗歌写作留下了无数的宝贵经验。如马永波的《伪叙述：镜中的谋杀或其故事》："首先出现的是一个人，在左下角，向中间／长大，直到充满大半个镜面，转身／破碎声从镜中传来。背面的水银开始滴落／一个有黄色护墙板的大厅，辫形楼梯／羽毛扇，粉扑，烛光布置的坟墓氛围／必要的耐心以及一个人的死，是写下这首诗的保证／'在没有证据的情况下，内心的坚定至关重要'／'你是指偏见和闲言碎语？'一个被计算了日子的人／在镜子深处（十米？）挣扎，水银一样变形"。这首诗综合运用复调、散点透视诗歌技法，造成文本间的互否、对峙和转化，完成一次诗歌的"伪叙述"（马永波语）。叙述视角多次转换、跳跃，有意识地强调诗歌叙事的虚构性，成为客观化的"元诗歌"叙述的经典范本。此外，西渡《在卧铺车厢里》的完整结构、伊沙《无限风光 42》的反讽、王家新《帕斯捷尔纳克》的互文性等，无疑都极大地丰富了 90 年代的诗歌叙事。

相比较而言，新世纪叙事诗歌则可视为一种解构式叙述，一种试图超越 90 年代叙事高峰的探索。现代诗歌历史表明，每一个时代的诗歌创作主体都具有一种超越历史，摆脱"影响的焦虑"，从而构建属于自己诗歌

---

① 西川：《90 年代与我》，王家新、孙文波编：《中国诗歌：九十年代备忘录》，人民文学出版社 2000 年版，第 265 页。

时代的冲动。也恰恰是这种"冲动",成为推动诗歌前行的不竭活力,推演着诗歌的丰硕与恢宏。当然,解构也意味着一种全新"建构",是对解构对象的丰富和补充。新世纪叙事诗歌正是这样的一种"历史位置",以解构方式完成对 90 年代诗歌叙事的补充和发展,尽管这种方式略显"窘迫"和"尴尬",但其作为一种诗歌文本试验的价值和意义,还是值得我们留意和肯定的。"我的钥匙也丢了/但跟祖国没有关系/我记得是把钥匙挂在腰间上的/开门的时候却摸了个空/这就叫丢了/我可以到街上再配一把/或者干脆把锁撬开/还有一个办法就是耐心地等一等/我们家的每一个成员/他们身上都各有一把相同的钥匙/所以这点区区小事/不必去麻烦伟大的祖国/不过/我还是要给祖国提点意见/祖国啊祖国/您能不能把房租降低一点/我也想坐在明净的窗前/安安心心地/跟祖国抒抒情"(徐乡愁:《中国,我的钥匙也丢了》)。这首诗与朦胧诗时代的《中国,我的钥匙丢了》(梁小斌)构成一种互文关系,但二者情绪的抒发却是明显不同的。梁小斌的诗还是属于意识形态话语的宏大叙述,而徐乡愁的诗则是用反讽置换抒情,形成一种消解式的诙谐幽默。"你躲在藤椅上看书,你十三岁的女儿/跑来坐在你腿上/那是夏天,她穿着碎花太阳裙,皮肤如冰激凌/少女的汗香/她撒娇钻进你怀里,你一眼看见这世上最新鲜的乳房/你坚硬无比,你冲女儿发火,你从此走出书房/直奔小姐包房"(尹丽川:《挑逗》)。细节、碎片化的叙述片段,使一个男人隐秘的性心理昭然若揭,轻松调侃的语气形成一种间离性的反讽效果。"我在《人民日报》上/找性病广告/我相信刊于此报的/定是最权威的/我用雷达般的眼睛/把整版报纸仔仔细细/搜寻了三遍/却压根儿没有/性病广告的影子/倒有一整版/关于某战斗机的介绍/战斗机是个好东西/只是我暂时/还用不着"(朱剑:《无题》)。将两种"风马牛不相及"的事物并置在一起,严肃正统的《人民日报》与肮脏虚夸的性病广告构成一种反讽的张力和效果。叙述语气越是"严肃认真",这种嘲谑、戏耍的成分就越是强烈。"冰冰和我走在三里屯街/我们去买瑞士巧克力/她说可以顺便看看鸡/'这个点儿正好'/我们正东张西望/忽然身边停下一辆车/冲出几个人/'干什么的?证件!'/他们面色严峻,目光鄙夷/我们愣了愣就放声大笑/我们不停地笑/他们愣了愣就改了口气/他们转身就走/我们还在笑,我们一直笑/笑声作证,我们是好女人/远处一只鸡,正吓得乱跑"(尹丽川:《笑声作证》)。诗歌用充满诙谐的语气,将一件看似很庄重的社会事件——扫黄行动，轻而易举地消解其严肃性，"笑声作证"本身就带有明显的戏谑成分，而相对完整的片段化叙事结构正是当下叙事诗歌中最为典型的方式。

新世纪叙事诗歌不再如90年代那样追求叙事技巧的繁复与知识化，而是转向叙事的简约和结构的相对完整，这种平面的、恣意杂陈的、凡俗化取向的诗歌叙述，非常容易在技术层面进行操作，符合大众的阅读欣赏习惯，因而也就吸引了众多的普通读者，避免诗歌陷入新一轮的边缘化处境。在修辞上完全迥别于90年代那种繁复、高贵、知识化的叙述，而选择一种"平民化"路线，这和当下的时代语境有着直接的关系。人们不再费尽周折、绞尽脑汁地"钻研"、探寻诗歌的深度和厚度，而是选择那些能带来轻松审美愉悦的诗歌，虽然"深度和厚度"对诗歌来说至关重要，但毕竟时代语境已经有所不同，一味追求"玄之又玄"的诗歌写作，永远都是一种诗歌的"小众化"行为。

二　原创："语词"叙事的诗歌价值

新世纪叙事诗歌中有一个非常重要的现象，就是"语词"作为一种特殊的"语象"参与到诗歌写作中来。新批评理论认为，当一个意象在一个诗人或几个诗人的文本中多次出现，那么，这个意象就逐渐生成为一个语象。这里的"语象"是指不带比喻或象征意义的纯白描性的语象，是由"文字构成的图像"而非想象力重新建造出来的感性形象。对此，新批评派的瑞恰兹指出："一个孤立的语象在文本中的意义是由它所取代的东西所决定的，也就是说，它代替某事物或某思想而存在，它就是那个意义。"[①] 在"第三代"诗歌以后，语言意识的强化使得诗人们不再信任语言所载荷的任何非语言的价值、意义，而是专注于构建语言的独立世界，通过语感的营造使诗歌回到自身。"语词"在当下的诗歌文本中不再代表、象征或者暗示任何事物，它只是一种呈现自身的语态。诗歌语态的强弱、色彩、节奏、重量等在"语词"这一语象的引领之下，还原为自身的表达。

"语词"进入诗歌叙事，在很大程度上显示出当下诗人们对语言的重视。同时，经过80年代后现代主义浪潮的锤炼和淘洗，诗人们非常重视

---

① 引自赵毅衡《新批评——一种独特的形式主义文论》，中国社会科学出版社1986年版，第138页。

"元诗歌"写作。"'元诗歌'是一种突出诗歌文本构成过程及技巧的诗歌，它不让读者忘记自己是在读诗。……为了加强诗歌对现实的触及能力，增强现场感，许多重要诗人不约而同地在诗中强化了叙述因素，注重诗歌话语对经验占有的本真性和存在性。诗歌从向读者和物垂直发言的'舞台式'抒情向与物平等共生的'实况式'述说转变。"[1]"一个词被另一个词伤害/它揪住自己的疼痛/呐喊　撕咬　一点点从自身剥离/他们在同一张纸的两个面/隔着一张纸的厚度/非穿透自身无法到达/她尝试加速　　剧烈喘息/挣脱她自己/在词的内核里奋力突围/用尖锐切割词的边缘/她在喷涌的火山口被火焰烧伤/两具赤裸身子闪电般的短兵相接/被各自的利刃击中"（冰儿：《另一种思念》）。"词"在这里喻指的功能消失了，在一场激烈的短兵相接的"拼杀"中，词与词碰撞后，留给读者的是无限的想象空间，在这个空间里积满了生活与阅读的经验。词取代了历史、革命、纷争、杀伐等文化主体，但诗歌中语言的自然节奏和音调的配合，却依然产生了强烈的紧张感，这就是诗歌回归语言自身的语晕魅力的展现。从这个意义上说，语词就是事物的本质直观，而非事物的附属物与派生物。人们通常会认为，语词只是事物的命名符号，当语词不和客观事物联系起来时，它只是一个空洞的能指，没有任何意义与价值。正是出于这样的传统认识，人们往往是重事物而轻语言，忽略了语言的本体意义。一个语词符号在其意义还没有生成之前，便是能指。当人们苦心孤诣地为语词找寻所指意义时，恰恰是将其视为事物的派生符号。海德格尔说过，语言是存在的家。只有当语言成为主体的"在"的时候，才能作为事物最终的归宿，否则，它只是一个虚空的"存在"而已，又如何承担起"家"的责任呢？"有些词燃烧了以后必须回家/这些将要灰飞烟灭的词。这些/岁月与生活的灰烬/它们细小它们轻/一点点的叹息也是它们的大风/它们　燃尽之后已无力坚持/……世界辽阔/而家　只有一个/在肉体与心灵之间我常常摇摆不定/不知应该　怎样选择"（孔灏：《有些词燃烧了以后必须回家》）。语词经历了诗歌的"燃烧"后，已经释放了自己全部的能量，因而生发出一种难以穷尽的疲惫与困惑。语词在一首诗中的使命完成了，只有回到"家"中，等待下一首诗的召唤。等待也许很短暂，也许无限漫长，这就是一个语词的命运。"我准备离开词语/休息一会儿/在这个到

---

①　马永波：《元诗歌论纲》，《艺术广角》2008 年第 5 期。

处是词语和命名的世界/我准备把自己托付给词以外的空气/我准备不论多久/我都等待/只要你爱我/珍惜每一次的发音和变异"（君儿：《我准备离开词语休息一会儿》）。语词作为世界的命名，渐渐地失落了自身。每一次源自本真的发音和变异，却在被忽略、遗忘中衰竭。"一个词逃出词典/离开所有的书籍/流落民间　深入内心的腹地/一个词在大声疾呼/刽子手忘了自己的头颅/在通往天堂的路上/一个词在大声疾呼/朝圣者秘而不宣的阴谋/已布下天罗地网/一个词在大声疾呼/撕去他们虚伪的面具/命运属于我们/一个词在大声疾呼/劫难中生存的人们/为何无动于衷"（温志峰：《一个词在大声疾呼》）。这首诗恰切地传达了语词在文本、典籍中的命运。当语词被语法、规则、文化等制约、规定、限制在文本里之后，它已经失去了自由，失去了自我繁衍、生长的机会，像一个囚徒一样，"在不可言说的地方，保持着沉默"（维特根斯坦语）。文化制约之下的人类，已经变得漠然，浑然不觉自己已经失去了对语言的鲜活言说。语词不应该只存在于典籍、文化中，它更应该存在于我们的口语中。这正如君儿的一首诗所讲的："什么时候/我们的词语可以变成/茫茫白雪/轻若无物　覆物无形/不用言说而获得自重"（《雪下了一天一晚》）。

"语词"进入诗歌叙事，是新世纪诗歌写作中一种卓尔不群的姿态，是迷恋于以词替物的暗喻写作的必然结果。沉潜于语言本身，将诗歌与生活现实的诸般关系通过"语词"加以重新命名、导引，不再追求诗歌话语与事物之间是否呈现垂直的、一一对应的关系，而是以一种新的命名转化为写作本身的语言历险，从而也转化了某些日常生活经验，提升了叙事诗歌的品质，使得诗歌写作的可能性进一步加强。"当代中国诗歌写作的关键特征是对语言本体的沉浸，也就是在诗歌的程序中让语言的物质实体获得具体的空间感并将其本身作为富于诗意的质量来确立。如此，在诗歌方法论上就势必出现一种新的自我所指和抒情客观性。对写作本身的觉悟，会导向将抒情动作本身当做主题，而这就会最直接展示诗的诗意性。"[①] 诗歌语言只有处在不断地重新生成、转化，不断地被赋予新生时，语言的价值和魅力才能持久。语言和许多艺术一样，应该不断地被"陌生化"，摒弃人们早已熟知的语汇特征，重新启动语词的活力，更新语言

---

① 张枣：《朝向语言风景的危险旅行》，陈超编：《最新先锋诗论选》，河北教育出版社2003年版，第458页。

的面孔。

三　诗歌叙事的多种可能性

新世纪叙事诗歌除了解构式叙事、"语词"叙事外，还有其他很多种方式，如"无逻辑"叙事、"系列化"叙事以及口语化叙事等。叙述材料也明显增多，日记、邮件、聊天、谈话等都可进入叙事诗歌当中，从而呈现出多元化的叙事方式。"后现代主义诗歌回到了一种不那么拔高的、不那么自我中心的叙事，一种善于接受语言和经验中松散的东西、偶然的东西、无形的东西、不完全的东西的叙事。与之对应，那样的诗歌接受随意的非诗歌的语言形式，如信件、杂志、谈话、轶事和新闻报道。"① 多元化一直是当下诗歌建构的核心，多元、宽容、"怎么都行"（费耶阿本德语）、"一切皆有可能"成为新世纪诗歌写作的基本态度，语境的变化必然导致诗歌观念的变化，这是不容置疑的真实现状。不对既有诗歌成规加以沿袭、蔑视限制、睥睨一切，提倡多元性、包容性和游戏理论，是后现代主义精神的一种体现，也是新世纪诗歌的核心价值之一。叙事诗歌同样走在多元化建构的路上，也始终存在着一种多样性写作的冲动，不被既有诗歌艺术圭臬所束缚，关注写作与越来越丰富的事物之间变化多端的关联。

"广告词脱口而出/观众与听众/一耳的齿痕。线在线索里穿过针眼/整个环节在制衣厂附近被缝纫/像一把锁锁住了借宿者的离别/少女的名字和泪水/他和她：两个人站在两具雕像里/两张票根飘到我们中间/左边是歌剧院，右边是话剧院/一个背景过场人物无声地穿过舞台/他出去买包香烟，然后带回来/秋日的晕眩，和街上的闲言碎语"（阎逸：《电影故事，或一副多米诺纸牌》）。诗人引用伊塔诺·卡尔维诺的话表明了自己的思想："世界缩小成一张纸，在这张纸上，除了写些抽象的言辞之外，什么也没法写。"诗歌将诸多毫无关联的事物组合在一起，犹如电影中蒙太奇的手法一样。可以说，除了具有诗歌的语感之外，我们无法用清晰的逻辑思维去观照、欣赏它，但是诗歌特有的迟缓、迂回的节奏，事物之间对峙的张力及其转换，依然构成诗歌叙事的有效性。"刚才苹果是放在书桌的

---

① ［英］史蒂文·康纳：《后现代主义文化——当代理论导引》，严忠志译，商务印书馆2002年版，第177页。

左前角/与台灯和一叠书，靠在一起/我在专注地看这本书。而果刀/关在右肘下的第二个抽屉，复如现在/那么，整个过程呢，从刚才/到现在，这整个过程，竟转瞬即被我/遗忘。多像多年前/日常的某个片段的某个细节，或者干脆/干脆换种说法，一个或许更准确的说法，就是/对这整个过程，当时我竟毫无意识"（杨邪：《削吃一只苹果》）。这首诗同样是靠语感取胜的，大幅度的跳跃以及情景转换，已经超出一般叙事的线性发展逻辑，对事物所触及的一种"过程"的拆解，完全依靠诗歌一脉贯通的语感进行衔接、组合，尽管用词及语法非常简洁流畅，但我们还是被其中反逻辑的跳跃思维所迷惑、折服。"'你晃了晃，你不是个故意消失的人/你就从风里消失了/只有你的味道还留在/你喜欢待的地方'/'我要向你学习/我再说一遍：你是欢呼着被自己抬起来的/我是你的反讽'/'我是你的针对，我是你的麦芒/我是你的装模作样'/'我是你的自动记忆，我是你的小木偶/以你的鬼脸来否决你的沉着'"（周斌：《一场非对称的谈话》）。彼此没有任何交汇或交锋的对话，完全是两种话语系统自说自话，支撑诗歌的只有语言的语感张力，而没有任何的逻辑线索可以追寻。令人眼花缭乱的纷繁复杂的事物以及难以通约的个人感受、想象和经验，要求诗歌必须走向多元化路途，因为它不可能提供统一的、常规化的诗歌转换机制。新世纪一部分叙事诗歌就是依靠这样的非逻辑叙事从而取得语感锤炼的，并且建构起属于自己时代的"知识谱系"。

叙事诗歌引入对话、日记、聊天等，创造与探寻诗歌写作的可能性，也是新世纪叙事诗歌的又一重要特征。这些新的诗歌素材的引入，不仅意味着诗歌继续张扬日常性，将诗歌导引回经验、常识、生存的具体现场和事物本身；同时也意味着活脱通透的日常口语写作依旧具有强大的生命力，仍将是现在乃至以后很长时段内诗歌表现的重要领域。

　　——"我的身体已经明显变形了"
　　——"我也有了许多白发"
　　——"你的那些情人都比我强"
　　——"也不能这么说"
　　——"她们年轻　漂亮　还会使用自己的身体　眼泪"
　　——"但你是好女人"
　　——"我也有过自己的秘密"

　　　　——"人的感情很复杂"

　　　　——"是的"

　　　　——"太复杂了"

　　　　——"我知道"

　　　　——"找个年龄偏大一点的吧"

　　　　——"有时候我也这么想"

　　　　——"不早了睡吧"

　　　　——"我知道"（娜夜：《离婚前夜的一场对话》）

　　这首诗通过对话的方式叙述一段夫妻分手前的平静却不乏真诚的交流，没有惯常的激烈争吵，对话语调平缓自然，然而却给读者留下不尽的想象空间，愈是"平静"，带给人们精神和情绪上的震颤就愈强烈。"喂　您好　是啊/是我　还行　不忙/什么　噢　知道了/没问题　小意思　知道了/当然　然而　反正/听不清　大点声　听到了/真的吗　哈哈哈　有意思/嘘　小声点　其实/还有　不过　即使/唉　烦　没劲/累人　倒霉　够呛/哼　活该　妈的/不要紧　哪里　没关系/好说　嗯　是的/假设　肯定　一定/嘿　胡扯　扯淡/……不早了　有你的　随便/看看　就这样　再见"（祁国：《打电话》）。相较而言，这首诗歌明显带有一种"后现代"意味，几乎都是寒暄话、语气词以及没有意义的关联词扭合在一起。尽管没有"对方"的通话内容，是一种不完整的对话，但是依然可以感受到"谈话"内容的实质。因为我们几乎都经历过这样的"通话"，诗歌恰切地把握住当下人们生存的本真状态，并且将之淋漓尽致地揭示出来，内容简单却蕴涵深刻。也就是说，诗歌写作要充分考虑与生活相对称的语言，将来自于生活经验底层的写作素材，通过诗人的"炼金"、控制、复合、增殖，完成诗意的叙事化呈现。叙事如何介入日常生活的鲜活场景，以及当下语境又提供怎样的话语资源，这些都直接影响着新世纪诗歌的走向。正如王家新所强调的那样："我们现在需要的正是一种历史化的诗学，一种和我们的时代语境及历史语境发生深刻关联的诗学。"① 新世纪诗歌也正是因为语境的不同，而呈现出一种提炼自日常口语的叙述语言的鲜活和生气。

---

① 王家新：《夜莺在它自己的时代》，《诗探索》1996 年第 1 期。

经过 90 年代诗歌的构建、奠基以及新世纪诗歌的进一步拓宽、外展，叙事已经成为当下诗歌写作中重要的元素，不单单只是作为一种诗歌技法，而是"一种新的诗歌审美经验，一种从诗歌内部去重新整合诗人对现实的观察方法"①。新世纪诗歌介入现实的能力有所加强，叙事在其中占有很重要的位置。它沟通、衔接着诗人与现实生活的关系，同时也拉近了读者对当下诗歌的认知，"它对具体事物和细节准确性的关注，保证了语言和认识世界的清晰、生动，它使作为抒情主体的诗人们改变了自己如同上帝、牧师般的角色，成了读者的知心朋友，使诗歌从'独语者'走向了'对话者'，转换成了沉静而宽容的文体"②。当下叙事诗歌已经全面"接收"90 年代的诗歌资源并加以综合调适，既摒弃了知识分子叙事中那种强调复调、纵深、非线性而造成的艰涩，也修正了民间叙事中平面、线性甚至口水化的俗浅，从而走向真正的"包容"型构的叙事。但同时我们也要清醒地认识到，近几年来，诗歌在叙事性的口号下，出现了许多令人大失所望的弊端，具体来说，就是叙事中对语言，尤其是口语的滥用，叙事不再追求语言的锤炼和精确，对生活事件只是进行简单的、粗线条的现象罗列，完全放弃了写作主体对诗歌的控制，甚至摒除了诗人的智性思考。如赵丽华的《一只蚂蚁》："一只蚂蚁/另一只蚂蚁/一群蚂蚁/可能还有更多的蚂蚁。"浅白直露，空洞无物。这些简单化叙事大大损害了诗歌的艺术品质，对新世纪诗歌技艺的提高毫无帮助，甚至是制造了语言垃圾，污染了诗歌生态。新世纪叙事诗歌尽管有所创新和突破，但总体上来说，依然没有摆脱 90 年代叙事诗歌的影响，仍然处于一种"影响的焦虑"之中。继承大于创新，永远都是事物裹足不前的深层原因。

第三节　新口语写作:智性与鲜活的融汇

现代诗歌尽管从其缘起时就提出过"口语"写作，如黄遵宪的"我手写我口"、胡适的"不避俗语俗字"(《文学改良刍议》)、"方言未尝不可入文"

---

① 臧棣:《诗歌的记忆叙事学》,《激情与责任》,人民文学出版社 2002 年版,第 344 页。
② 罗振亚:《朦胧诗后先锋诗歌研究》,中国社会科学出版社 2005 年版,第 186—187 页。

等，但从严格意义上说，这些提法与真正的口语写作还相去甚远，只是在传统"文言"和现代"白话"的对抗中，追求言文一致的理想，并非完全意义上的口语诗学主张。真正进入诗歌口语化写作的，还是 80 年代的"第三代"诗歌，韩东、于坚、李亚伟等人发起的带有强烈后现代主义颠覆、反叛性的"口语诗"运动，矛头直指朦胧诗时代的精神高蹈、理想主义以及诗歌艺术的象征化、意象化，采用反英雄、反崇高、反抒情、反诗歌的策略，通过语言还原、冷抒情、口语化的语感手法，自动呈现出生命的本真状态。经过"第三代"诗歌摧枯拉朽般地"攻城拔寨"，口语诗写作站稳了脚跟，并且经过90 年代的诗歌写作得到进一步锤炼、提升，口语诗写作已然成为一种诗学标准，甚至是一种诗歌"伦理"，占据着诗坛的"半壁江山"。新世纪口语诗歌写作继续在前人开拓的基业上稳步前行，更强调诗歌口语的语感生成，更贴近生活维度。口语诗同时表现为两个向度的平行发展，即一方面摒弃 90 年代"知识分子写作"与"民间写作"的二元对立，将两大资源进行整合调适，创造出兼具"知识分子写作"所特有的精湛、沉静、高妙的修辞与美感以及"民间写作"率性、天真、灵性四溢的诗歌语感节奏的新口语写作样态；另一方面则走上一条"原生态口语"之路，也就是口语诗充斥着粗鄙简陋、感官发泄，不做任何技术化处理，"逞一时口舌之快"，成为拙劣、油滑甚至轻佻色情的"口水诗"，而这样的诗歌正大量充斥、泛滥于新世纪的网络中，极大地影响着人们对当下诗歌的认知。但无论如何，口语诗写作经过多年的探索衍进，从 80 年代中期的"前口语"写作，到 90 年代的"后口语"写作，再到新世纪诗歌写作，其嬗变更迭的轨迹还是非常清晰的，并且每一次嬗变都给口语诗写作带来了新鲜活力，不断生成诗歌写作前行的支撑点和动力源。"在真正意义上的 90 年代，从韩东、于坚、杨黎等对于语言'命题'的完成，到伊沙、余怒对于语言'命题'的重新开发和补充，到'后口语'诗人群在写作上体现出来的勃勃生机，再到新近涌现出来的'下半身'诗歌群体对于诗歌写作中身体因素的强调，这十年来，中国先锋诗歌内部新的生长点不断涌现着，并且早已出现了灿若星辰的诗歌文本。"①

一　身体意识的口语化表达

新世纪初诗坛猛然刮起一股身体写作的狂风，肇始于"下半身写作"

---

① 沈浩波：《对于中国诗歌新的生长点的确立》，中岛主编：《诗参考》（民刊）2000 年第 16 期。

的身体化书写成为诗歌中最具活力和冲击力的先锋。而组成这股狂飙突进的身体化写作的众多文本，几乎都是使用口语化写作完成的。口语与身体写作的联姻，将身体感觉用最具激荡力的口语直接、准确地传达出来，是新世纪口语化书写的创新，更是有别于此前身体化写作的重要特征。海德格尔说过，原初的语言就是诗，原因就在于语言保存了诗意的原初本性。从这个意义上说，口语是最接近语言原初状态的，也就是最能将身体的本源感受传达清楚的语言形式。因此，新世纪身体写作更多地选择口语，是深切传达身体感觉的明智之选。

相比较而言，此前的身体书写则明显呈现出一种语言的理性化色彩，普遍重视哲理思考与智性凝结，因此，面对身体的纯粹、微妙感觉，诗人没有选择口语化的直抒，而是选择了一种智性抽象的书写，彰显宽阔、深邃的思辨维度。如"这被生育绞碎的身体曾经空着/像离开海水的鱼，空着一身鱼皮/我惊悸的手指露出空心//有一滴水落在胎儿的身上，我体内的胎儿/紧裹在秘密的囊里，像苞蕾中的苞蕾/眼睛里的眼睛，她惊吓的蕊心一动不动/我被什么取回，放在胎心的上方/聆听我骨骼深处的撕裂声"（李轻松：《宿命的女人与鹿》）。诗人将女人受孕、生产过程中的惊悸、疼痛、伤害以及希望、关爱诸般细密感受传达得淋漓尽致。运用比喻、通感、隐喻、想象等方法，使诗歌显现出很强的语言修辞意识。即使在表达身体欲望时，也是以这样的话语方式进行的："给你，以一个女人颤栗的诱惑，沸腾的/血液，人全部的热情与主动……火山、地震、雪崩、海啸、战争/我们一无感知/紧紧拥抱一动不动"（张烨：《暗伤》）。身体欲求的表达是依靠众多比喻语词联缀的，营造出强烈的男女欢悦的体验。感性与智性、官能感觉与抽象观念有机配合，表现出一种深邃、沉思、智性的诗性美感，是这一阶段身体书写的重要特征。而新世纪口语诗歌在表现身体意识方面，则明显地增加了游戏、调侃、戏谑、狂欢化成分，力求回到身体、回到现场，削平精神深度，拒绝悲剧意识、怀疑精神和道德动力，一切都以快乐原则为旨归，"要让诗意死得很难看"[1]。口语诗写作追求语言的原生性，祛除语言被扭曲、遮蔽及滥情的美学意味，使语言返璞归真，从丰富的日常口语、俗语中翻检原生态语词，诗歌呈现出一种平实、简约、透明的语言状态。"小人儿，在我身体里/在我身体里睡觉/在我身体

---

[1] 沈浩波：《下半身写作及反对上半身》，《下半身》2000 年创刊号。

里撒泼/郁闷了，就出去走走//小人儿敲我的骨/我发出沉闷的声响/小人儿掉在心脏上/我是锃亮的钟摆//小人儿，我是你妈/你情人，腐肉是你的/枯骨也是你的/来啃我，糟蹋我"（唐果：《小人儿》）。同样是写女人怀孕时的感受，但这首诗相较前文李轻松的《宿命的女人与鹿》，明显不再具有一种语言的繁复感，而更多地使用相对口语化的语词，并且在表达"母性"情感时，舍弃诗歌惯常表达的"神圣"与"悲壮"，更多了几分调皮和亲切。"我计算着/为了将来那个生命的诞生/我要流多少血/忍耐怎样的疼痛/他会像小猫一样附在我的胸前/吮着我的乳汁/直到我衰老/还要干瘪着躯体/为他储备成长所需的干粮//我忘了/我是以同样的方式/攫取了另一个女人的青春"（牟宗娜：《为痛经而作》）。诗人用反词的手法表达出对"母亲"的无限感激和敬仰。前面非常口语化的情绪"抱怨"是为了后面情感抒发做反向的铺垫，并且前后语感也明显不同，前面略显急促而后面则很舒缓，这种语感的变化为最后的情感抒发营造出一种张力氛围。"纯洁它骚扰了我好多年/从穿开裆裤开始，我常常感觉/身上像长着尾巴或疝气，人前遮遮掩掩，走路顾后瞻前//最让我烦恼的是小山包开始隆起/走路只能低头躬着身体/显山露水的，最容易被纯洁抓住把柄，戳戳点点成小不正经/层层束起来，把不正经束进血里肉里，看，我们应该平胸才是/谈恋爱不能和他拉手，万一通过手臂接触，精子正赶上/成熟的卵子，那……我也不能离你太近，万一那小虫子/爬过来钻进身体，岂不被纯洁要了命"（赵小芳：《纯洁它骚扰了我好多年》）。诗人细致地剖析、展示女孩从懵懂到青春期萌动过程中的微妙心理，以及"纯洁"带给女孩的巨大心理压力。语言几乎都是日常生活用语，没有因为心理的展示而陷入语言的晦涩，语感自然流畅，非常符合特定时期女孩的害羞、懵懂、担惊受怕的心理特点。"平凡的语汇、熟识的调式、透明的语义，直截利落，那种不加雕饰的原始蒙茸，未经改造的天然朴拙，让每一个意义单位都摆脱了词语的附着成分，构成了诗人和世界的基本关系，在和缓、清淡的语流中，或流泻出诗人内心深处对生活无奈的感受，或走漏了灵魂底层喜悦又萧索、稔熟又惊诧的错综复杂的秘密，最随意、最平常的口语叙述，却也是最本真、最简隽的表情达意状态，它们都较好地谐调了叙述话语和深度意象，具体可感而又韵味十足，体现了较好的创造力。"① 此外，

---

① 罗振亚：《朦胧诗后先锋诗歌研究》，中国社会科学出版社 2005 年版，第 254 页。

新世纪身体写作中带有"泛黄"色彩的诗歌则更具口语的冲击力，"荷尔蒙主义"语言的泛性化转喻，明显带有语言暴力化倾向，仅仅停留在肉体感官的刺激和宣泄上，与诗美无缘，更损害了诗歌的尊严存在。

二　诗歌语感的重新强调

口语是一种原生态的言说和语言，最贴近生活，日常生活琐碎、粗粝、凡俗甚至是杂乱无章的状态，与口语的自然、不加修饰、脱口而出的流畅语感，有着一种浑然天成的协调感和一致性，用口语表现日常生活有着先天的独到优势。"口语写作实际上复苏的是以普通话为中心的当代汉语的与传统相联结的世俗方向，它软化了由于过于强调意识形态和形而上思维而变得坚强好斗和越来越不适于表现日常人生的现时性、当下性、庸常、柔软、具体、琐屑的现代汉语，恢复了汉语与事物和常识的关系。口语写作丰富了汉语的质感，使它重新具有幽默、轻松、人间化和能指事物的成分。也复苏了与宋词、明清小说中那种以表现饮食男女的常规生活为乐事的肉感语言的联系。"① 和书面语相比较而言，口语更具直接、鲜活和原生性特点。书面语在表达或书写时，从思维到形成书面语的过程中，不可避免地存在着语言的被选择、被组合和被翻译的因素，力求语言的优雅化和纯净化，因而语言也就有了被规范、被公度的危险。而口语则更为日常化和生活化，与生活同质同构，因而也就具有一种在场性、直接性和私语性特点。

"第三代"诗歌非常重视诗歌语感的生成，"非非"诗派的周伦佑认为，语感先于语义，并且高于语义，是诗歌语言中的超语义成分。如"一张是红桃 K／另外两张／反扣在沙漠上／看不出是什么／三张纸牌都很新／新得难以理解／它们的间隔并不算远／却永远保持着距离／猛然看见／像是很随便的／被丢在那里／但仔细观察／又像精心安排／一张近点／一张远点／另一张当然不近不远／另一张是红桃 K／撒哈拉沙漠／空洞又柔软／阳光是那样刺人／那样发亮／静静地反射出／几圈小小的／光环"（杨黎：《撒哈拉沙漠上的三张纸牌》），这首被认为是"非非"诗派的"冠鼎"之作，完全是依靠语感的持续滑动进而生成干净、舒缓、张弛有度的语流，一切都是客观

---

① 于坚：《诗歌之舌的硬与软：关于当代诗歌的两类语言向度》，陈超编：《最新先锋诗论选》，河北教育出版社 2003 年版，第 414 页。

状态的自动呈现，无意义所指，完全符合"非非"诗派的"前文化还原"的诗学主张。"他们"诗派的于坚认为，生命被表现为语感，语感是生命有意味的形式。韩东提出：诗人语感一定和生命有关，而且全部的存在根据就是生命。[①]"月亮/你在窗外/在空中/在所有的屋顶之上/今晚特别大/你很高/高不出我的窗框/你很大/很明亮/肤色金黄/我们认识已经很久/是你吗/你背着手/把翅膀藏在身后/注视着我/并不开口说话/你飞过的时候有一种声音/有一种光线/但是你不飞/不掉下来/在空中/静静地注视我"（韩东：《明月降临》）。诗歌通过平实的语言营造出一幅晴朗淡雅的画面，在冷静的叙述中，创生出一种透明、纯净的语境，显得格外亲切自然。"回到隐喻之前"的具有鲜活和流动感的诗歌口语，消解了以前加诸事物形象之上的沉重话语负载，让人领略到一种独特的诗歌审美。

新世纪口语写作更注意表现生活的具体感和在场感，注重生活的细节、碎片和局部化展示，充分发挥语感在诗歌写作中的作用。"她不停地发短信/诉说紧张与繁忙/压力与厌倦/以及家庭堤坝上/隐隐的裂痕/有时有自戕意识/渴望被车撞死/有时也渴望比喻/说自己像油快要烧干/每一件事/她都用短信报道/打着记者报道职业的印痕/她诉说/但不接受一点暧昧与暗示/发送者无休无止/接受者毫无动力/你可以不回复/她会继续发送/就像你不存在/就像你只是一只手机/如果你说：你辛苦了，多多保重/她则很快回复/谢谢你关心……有时她还会说/我把你永远删除/让我十分惊喜/可是一天不到/短信再次降临/她说，你这样的真朋友/真是来之不易"（马铃薯兄弟：《孤独》）。诗歌语感流畅自然，语调略略显示出一种因为心理烦躁而呈现的急切，一气呵成，毫无滞涩之感，并且将人的内在心理感受充分展示出来，做到诗歌语言、语感与日常感受同构。"语感就是要传达出说话人的心理情感"[②]，诗歌语感在当下时代已经不再是单单依附于诗歌字面之上可有可无的附属品，而是被认为与生命同构，可以抵达事物本真的几近自动的言说。[③]尤其在口语写作中，语感已经成为判定口语诗歌写作优劣的重要标准之一。相较"第三代"诗歌的口语化写作而言，新世纪口语诗更贴近日常生活，世俗化的、现世的、琐碎的、庸常的生活

---

① 于坚、韩东：《太原谈话》，《作家》1988年第4期。
② 石天河：《广场诗学》，西南师范大学出版社1994年版，第201页。
③ 陈仲义：《扇形的展开——中国现代诗学谫论》，浙江文艺出版社2000年版，第194页。

成为口语诗歌的重要表现领域。"第三代"诗歌口语写作,语感的生成往往借助于使用某种特定的物象,如杨黎《撒哈拉沙漠上的三张纸牌》中的"纸牌"、《高处》中的符号 A 和 B,韩东《从自然石头间穿过》中的"石头"、《明月降临》中的"月亮",朱文《机械》中的"砖头"和"玻璃",于坚《一枚穿过天空的钉子》中的"钉子",等等,尽管这些诗歌有些不仅仅在于追求诗歌的语言快感,而是从中探索某种哲理,但总体来说,诗歌所表现的领域还是离生活远了一些。新世纪口语诗歌则更关注日常生活,关注庸常人生的烦恼与困境,因而,诗歌更具有一种贴近人生的"灵气"和活力。"准备睡觉/睡之前还要照镜子/这是一天中/最后在镜中看自己/之所以要照镜子/无非是想在梦中/认出自己/不至于靠辨认胎记/之后/洗脸/把脸擦干了/拍上收缩水/还要梳头/老习惯/长发中分/走进卧室/把头发扒拉向一边/顺枕头放下/躺下的时候要轻/把睡衣的皱褶抚平/双手抱在胸前/之后/之后/闭上眼睛/等/等/等"　(唐果:《日落之后》)。诗歌既没有陷入语晕的迷宫,也没有远离生态的矫情饰意,而是将语言和生命状态通融合一,在平淡无奇的语晕中流露出些许的生命无奈之感。口语诗歌贴近、表现日常生活,不能只限于生活现象的简单罗列,也不能只是"冷风景"的叙述,更不能借助口语完成某种感官的宣泄,而是要真正融入生活之中,需要一种有热度的交流,既要表现出凡俗化生活的本真状态,也要对其进行意义的探询,避免诗歌陷入能指的混乱无序中。"在低矮的平房前/一家人围着一张矮桌子埋头吃饭/儿子往衰老的父亲母亲碗里夹菜/儿子往妻子和女儿碗里夹菜/小小的女儿搬着她的小矮凳/颤颤巍巍,到爷爷奶奶那里坐坐/到爸爸妈妈那里坐坐/是啊,要到处坐坐/她的小小的衣服晒在太阳里/使岁月近了,使岁月远了"　(心芳:《一家人》)。诗人没有更多地介入场景,而是以充满柔情的目光注视着一家人的温馨生活。尽管没有任何评价,但是在貌似客观冷静的叙述中,我们可以触摸到诗中的每个人,也包括诗人在内,其内心深处温润的情感。尤其是略显"絮叨"的口语,完全符合小家庭平凡碎屑的生活本质,真正实现了语感与生活、生命同构的诗学理想。"我要把空水缸装满水/母亲已经叮咛三次了/我还要运回一车青草/然而首先要做的是/必须在下午三点以前/从乡卫生站取回老父的验血报告/如果有什么严重的情况/必须在天黑之前给远在兰州的大哥/写一封关于父亲身体状况的快信/好让大哥马上寄钱回来/我已经备好了母亲做晚饭的干柴/再有一个月我就高中毕业了/我不打算参加高考了/这是我心里的想法　从来没对人说过"（白庆国：《下午》）。读此诗犹如一种倾听，它所倾诉的苦闷和无奈足以感动每个人。诗歌没有任何技术上的精雕细琢和炫耀，完全是口语化的内心独白，却将一个面临人生选择和即将承担家庭重担的人的心理展示得淋漓尽致。有条不紊的"无风格"叙述恰恰融入了无尽的抒情。"秋天了，妈妈/忙于收获。电话里/问我是否找到了工作/我说没有，我还待在家里/我不知道除此之外/我还能做些什么/所有的工作，看上去都略带耻辱/所有的职业，看上去都像一个帮凶/妈妈，我回不去了，您别难过/……这首诗，要等您闲下来，我/读给您听/就像当年，外面下着雨/您从织布机上停下来/问我：读到第几课了？/我读到了最后一课，妈妈/我，已从那所学校毕业"（朵渔：《妈妈，您别难过》）。并非所有的口语都可以入诗，毕竟它还是一种非诗性的、原生的、粗陋状态的语言，需要经过打磨、加工方可成为诗性的、具有诗歌语感的语言。朵渔对诗歌语言的把握能力可谓炉火纯青，将一种生活口语转化为极具可读性的诗歌语言，平平淡淡、不事张扬中却蕴涵无数深情。

正如臧棣所言："现代诗歌的写作，与其说是全面地摧毁现存的语言系统，不如说是对现存的语言系统的巧妙的周旋、适度的偏移和机警的消解，以期为它自身特殊的感受力寻找到一个话语的寄存处。"① 口语为当下日常主义诗歌写作提供了非常便捷、高效的语言通道，口语自身所特有的律动和生气成为表现凡俗化、平庸化生活最恰切的语言方式，同时也为阅读者提供了理解生活和生命意义的全新视界。

三　口语写作策略的转移

新世纪口语诗歌写作深度介入生活，表现了普通人凡俗化的"七情六欲"、喜怒哀乐，因而更能准确地传递口语的真髓。同时口语写作也因为表现策略的转移，即口语诗歌卸下曾经承载的某种理念和文化历史的重负，而呈现出一种洁净、剔透、随意、轻松的诗意状态。此前的口语诗歌在某种意义上说，依然承载着后现代主义反叛、颠覆、断裂的文化理念，不仅包括像"非非"诗派那样追求语言的"前文化还原"，使语言进入一

---

① 臧棣：《后朦胧诗：作为一种写作的诗歌》，陈超编：《最新先锋诗论选》，河北教育出版社 2003 年版，第 435 页。

种无语义指涉的游离状态，凸显诗歌语言的语音和形象成分，还原诗歌的
"声音"本源；而且包括像韩东、于坚式的刻意强调诗歌返归本体，规避
诗歌成为意识形态遮蔽下的附庸或是其衍生物，以期达到"诗到语言为
止"的诗学理想。诗人伊沙则是通过诗歌颠覆社会文化形象、解构崇高
和英雄意识，在口语诗歌写作中显得非常另类因而独树一帜。也就是说，
口语诗歌在很长一段时间内都承载着一种诗歌理想和诗学观念，如蓝马的
《胶布》、杨黎的《高处》、于坚的《零档案》、韩东的《有关大雁塔》以
及伊沙的《车过黄河》等，都因为一种"前文化"或"反文化"书写策
略而成为一个时代的口语诗歌标志。"结结巴巴我的嘴/二二二等残废/咬
不住我狂狂狂奔的思维/还有我的腿/你们四处流流流淌的口水/散发着霉
味/我我我的肺/多么劳累/我要突突突围/你们莫莫莫名其妙/的节奏/急待
突围/我我我的/我的机枪点点点射般/的语言/充满快慰/结结巴巴我的命/
我的命里没没没有鬼/你们瞧瞧瞧我/一脸无所谓"（伊沙：《结结巴巴》）。
这种"口吃"式的语言，不仅是诗歌语言的实验，更有一种文化的反讽
意味。挣脱、突围文化的束缚和桎梏，完成个人的狂欢，这不仅是诗歌的
命题，更是一个时代的命题。

　　新世纪已然没有了这种颠覆、反叛文化的历史使命，逐渐放弃先锋诗
歌的激进姿态，进入一种日常生活的常态化书写，因而口语诗歌写作更具
有一种超越文化的轻松与自由，在凡俗生活与生存中构筑诗意。"太阳没
出来我就到了/一直蹲在草垛后面/你说谁家没有几门穷亲戚/这话可真好，
虽说是穷帮穷/可我真不好意思再上门了/上次我向你家要了两升黄豆/想
磨几板豆腐卖/只可惜叫驴子全偷吃光了，结果/那驴日的也撑死了/你看
我这次就没骑驴，我是走着来的/太阳没出来我就到了/一直蹲在你家草垛
后面呢"（朱庆和：《谁家没有几门穷亲戚》）。被窘迫的生活逼迫得无奈，
再次登门求助又难以启齿，诗歌展示了一个为生活所迫的求助者的无奈而
尴尬的心理，可谓细腻、深刻又动人心魄。诗歌流溢着对底层人们生活的
无限同情，也许只有经历过这种生活的人才能有如此深刻的把握。尤其是
将口语与被叙述者的身份、心理特征结合得如此紧密、天衣无缝，充分体
现出口语在诗歌写作中的艺术魅力。介入生活现实、关注社会民生，是新
世纪诗歌最为鲜明的特征。口语诗歌写作同样如此，放弃诗歌的空泛理念
承载，放下诗歌先锋的身姿而俯就平凡的日常生活，感知并表达生存世界
的诗意。口语因走近生活而变得愈发的鲜活而充满生机。"亲爱的，我们

是在与一套房子为敌/小城有那么多的楼房/我们只要其中的一套/哪怕是底层，冬天晒不到阳光/亲爱的，这些都不要紧/重要的是我们拥有一套房子/居住在自己的房子里生活/有一张床可以做爱/有一扇窗可以听雨/有一间客厅可以大声争吵/争吵到天亮也没有人来管/吵到我们都累了！亲爱的/我们抱在一起痛痛快快地和好"（吴跃斌：《与一套房子为敌》）。拥有一套可以安居的房子是许多人的梦想，可居高不下的房价却让无数人成为"蜗居"的"蚁族"。诗歌中充满着一种热望，也是一种同情，更是对社会现实无奈的批判。生活化的口语表达没有任何阻滞的感觉，一气呵成，流畅自然。"离结婚只剩下九天/他把跟随他二十年的一只手/在一秒钟丢进机器里/让另一只手为今后的日子/突然尴尬起来/我问及事发的现场/讲起的情景煞是恐怖/他用自己健康的右手/握住自己模糊的左手/一个劲地说/我的老婆没有了"（一回：《工伤》）。失去身体的一部分也就意味着失去了一种生活，这种代价着实巨大得令人心痛。诗歌没有运用任何技巧，只是一种平静地叙述，但是其中却蕴含着无尽的同情与悲悯。当下的口语诗歌写作，大都追求一种"无技巧"写作，口语往往都是简单平凡、不加修饰的日常用语。运用起来总是凭着一种语感和直觉，这正是口语诗歌鲜活有力的源头所在。当然，这种不着痕迹的"无技巧"也是诗歌技艺中的一种，没有真正意义上的"无技巧"，只是在当下诗歌写作都异常重视技巧的时代，"无技巧"写作更能让人领略到诗歌语言的鲜活张力，"不着痕迹，尽得风流"是一种高境界，更是口语诗歌探索追求的方向。

当下口语诗歌写作早已没有了 90 年代末"知识分子写作"与"民间写作"那种二元对立时的截然分野，很多口语诗歌既不"知识"也不"民间"，已然超越了简单的"知识分子写作"和"民间写作"的粗暴区分，逐渐走入融合互补两大资源的创生时代。因为人们早已清楚地认识到，简单地区分"知识"与"民间"，只会加重诗坛的"帮派化"分裂，不可能提供有价值的诗学思想和美学向度，同时也消散、拆解了诗歌建构的努力，对当下诗歌写作没有任何意义。口语诗歌模糊"知识"与"民间"的对立，并非诗人们有意为之的，而是诗歌写作的一种自然"进化"过程，是诗歌流变不居的命运使然。"当时我喝水，喝到肚子接近爆炸，两腿酸软/让小腹变薄、变透明，像我穿的乔其纱/这样便于仪器勘探到里面复杂的地形/医生们大约以为在看一只万花筒/一个女人最后的档案，是历史，也是地理/报告单上这些语调客观的叙述性语言/是对一个女人最关键部位的鉴定/像一份学生时代的操行评语/那些数字精确、驯良/暗示每个月都要交出一份聘礼"（路也：《妇科 B 超报告单》）。很难说，这样的诗歌到底属于"知识分子写作"还是"民间写作"。既有"知识分子写作"那种对复杂经验的精确处理、把握，以及在叙事中对词语的选择、修饰的讲求，也符合"民间写作"那种置身存在现场、注重细节，于凡俗化、平庸化的日常生活中提炼诗意的写作路径。"今夜不开电视/不开灯/把黑暗坚持到底/关手机/请勿打扰/一个人在自己家里伸手/不见五指

练习做贼/贼头贼脑说明/贼有头脑/真有头脑/我就能在天亮前/偷出自己/说明还有贼/说明贼还行"（老巢：《把黑暗坚持到底》）。以往在所谓的"知识分子写作"文本中经常看到的睿智、哲理、小思想、自我反省等元素，老巢却用非常口语化的、略带戏谑调侃的语言展示出来，机智幽默中不乏一种人生的思辨。

纵观口语诗歌写作的历程，它既有 80 年代"非非"诗派营构单纯、透明的纯语言境界，异常重视语感生成的探索，也有"他们"诗派"回到事物本身"、介入日常生活、刻意强调凡俗化的文本写作，更有 90 年代伊沙式的解构文化及传统观念的口语狂欢。这些写作构成了新世纪之前口语化写作的主体，是推演着口语写作不断前行的动力。新世纪以降，口语写作突然出现"全民狂欢化"的局面。这种狂欢化局面肇始于世纪初的"下半身写作"，经由"梨花体"事件的强化，并且借助网络平台，犹如注入兴奋剂一样，突然演变为一场全民式的口语诗歌"爆炸"与狂欢。霎时狂风骤起、泥沙俱下，诗坛昏天黑地间让人难辨优劣。有人据此认为"诗歌复兴指日可待"，也有人对此提出批判、反对的意见，指出诗坛乱象不值得喝彩，粗浅鄙陋的"口水诗"不是真正的口语诗歌，任其发展则诗歌岌岌可危。当时间的距离稍稍拉长，蓦然回首这场口语诗歌的狂欢表演发现：当诗歌陷入一种"非常态"书写、诗歌中某些元素被无限度放大时，带给诗歌本身的绝不是机遇和福音，而是诗歌即将陷入僵死状态的前奏。20 世纪 50 年代的"大跃进诗歌"、60 年代的"政治抒情诗"以及 80 年代的"朦胧诗"意象化写作等，都因为极端强调某种写作内容、规范以及"全民化"运动，而陷入诗歌写作的"死胡同"。新世纪口语诗歌写作同样如此，尤其在网络中，充斥着无可计数的庸俗肤浅、粗制滥造的诗歌，严格地说，这样的诗歌并非真正意义上的诗，只能称作是"口水诗"或"文字游戏"。写作已经放弃精神、责任和道义的担当，大都属

于生理、心理冲动的恣意宣泄，无深度、无意义、无价值，解构崇高、消解优雅、放弃艺术。或是在匿名隐身下的肆意撒野、激情谩骂，"灌水"、"拍砖"无所不用其极；或是在实名下的信口开河、滥竽充数而沽名钓誉，真正严肃的诗歌写作并不多见。应该说，"临屏写作"最大的优势在于写作、发表一体化，这的确可以带来诗歌灵感的迸发，在没有任何限制约束的情况下，轻松自由的状态极易调动诗情。因此，网络诗歌总是良莠互现、参差不齐，既有重视诗歌艺术技巧的上乘之作，也有简单平庸的粗制滥造。"太精彩了/实在是太精彩了/我坐在地球这个冷板凳上/看着这超宽银幕的世界/忍不住率先鼓起掌来/却没有人响应/整个宇宙间/也就只有我这两只巴掌/像上帝的眼皮/眨巴了几下"（轩辕轼轲：《太精彩了》）。像这样兼具哲理思辨和干净流畅口语的诗歌，在浩如烟海的网络诗歌中实属佳品，既有无拘无束的意识和精神深度，又有诗歌想象力的自由呈现。"我正年轻，我坐在/椅子上，深深体会到/我现在正年轻，即使/我从椅子上站起来/依然能够深深地体会到/那种年轻的感觉，这/说明不了什么问题/我正年轻，即使我已经感觉不到了/也依然得年轻下去/目前的情况，就是这样的/这说明不了任何问题"（李红旗：《我想在年轻的时候，写一首年轻的诗》）。对青春的自我反思，没有任何的矫揉造作，诗意的提炼得益于"元诗歌"写作技巧，文本与思想结合得天衣无缝。相反，许多口语诗歌却表现得不尽如人意，严重一点说，甚至毫无诗意可言，只是一种"伪诗"和诗歌垃圾。如"天上的白云真白啊/真的，很白很/白非常白/非常非常十分白/特别白特白/极其白/贼白/简直白死了/啊——"（乌青：《对白云的赞美》）。如果说这首诗是对泛滥抒情的"颂诗"的解构或戏仿的话，那么未免离那个时代太遥远了。它只是罗列可以对"白"进行"赞美"的副词，但也只是一种语言的"同义反复"而已。既没有"非非"诗派那种与意象抗衡、放弃外在修辞的"反诗歌"冲动，也没有诗歌语感的建构经营，读后不会给人留下思索和想象的空间，这样的"泛诗化"写作委实是对诗歌的一种伤害。"小丽的母亲打来电话/我说她不在我这里/小丽的朋友也打来电话/我说她没来过我这里/我主要是想说/小丽昨天的确是在我这里/但她不让我说/后来她走了/我真的不知道她去了哪里"（马策：《小丽失踪了》）。诗歌全部的要义只是叙述中间的一个看似"转折"的转折，除此之外，毫无诗歌叙述所带来的想象张力，手法着实过于简单粗放，更谈不上口语的流畅生动。

　　新世纪口语诗歌写作一部分走在"净化"的道路上，用口语锻造凡俗化生活的诗意，介入生存和生命体验，提升口语诗歌的品质，"用最没有诗意的语言写出最富有诗意的诗歌"（安石榴语），不造作、不伪饰、追求口语的节制、准确以及深刻，是口语诗歌写作得以存在、发展的主力方向；而另一部分却滑向了"泛诗"的泥潭，庸俗浅陋的语言大肆泛滥、恣意挥洒，游戏狂欢化写作而诗歌美感顿失，有道是"欲其灭亡，先令其狂"，在种种拒绝诗歌意义、消解崇高优雅、淡出道德取向的伪"后现代主义"的掩映下，暴露出的必然是走向不可挣脱的灭亡命运。新世纪口语诗歌写作中的"净化"与"泛化"的双向推进历程，还将持续很长一段时间。但是当整个诗歌写作变得越来越成熟、时代语境也愈加纯化的时候，诗坛以及读者究竟会选择什么样的口语诗歌，我想，这是不言自明的。

　　新世纪诗歌的艺术创新总体来说，是在前人开创的诸如意象、叙事、口语等诗歌技艺的基础上进一步补充、完善和提高，诗歌技巧更加娴熟、圆润，虽说缺乏一些具有原创意义的新诗歌技艺，但是其中的"新质意象"、"语词"叙事、新口语写作等，从某种意义上来说仍然具有一种原创的意味和品质。"今天的真正先锋派不是那些绝望地试图创作缺乏形式的以及与真实生活相融合的作品的艺术家们，而是那些在形式的苛求面前不退缩的艺术家们。"[①] 新世纪诗歌对技艺的重视绝不亚于此前任何一个时期，众多诗人在写作中慢慢打造属于自己诗歌技艺的"独门暗器"，于坚的方言写作、马永波的"复调"叙事和"伪叙事"、伊沙的"解构式"口语写作、赵丽华的日常口语、安琪的跨文体写作、朵渔的深邃而平实的叙述、祁国的反讽、王小妮的散淡述说、翟永明的戏剧体、臧棣的心理分析、侯马的意象、潘维的色彩、蓝蓝的交谈式独白等，从某种意义上说，技艺已然超越内容，成为诗人的标识。"重视技艺，并进而自觉地协调诗歌写作进程中的时间节奏、空间结构、词汇旋律、意象色泽、语体风格、修辞手法、词义重量诸方面因素，把主体情怀和心智充分文体化，把个人内心隐秘的气息通过艾吕雅咏唱的'公共的玫瑰'散发出来，这直接关涉到写作个体从选题到操作上对写作界

　　① 马尔库塞：《作为现实形式的艺术》，伍蠡甫、胡经之主编：《西方文艺理论名著选编》下卷，北京大学出版社 1987 年版，第 719 页。

限的清晰认识和对写作节制的采纳。"① 新世纪诗歌不仅加大了对现实
介入的力度，而且更加注意这种"介入"的诗性言说，由本色、真实
转化为具有更高内涵的"诗态"表达。消解为抒情而抒情的浮泛，摒
弃为想象而想象的空洞，使诗歌在注重细节丰富性的同时，不再成为炫
技性趣味的集散地，注意对事象与意绪的诗性创化。经过对经验层次和
诗歌技艺更为自觉的梳理和反省，新世纪诗歌提升了表现的纯度，因而
变得更加温暖、清晰和有力。

---

① 胡续冬：《在"亡灵"与"出卖黑暗的人"之间》，陈超编：《最新先锋诗论选》，河
北教育出版社 2003 年版，第 97 页。

第五章

新世纪诗歌的问题与局限

新世纪诗歌在争议不断、聚讼纷纭中已然走过了 10 年历程。在这弹指一挥的 10 年间，诗歌不经意地留下了无数的辉煌，同时也遗留了短时间内无法解决的诸多问题，"娱乐化和道义化，边缘化和深入化，粗鄙化和典雅化，一切都呈现为对立而又互补的态势"①。这些辉煌与遗憾构成了新世纪诗歌复杂而难解的局面，具体表现为诗歌精神的沉沦与挣扎、诗歌自为与伦理承担的双向纠结、消费语境中的放逐与出逃、诗人辈出却难觅大师、诗歌文本灿若星河而精品寥寥、诗歌常态书写与非常态书写的转换失衡、诗学主张众多几近失范、诗歌负面事件频出令人厌烦、诗人心态渐趋浮躁难见沉潜之气，等等。新世纪诗歌正是在悖论与争议之中艰难前行的，既让人们看到了诗歌复兴辉煌的希望，又留存着深深的戒备与担忧。试想，这些问题如果不加以解决，诗歌将永远无法回到健康的发展轨道之上，这是新世纪诗歌无法回避的使命。

第一节　诗歌精神的"轻"与"重"问题

诗歌作为"求真意志"最为先锋的体现者之一，毫无疑问应该坚定而执着地完成"对当代噬心主题的介入和揭示"（陈超语）的使命，完成诗歌对当代题材的处理。然而，从 90 年代"个人化写作"确立以来，诗歌隐藏在"个人化写作"招牌下，自我情感经验无限度地膨胀，拒绝诗歌意义指涉，丧失诗歌精神建构的勇气与责任感。"敏锐的诗人会发现，近年大量的先锋诗歌从调性到具体的个人语型，都发生了大规模迁徙。历

---

① 罗振亚：《与先锋对话》，吉林出版集团有限责任公司 2009 年版，第 160 页。

史的错位似乎在一夜间造成巨大缺口，尖新紧张地楔入当代生存的诗已不多见，代之以成批生产的颂体调性的农耕式庆典。在本体上自觉于形式，在个人方式上靠近沉静、隐逸、自负的体面人物，是这些诗的基本特征。这像是一种'正统类型'的现代诗。中国士大夫的逍遥抒情再一次被重新忆起，演绎，仿写，纂述。诗歌据此成为美文意义上的消费品，或精致的仿古工艺。"① 新世纪诗歌在某种程度上顺延了 90 年代的这种写作风气，诗歌畅游在个人或自我的小天地之中，牺牲掉写作的开放性，沉湎于诗艺的锤炼与精神的离心历险，自我放逐对社会题材领域的敏感，放弃以道德和良心为依托的话语立场，诗歌不再是锋芒毕露的艺术利刃，而多了许多人为的修辞制作的特征。

一 诗歌精神的旁落

毫无疑问，新世纪诗歌正处在一种精神挣扎的困境之中，具体来说，就是诗魂在变轻，缺乏精神的"重度"。很明显，这种状况始终存在着，并且大有愈演愈烈之势。诗歌文本不可计数，然而却很难发现颇具诗歌精神"重度"的作品，绝大多数诗歌属于碎片化、私密化的个我情绪的抒发与阐扬，处理现实题材的能力不仅弱化，甚至是失语的。

究其根源，诗人写作心态的变化导致了诗歌从曾经的文学中心地位旁落，不可避免地滑向边缘化的深渊。而诗人心态的转变又源于当下时代语境的变迁。毫无疑问，在商业化的语境之下，大多数诗人深受其影响，见"利"而忘"义"，趋之若鹜般投身于花样百出的诗歌活动之中，失却诗歌沉潜写作的耐心与意志。很显然，先锋诗歌写作是一种"终极性"境界，需要诗人以一种"不以物喜"的独立而超然的心境，甚至是生命的代价才能完成的。而当下众多诗人恰恰失落了这样的写作意志，无意深入现实的"重大题材"，以一种"明哲保身"的态度刻意回避，自我压抑和屏蔽介入现实、处理现实题材的冲动，完全丧失了知识分子的社会责任感。爱德华·萨义德曾主张："知识分子代表的不是塑像般的偶像，而是一项个人的行业，一种能量，一股顽强的力量，以语言和社会中明确、献身的声音针对诸多议题加以讨论……今天对于知识分子特别的威胁，不论

---

① 陈超：《求真意志：先锋诗的困境和可能前景（节选）》，陈超编：《最新先锋诗论选》，河北教育出版社 2003 年版，第 1 页。

在西方或非西方世界，都不是来自学院、郊区，也不是新闻业和出版业惊人的商业化，而是我所称的专业态度（professionalism，也可译为职业态度）。"① 尽管许多人并非是职业诗人，但是诗人作为知识分子的一员，理所应当担负起社会精神和理想建构的责任，而不是游离于社会之外，全身心地投入"个人诗歌知识谱系"的营造之中。唐晓渡曾经这样界定"个体诗学"的特征："其特质并不在于理论上的新颖独特或宏大严整，而在于可以有效地处理诗人感兴趣的主题和题材的实践品格；不在于某一诗人公开表述自己的诗歌观点时参照常规诗学提出的或激进或保守的原则主张（更不必说是关于诗歌的宣言了），而是在于能够参证其作品加以辨识，但在实际写作过程中往往具有随机性和难以言传的私密性的具体诗歌方法：语言策略、修辞手段、细节的运用、对结构和风格的把握，以及其他种种通过语词的不同组织，迫使'诗'从沉默中现身的技巧。"② 应该说，"个人化写作"对90年代诗歌回归写作本身、以个人立场发出属于自己的独特声音、注重诗学建设方面具有非凡的意义。但同时也应该注意到"个人化写作"不能作为回避社会良心、逃避现实责任的托词，不能因此放弃知识分子的"职业道德"，降低、减损诗歌的精神高度与"重度"，这是诗歌无法接受的，尤其是在中国的文化语境中，更是诗歌得以存在的基础。中国诗歌虽然历来存在着两种基本的评价体系，即"出世"与"入世"，但"入世"一直是作为核心价值而存在的。诗歌中即使有强烈的"出世"情怀，也总是或隐或显地存在着社会现实的影像和元素，这不仅是一种诗歌评价体系，更是中国诗歌创作的真实状态。遍数中国现代主义诗歌会发现，即使作为西化特征比较显著的"现代诗派"、"九叶诗派"和"朦胧诗派"也没有在现代化过程中丧失诗歌的古典精神。戴望舒的《狱中题壁》和《我用残损的手掌》，艾青的《大堰河，我的保姆》，杜运燮的《追物价的人》，袁可嘉的《上海》，以及北岛的《履历》，舒婷的《祖国啊，我亲爱的祖国》，梁小斌的《中国，我的钥匙丢了》和《雪白的墙》等，都是先锋诗歌中的经典之作，都是以一种现代的、个人化视镜承担起非个人化的情感，将自己的情绪抒发依托在坚实的

① ［美］爱德华·萨义德：《知识分子论》，单德兴译，三联书店2002年版，第65页。
② 唐晓渡：《90年代先锋诗的几个问题》，陈超编：《最新先锋诗论选》，河北教育出版社2003年版，第237页。

现实基础之上，并没有因为现实的丑恶或生存的艰辛选择逃避，而是表现出对现实生活的关注。同时，这种忧国忧民的意识也没有因为现代主义的极端个人化追求的影响而显现出些许的损耗，反而在现代主义精神的浸润之下得到了高度的强化，因为现代主义的核心精神是一种民本主义，而这种民本主义已然被中国的诗人们进行了"本土化"改造，调适为一种个体与群体、个人与社会无法割裂的平衡关系，这就是先锋诗歌得以在中国绵延存在的原因之一。

二 诗歌物化的迷失

诗歌作为中国当下文学艺术中最具创造性和生命力的门类，近些年来也随着社会商业化、市场化转轨，出现了被物化的现象。不仅诗歌的"精神生活缩减到零度以下"（陈晓明语），而且沾染了许多"铜臭气"。新世纪以降，诗坛频频传出有关诗歌文稿拍卖的消息，如 2007 年苏菲舒在北京论重量叫卖他的长诗《喇嘛庄》，重量足足有 1 吨，标价"500 克百元"。接着，"首届中国汉语诗歌手稿拍卖会"举行，苏菲舒的《十首关于生活研究的诗》拍得 30 万元，李亚伟的《青春与光头》拍得 11 万元，而《中文系》拍价更是高达 110 万元。正当人们再次为"诗歌复兴"而"欢欣鼓舞"时，随即传出这位"神秘购买者"竟然是诗歌拍卖会的筹划者之一的消息，再次让所有"欢欣鼓舞"者"大跌眼镜"。诗人伊沙对此的评价是："这活动听起来挺有吸引力，很新颖，但是人都很理性的，现在诗歌是冷点，我也是理性上支持，拍卖的目的也是为了诗歌的发展，用这样的方式刺激大家，制造热点，诗歌才能吸引来大家的关注。"①应该说，伊沙一语道破了所谓"诗歌拍卖会"的真实目的，就是一种制造新闻热点的炒作，以此吸引大家的"眼球"。诗歌在当下时代处于"无人喝彩"的边缘化地位是不争的事实，但问题是，如果一味地依靠"非诗化"的商业炒作来唤起人们的关注，让诗歌沾染上商业化的"铜臭"，那么这样的举措对诗歌来说意义究竟有多大？依我看来，是"得不偿失"。文学艺术品有商业价值，这是人们都理解和接受的，但是文学艺术品对于人类来说，作为社会文化进步的"足迹"与见证，是整个人类的

---

① 伊沙语，见张琪《诗歌手稿拍卖 怎么看都像是闹剧》，《中国文化报》2000 年 11 月 6 日第 5 版。

精神财富，其艺术审美价值要远远高于其商业价值。但是在商业化时代，仿佛一切都可以进行"货币量化"，都可以折算成金钱。正所谓"天下熙熙皆为利来，天下攘攘皆为利往"，诗歌也不能幸免，同样陷入"金币"写作的漩涡之中，在商品化社会里随波逐流。另外，新世纪诗坛出现了一种"新归来写作"现象，也就是一些诗人曾经一度中断诗路，投身商海，赚得盆满钵满之后，又重新回到诗歌写作的行列中。一方面，这些诗人的回归对诗歌来说是一种福音，毕竟有些诗人早年间已经蜚声诗坛，重操旧业无疑为新世纪诗歌增添了一分力量。并且这些商界"成功人士"的确为诗歌传播做出了很大贡献，或是出资创办诗刊，或是设立诗歌奖项，或是赞助诗歌活动，这些贡献是有目共睹的。但另一方面，"新归来诗人"带给诗坛的冲击力也是巨大的，它让人看到当下诗歌的一个侧面：诗歌也离不开金钱。我们没有理由否认"新归来"诗人们深深的"诗歌情结"，但却有理由相信诗歌所面临的窘迫。诗歌写作不再是"皓首穷经"般的殚精竭虑，诗人也不再是社会中最为"穷困潦倒"的阶层之一，在拜金语境下，诗歌与诗人都已经被严重地物化了。一些诗人不再把写作当成自己心灵的净化器，而要变成名利兼收的"提款机"，"著书只为稻粱谋"，诗歌成为一种工具，一种"门面"，一种"谋生手段"，因为他们深刻地领悟到商业化语境中的基本规则：名利相伴，哪怕是用非常拙劣的手法大肆进行炒作也在所不惜。

诗歌不应成为金钱的奴隶，即使是在"没有钱什么也办不成"的时代，诗歌还是应该有一种"坚守"的精神，"筚路蓝缕"也许就是诗人永远挥之不去的命运。同时诗人也应该珍惜自己的"桂冠"，把诗歌交给"缪斯"而不是财富女神"普露托"。唯其如此，诗歌才真正有希望，而不是在商业化语境中"如鱼得水"般地游戏诗歌。

三　狂欢语境中的自我放逐

新世纪诗歌诗魂变轻的状况，不仅导源于当下时代商业大潮的无情冲击，而且也和所处的文化语境有着直接的关系。毫无疑问，新世纪诗歌因为深受后现代主义文化的浸染，狂欢化、娱乐化、游戏化特征非常鲜明。"肉身写作"、"垃圾写作"、"荒诞写作"等"无厘头"风气弥漫着整个诗坛，其巨大的负面效应加剧了诗歌的浮躁、泛诗化倾向，给新世纪诗歌的发展所带来的恶性影响是显而易见的。"某些极端——例如'自动、半自动'的'脱口'倾向，平面堆砌的现象学趣味，复制拼贴的简易操作，尤其是'分行的说话'，成了诗歌行之有效的通行证。"① 新世纪诗歌因为网络平台的介入与参与，其狂欢化特点更是展现得淋漓尽致。无以计数的诗歌仿佛如"大跃进民歌"运动一般，"一夜春风，万树梨花"，全民皆诗的局面蔚为壮观。可是，其中又有多少是严肃写作呢？对当下诗歌建构究竟有多少意义呢？这是十分令人怀疑的问题。看似多元化的语境催生出无数的多样化诗歌文本，丰富了当下诗歌的写作局面，但实际的正面作用却是微乎其微，甚至是反向作用大于正向意义。在大众文化消费语境下，文学艺术高雅与媚俗之间的界限基本上被抹平了，原本属于"阳春白雪"、"曲高和寡"的先锋艺术，经由大众文化的特殊"打磨"处理之后，变得锋芒全无，完全成为连普通大众都可以接受的文化消费品。粗制滥造的诗歌加剧了诗坛心态的浮躁膨胀，使得原本复杂而艰难的精神流通变得过于简化，诗歌的精神负载阙如，完全没有理性的渗透与积淀，导致"作品呈现出太多的即兴的一面，太多的飘忽与伪抒情，'为赋新诗'式的激情，以及太多的嬉皮状与痞子相，太多的仿作，太多的形式感的东西"②，诗歌伦理在无数缺乏冷静反省、随意而粗糙的游戏文本的冲击下荡然无存，诗魂之轻令人无法承受。类型化的自我复制之作或是仿作，推拥着诗歌滑向非诗的边沿，也推向了毁灭的危险境地。这绝非危言耸听之辞，看似繁荣的诗歌时代从某种意义上说，离退出历史舞台的时间已经很接近了，历史上的"大跃进民歌"、"政治抒情诗"、"朦胧诗"等，其运行轨迹足以说明一切。诗歌的高贵性与严肃性在大众狂欢化语境中日渐稀薄，文化的平均化与同质化逐渐遮蔽了诗歌的自由精神，随之而来的就是诗魂飘忽，毫无重度可言。新世纪诗歌当以史为鉴，及时进行自我反省，淘洗掉诗坛的垃圾之作，坚实诗歌前行的根基，只有这样，诗歌才能实现真正的繁荣与复兴，否则，一切都将成为"浮云流水"。

第二节 "多"与"少"问题的反复纠缠

新世纪诗坛弥漫的这种浮躁的氛围，导致诗歌写作始终处于一种虚华

---

① 陈仲义：《中国前沿诗歌聚焦》，中国社会科学出版社2009年版，第97页。
② 朵渔：《需要在黑暗中呆多久：网络诗帖随感》，《诗江湖·2001网络诗歌年选》，青海人民出版社2002年版，第250页。

轻佻的状态之中，诗歌文本不可胜数，而精品寥寥无几，那种让人读后印象深刻、给人以无尽想象、值得深入体会的作品更是屈指可数。诗人无意承诺，诗歌注定无以负载，所谓无拘无束的自由呈现，虽然可以最大限度地将诗人的想象力、创造力充分展开，但毕竟还是因为内容的苍白而显现出一种生命力的疲弱。文学艺术存在着一定程度的游戏性，这是大家都认可的，但是游戏性并不能代表一切，并不能因为一个"游戏性"而以偏概全地否认文学艺术的"载道"功用和意义。游戏并不是"什么都可以"，游戏也要有一定的规则。同样，诗歌也必须在一定的文学艺术的规范之中发展演进，满足某种"力比多"需要的游戏写作并非诗歌的终极价值，一味地倡导写作的游戏性，必定会导致失却庄重崇高的风范，以及深刻的人文价值和审美趣味。新世纪诗歌正是在一种"多"与"少"的对立矛盾中艰难前行着，这也许始终都将是悖论性的存在状态。诗歌发展的历史表明，当一种写作规范占有绝对统治地位时，诗歌就很难出现流芳百世的精品；当诗坛没有任何约束、犹如野草般自由"疯长"的时候，能流传下来的经典之作往往都是那些对抗外界喧嚣而内心平静的沉潜之作。"每一个时代都不缺乏迎合社会趣味的作家。他们会写出一些摹写生活方式的作品，并因此广受欢迎，成为时代生活中过眼烟云式的重要人物。但是，精神的培养，与其说来自时代生活、社会审美趣味，还不如说来自历史，来自时间，来自热爱，来自语言自发和被迫的要求，来自于人的本质、人的环境、自然、生死、爱恨等一系列问题的沉思默想。因此，没有任何一个持有精神立场的作家会对其生存的时代环境感到完全满意。其精神背景要求他向时代生活发言。"① 诗人需要而且必须具有一种"精品意识"，将诗歌写作视为严肃的、神圣的事业，内心充盈着为灵魂写作的高远心怀，同时葆有不为外界喧嚣所动的超然宁静的风度而绝非游戏心态，只有这样，诗歌才有希望走在良性发展的轨道上。

一 活动频出的负面效应

新世纪之所以被许多人误认为是诗歌复兴的时代，在很大程度上受社会上名目繁多、花样百出的诗歌活动的影响。各种诗歌研讨会、朗诵会、

---

① 西川：《写作处境与批评处境》，陈超编：《最新先锋诗论选》，河北教育出版社 2003 年版，第 309 页。

诗集首发仪式、诗人纪念会、诗稿拍卖会纷纷登场，诗碑林、诗墙、诗乡、诗校、诗义演、诗基金、诗漂流、诗医院、诗处方、诗公约、诗歌万里行、诗歌排行榜、诗歌行为艺术等名目繁多，既有国家级的如"春天送你一首诗"活动，也有各地市的"同题诗歌大赛"，规模日趋扩大的诗歌节更是此起彼伏，加之各种媒介广为宣传的各种诗歌颁奖活动，如柔刚诗歌奖、鲁迅文学诗歌奖、人民文学诗歌奖、十月诗歌奖、艾青诗歌奖等，让人们有充分理由相信新世纪诗歌已经从 90 年代的沉寂中昂首阔步地走出来，重新回到文学艺术的中心行列。我们在为新世纪日渐繁盛的诗歌活动击节叫好的同时，也要充分、清醒地意识到，诗歌需要各种活动以促进自己的发展繁荣，但是，频繁的诗歌活动不仅扰乱了诗人平静的生活，更搅动着需要保持的超然心态。诗歌就是在这此起彼伏的狂欢中逐渐失去了自我，失去了很多深沉的气质，不经意之间"为他人作嫁衣裳"，成为某些"政绩"宣传的"免费代言人"。有些诗歌颁奖活动逐渐演变成令人啼笑皆非的闹剧，"追求奖项是当代诗歌一种深刻的奴性，与其他文化种类相比在诗歌已经不具有公共言说能力的时代，追求一种外在的承认则成为他们唯一的写作目的。……伟大的诗歌从不会屈从于任何一种机构或名义进行的各种方式的奖励，他的写作仅是完成一种生命经验的开放，任何对于奖项的追求可能矮化了他的价值追求"①。在这纷纷扰扰的商业化大潮的裹挟之下，诗歌该何去何从？诗人该以什么样的心态去面对？我想，答案是不言自明的。正如诗评家陈仲义先生所言："少数诗人可能搭乘诗歌的礼车，借助诗歌的'踩街'活动，表演做派，以获取名声和其他利益，也因为无条件汇入商业文化大军，充当自鸣得意的诗歌'爆竹'。多数诗人在骨子里还是履行自己的行规和职责，他们对诗歌本身有着坚定不移的诚恳：就是努力写好诗，不为外界诱惑所动。在参与相关的诗歌活动中，他们有自己的守则。力戒哗众取宠，消解'非分之想'，即使受到鲜花与镁光灯的包围，仍保持高度清醒，清醒诗歌的功能'分化'和角色承诺。他们知道，诗歌永无止境的追求，是唤醒心灵、唤醒语言，继续义无反顾的精神历险和语言历险。诗歌那些外在的、浅层的可利用部分，尽可以拿去用，但诗人之'心'岿然不变：尤其那些在底层、民间的写作者们，始终坚守着诗歌的独立品质。这才是诗歌，深层次的'承

---

① 左春和：《"羊羔体"获奖与价值占位》，《星星》（下半月刊）2011 年第 5 期。

载'。只有这样，诗歌才能赢得社会的尊敬，诗人才能捍卫自己的荣誉。"①

二　"大师"情结背后的功利主义

曾几何时，"诗人"这一称谓在社会中就是"无用"的代名词，很多人唯恐避之不及，极力甚至是愤怒地否认自己是"诗人"。然而在当下时代，当时间的"陶轮"翻转过来之后，许多人开始注意自己诗人的"名号"，纷纷抢夺"大师"桂冠，唯恐这一称谓与己无缘。仔细考量会发现，这种状况其实反映出当下诗坛正弥漫着的一股深深的焦虑，也就是说，新世纪以来，诗歌界新人辈出、群星云集，老一辈诗人风采依然，新生代诗人当仁不让，济济一堂却罕逢真正大师级的诗人，没有足以让整个诗界为之敬仰、为之侧目、"唯马首是瞻"的领军人物，大家在各自创生的诗歌领域里奔突前行，虽然也具有原创的意义和价值，并且从朦胧诗、"第三代"、90 年代乃至新世纪诗歌发展中，尽管代际众多、流派纷呈，但是依然没有产生众望所归的诗歌"大师"。也恰恰因为"拳头"诗人的缺失，整个诗界滋生出一股颇为强劲的"大师情结"，或是自我标榜，争名夺利现象此起彼伏。遍数新世纪以来各种大大小小的论争就会发现，论争双方罕有怀着解决诗学问题的真诚态度，短兵相接间弥漫的多是意气之争、名分之争，无论是"第三条道路写作"的分崩离析、"垃圾派"的分道扬镳，还是"垃圾派"与"下半身"之间的论争、沈浩波与韩东之间的"沈韩之争"、伊沙与沈浩波之间的"伊沈之争"等，究其深层原因，都不乏一种诗歌江湖中"名分"争夺的因子，诗人地位的问题远远大于诗学本身的问题，在很大程度上造成了诗坛论争的非理性。学术论争原本应该平心静气地进行对话、交流和商榷，论辩双方彼此地位均等，理论交锋之间不应该掺杂任何私心杂念，这才是真正的学术论争的姿态，唯其如此，方可解决一些诗歌问题。正如 90 年代末的"知识分子写作"与"民间写作"之间的"盘峰论争"一样，"出于为确立自己在 90 年代诗歌史上位置的文学史焦虑，两个'阵营'在利益驱动下，竞相进行狭隘的派系经营和话语权力争夺，功成名就者希望借此巩固在诗坛的霸主地位，边

---

① 陈仲义：《中国前沿诗歌聚焦》，中国社会科学出版社 2009 年版，第 7—8 页。

缘的新贵们欲借此赢得诗坛的确认。"① 新世纪以降，诸多诗歌论争大抵是在这样的心理驱动下进行的，诗学批评的平稳态势被人为破坏殆尽，论争中"帮派主义"和"圈内意识"逐渐浓烈，拉帮结派、集团出击，不断制造事端，将简单问题复杂化或是将复杂问题简单化，尤其是在网络论争中，不断使用"黑客"手段，攻击网站、封杀论坛、屏蔽文章，肆意谩骂，无所不用其极。待硝烟散尽后打扫"战场"时发现，能对当下诗歌有所裨益的理论建树寥寥无几，反倒使诗歌陷入一种窘迫之境，许多论争的参与者也为此结下"仇怨"，得不偿失。

三　批评活力的衰微

新世纪诗歌"多与少"的失衡态势还表现在诗歌批评与研究领域。新世纪以降，各种级别、类型的诗歌研讨会层出不穷，既有对个体诗人进行研究的，也有针对某个群体、群落写作进行总结的，林林总总，数不胜数。应该说，各种诗歌研讨会的举办，对及时总结诗歌或诗人的写作成就、跟踪诗歌发展动态、累积诗歌写作经验，是非常有益的，也是十分必要的。但是，如果诗歌研讨会频繁召开，那就势必会影响研讨会的严肃性和重要性，又真正能解决多少诗学问题呢？这是非常令人怀疑的事情。尤其是对一些个体诗人的研讨会，几乎成为诗人的"吹捧会"，大家热热闹闹，欢聚一堂，觥筹交错之间消散了诗歌批评的严肃性和公信力。诗歌批评已经失去了威力，缺少了锋芒，完全成为朋友之间"默契"的"唱和应答"，已然成为一种交际的手段，这不能不说是诗歌的悲哀、批评的不幸。当下诗歌研究重镇多集中在各类高校中，因此也就形成了较为强势的"学院批评"。提起"学院批评"，人们往往用这一称谓指代那种强调学术规范、缺乏理论创新、带有沉闷学究味道的批评，在当下的文化语境中总是或多或少带有贬低的意思和不屑的语气，甚至可以等同于引经据典、墨守成规的"八股文"写作。客观地说，这种对"学院批评"的诟病与非议并非空穴来风，当下的文学批评界的确存在一些问题，诸如批评实践中过分依赖理论，尤其是西方理论；批评与创作之间严重脱节，批评明显滞后于创作；批评话语不能及时更新，已现疲态或是极端超前，读后令人感觉一头雾水、不知所云，这不能不引起学界的警惕与反思。文学批评不仅

---

① 　罗振亚：《朦胧诗后先锋诗歌研究》，中国社会科学出版社 2005 年版，第 229 页。

仅是对历史现象的总结、归纳，还应该具有批评的现时性、时效性，同时更应该具有前瞻性。诗歌批评与诗歌写作出于彼此隔绝的状态，两者互不搭界，自说自话，这也是"学院批评"招致非议的原因之一。诗歌批评与研究者要切入当下写作，跟踪、追逐诗歌发展的进程，掌握诗歌变化的脉动规律并且及时准确地加以判定，这样，写作与批评之间才能形成良好的互动态势，方能互生共荣。那些模棱两可、似是而非、貌似公允实则"滑头"的做法，实在有失批评的公信准则。同时，这样的批评无疑加剧了原本在市场、消费以及"制度化"等外部因素制约下日渐萎缩的批评界的困境，使批评滑向平庸，权威性遭到"贬值"。当下诗歌批评确乎需要重建一种公信力，强化批评的原则性和原创性，净化批评的内外部环境，复归其起码的道德标准和学理标准，保持批评的价值中立及其"自律性"。那些恣意谩骂的"酷评"式、曲意奉承的"赞美"式、生吞活剥的"西化"式、隔靴搔痒的"散论"式等批评方式只能是"有百害而无一利"，无论是对诗歌，还是批评本身，都是极其不负责任的表现。

四　"非诗"化事件的反向作用

此外，新世纪以后，诗坛中"非诗"事件屡屡出现，"梨花体"、"羊羔体"、"裸体朗诵"、"诗歌污染城市"、"诗人假死"、韩寒与诗人们的"骂战"、杨黎的"极限写作"等，极大地冲击着人们对诗歌的固有观念，也让无数人看到诗歌"复兴"的背后，是残酷而可怕的"非诗"真相。新世纪诗歌的升温在某种程度上并非肇始于诗歌写作本身的质变，或是诗歌阅读接受环境的改善，而是连续不断的"非诗"事件的反向冲击造成人们不得不对其产生极大的关注，诗歌吸引人们"眼球"的能力不是依靠自身的艺术品质，而是一些诗外"功夫"，炒作、恶搞等诗歌"行为艺术"招摇过市、大行其道。这其中最具代表性的当属"梨花体"事件。2006 年 9 月，诗人赵丽华的一组诗歌在网络论坛中被纷纷转载，因其语言的直白和无技巧的叙述手法引来无数网友的竞相模仿，并戏称其为"梨花体"诗歌。依托网络的巨大平台，戏仿逐渐升级为"恶搞"，并引来"倒赵派"与"挺赵派"之间的激烈论战，霎时间网络中出现一片烽火狂澜的热闹景象，恍如"全民皆诗"的"大跃进"时代。在商业化的消费时代，以"解构"为核心的后现代主义大众文化逐渐成为主潮，质疑权威、颠覆圭臬的理念造就了当下时代轻松游戏的文化氛围。"梨花体"诗歌事件的出现，在一定程度上反映了当下人们的文化心理。另外，诗歌多年来的积弊并没有得到解决，也是推动事件发生的主因之一。新时期以降，口语诗历经"第三代"的发轫、90 年代诗歌的承续发展，已经成为一种比较成熟的诗歌样态。语言更加贴近生活，接近说话的状态，保持语言的天然性和原生态，自然鲜活而充满生命质感，这是口语诗歌的优长所在。但是，口语诗在发展过程中，也积淀了许许多多的弊端，如口语的随意表述造成语言的泛滥成灾，生活口语缺乏诗意提炼而自由入诗，致使诗意粗鄙、意象简单，使得口语诗歌滑向语言暴力的边缘。"梨花体"事件反映出当下读者对缺乏诗意、简陋的口语诗歌的厌弃心理，是一场带有普遍性意义的抗争活动。网民们在整个事件中是以一场"非诗"行为颠覆一种"非诗"形式，是对多年来诗歌积弊的集中"恶搞"。从这个意义上说，"梨花体"事件是新世纪敲响的一声警钟，是一次诗歌的纠偏和修正。如果说"梨花体"事件是一场带有"全民"性的集体行为，其中不掺杂任何个人名利因素的话，那么，其他诗歌事件则更多地表现为一种个人化的自我炒作，其"非诗"化色彩更加浓烈。"裸体朗诵"、"诗歌污染城市"、"诗人假死"、"极限写作"、"一吨诗"拍卖以及各种诗学名义上的"论战"更像是一场场"行为艺术"，颇具当下时代的娱乐化特征。诗歌历史表明，一个时代或一种流派的兴旺发达，绝不是依靠某些"行为艺术"或是炒作得以推进的，"在艺术的竞技场上最有说服力的永远是文本！"（罗振亚语）唯有诗歌作品从质到量的丰厚积累，才能积淀下一个诗歌时代。而历史上曾经出现的无数诗歌事件，最后大多只能成为野史材料，成为人们谈古论今的话资，正所谓"古今多少事都付笑谈中"。新世纪以降的众多"非诗"化事件非常清楚地投射出诗坛浮躁的心态，面对当下愈演愈烈的商业化、娱乐化的语境，诗人们不再安于寂寞，放弃曾经坚守的心灵角隅，投身于物欲横流的商业化、娱乐化大潮之中，把诗歌当作吸引人们眼球的"闪光灯"或是"遮羞布"，诗歌变得不再那么神圣了，不再是"阳春白雪"般的精神食粮，而是成为一次性的消费品和娱乐品，完全被某些人"玩弄于股掌之上"。诗歌如何救赎，如何再次进入艺术的中心行列，是摆在人们面前亟待解决的问题，但绝不能仅仅依靠几次招摇过市的"行为艺术"来解决，哪怕是制造极具轰动效应的"事件"，也是一种短暂而失效的行为，根本不可能解决诗坛长期而严重的积弊。诗歌需要一种沉潜的力量，一种耐得住外界喧嚣诱惑的定力，坚守诗歌独立、尊严和高贵的气质，绝不委身于"名利"，在沉潜自为的写作中积淀坚实丰厚的诗歌精神，这才是诗歌的正道。

第三节　诗歌写作中的"常"与"变"问题

新世纪以来，诗歌写作始终面临着一种"常态书写"与"非常态书写"的辩证转换状况，而这种局面的出现都是源于新世纪几次重大的社会事件和思潮影响的，比如 2003 年"非典"，2008 年初的"冰雪灾害"、"汶川大地震"、"北京奥运会"，2010 年 4 月的"青海玉树地震"以及文学中的"底层写作"、"打工文学"等，这些社会事件与思潮极大地影响了新世纪诗歌的写作状态，原本从 90 年代延续下来的日常主义写作经常"被"中断，不得不进入一种"非常态"写作之中，并且展现出某种极其强烈的诗歌表现欲望，诗歌抒情气质展露无遗，尤其是表现出的"全民皆诗"的现象发人深省，这其中的成败得失实在值得深深品味。

我们都知道，诗歌写作是一种轻松状态下的自由抒发，唯其如此，诗人的心力、天赋和经验才能在沉潜中得到展露。诗歌写作在一般意义上都是一种常态写作，因此更加注重诗歌的日常经验，关注点往往也都集中在日常生活的层面上。"他们要习惯在没有'崇高'、'痛苦'、'超越'、'对立'、'中心'这些词语的知识谱系中思考与写作，并转到一种相对的、客观的、自嘲的、喜剧的叙述立场上去，写作依赖的不再是风起云涌、变幻诡异的社会生活，而是对个人存在经验的知识考古学，是从超验的变为经验的一种今昔综合的能力。在这个意义上，判断一首诗优劣的不是它是否具有崇高的思想，而是它承受复杂经验的非凡能力，与之相称的还有令人意外的和漂亮的个人技艺。"[①] 诗歌常态书写像一条平静的小河，静静流淌间积淀下丰富的诗歌文本，而非常态书写则显示出短期集中爆发的特性，更像是生物的应激性反应一样，瞬间就能做出相应的行动，但是这种行动却是短暂而无法持续的。最有代表性的当属 2008 年"汶川大地震"后，诗歌界迅速做出反应，创作了大量深具同情、怜悯、正义、英雄意识等普适价值理念的诗歌，仿佛诗歌也被震动、唤醒了一样，猛地进

①　程光炜：《90 年代诗歌：另一意义的命名》，陈超编：《最新先锋诗论选》，河北教育出版社 2003 年版，第 54 页。

入几乎全民写诗、读诗、论诗的"黄金"时代,诗歌也借此契机再次成为人们瞩目的焦点。然而,事实并非如此,经过阵痛折磨之后,逐渐清醒的人们注意到,诸如"地震诗歌"这样的"非常态"写作也存在着大量的问题,看似诗歌"复兴"的热闹背后,其实深藏着一种可怕的沉寂与落寞,以及诸多诗歌之外的东西。

一 写作心态的偏移

当地震等一些灾难性突发事件来临时,在地动山摇之际,也激荡起无数人的诗情,人们纷纷用诗歌的形式寄托自己的哀思和关切,这其中上有年已花甲的老诗人,下到刚入校门的小学生,就连从不接触诗歌的人也开始读诗、写诗,许许多多人在诗歌里得到抚慰和疗伤。诗歌成为情感宣泄的出口,但也成为一些人表明某种姿态的招牌,一种重新引起人们注意的"闪光灯"。这样别有用心的大有人在,热热闹闹地组织诗会,声泪俱下地发表演说,身先士卒地募集捐款,待到活动过后,则聚在餐馆、酒吧、咖啡屋高谈阔论,这样的举动不能不令人怀疑其行为背后见不得人的动机。诗人王家新曾谈道:"因为写诗不是赶浪潮,也不是简单的表态。对于地震时期诗歌的火热炒作,在某种程度上,是对死者的不敬,也是对诗歌的无知。"① 许多诗人如王家新、韩东、西渡等,拒绝媒体有关"地震诗歌"的约稿,因为他们深知面对一场巨大的灾难,诗歌是无能为力的,这时写诗"都是轻佻犯贱"的,"我觉得,只要有稍许的诚实和敏感,舞文弄墨的人都会有类似的体会。一方面觉得应该以自己的所长出力,一方面感到这样的出力不仅于事无补,还会造成一种粉饰死亡的罪恶。大批文人作家不假思索、大言不惭的抒情文字、诗歌的出笼证明了我的担心。此刻他们倒腾着'二手死亡',此刻,他们忙于给死亡镶嵌文学金边,赤裸裸的直接的目睹被掩盖在一片滥情的咬文嚼字之中。除了说明他们还活着,活得很积极、很职业甚至专业,又有什么意义呢? 倒是那些像死者一样沉默、失语的作家、'文人'让我感到了几分慰藉。"② 虽然这话有些绝对,但的确代表了一部分诗人的心声。面对灾难,诗人是选择"发言",用诗歌传达自己的同情与哀思,还是选择缄默,用默默地关注与沉思,表

---

① 王家新:《"地震时期"的诗歌承担及其困境》,《诗探索》(理论卷) 2009 年第 1 辑。
② 韩东:《地震日记》,《5·12 汶川地震诗歌专号》,《诗歌与人》(民刊) 2008 年 5 月。

达自己对生命的理解，无论选择何种方式，都无可厚非。问题在于，面对灾难、面对底层和弱势群体，诗人是否端正心态，究竟是真诚地关注，还是借此炒作、"营销"自己，抑或是把诗歌包装成"反映底层真实生存"的商品换来滚滚财源？近年来，灾难、底层、弱势、"打工"等话题一直是社会的热点，小说、散文、影视、美术等艺术领域都有很多表现，诗歌也在持续关注，这给予某些别有用心者以可乘之机，"好风凭借力，送我入青云"，写作大量"贴紧"时代热点的诗歌，俨然一副社会底层"代言人"的形象。然而其诗作中有多少感同身受的真实？有多少至真至纯的伦理关怀呢？这恐怕要大打折扣了。文学艺术创作需要心灵的投入，流芳百世的文学艺术经典多是那些作者"披肝沥胆"，甚至是用生命换来的。同样，诗人写作心态会直接影响诗歌的艺术品质，没有真诚的付出，就不会有丰厚的回报，只有端正心态的写作，才能赢得读者，也才能赢得尊重，否则即使创作无数首诗歌，譬如反映地震灾难的《江城子》，也无人喝彩，甚至会引来骂名无数。

二　宏大抒情与个人化写作之间的矛盾

诗歌面对灾难需要发出自己的声音，需要一种社会担当，抒发心中的悲情，完成生命道义以及人性的自我救赎，这是毫无疑问的。问题在于，诗人以诗歌的方式介入社会事务时，究竟是一种什么样的身份？是体制内的"在岗"人员，还是独立的自由诗人？同样是诗人的身份，却存在着极大的不同。"作为可称之为'体制内诗歌工作者'们的大批诗人，不言而喻，他们自会因循体制的要求立即站出来'用诗歌发言'，并很快见诸主流媒体，以大致相近的语言模式与泛政治化的诗歌立场，发挥其与应对其他重大事件大致相同的政治作用和社会效应。这些地震诗，严格地讲，只是一些仅仅采用了诗的样式的宣传材料，很难归于真正意义上的诗歌作品，虽然写者也不乏真诚，读者也不乏当下的感动，但总体而言，不足为论。"① 多少年来，我们的文学早已习惯了由所谓的"宏大抒情"、"社会主旋律"、"时代最强音"这样的批评话语主导文学艺术的评判标准，整个社会认同的是那些反映重大社会历史进程的作品，而对表现个人情感、

---

① 沈奇：《诗心与诗性——关于"地震诗歌现象"的几点思考》，《文艺争鸣》2008 年第 9 期。

命运的作品则一概予以否定，打入"另册"。这直接影响了人们对文学艺术的理解、接受，哪怕是在当下时代，这样的批判标准依然存在，依然是评价一部作品优劣的条件之一。当然，我们不能因为一部作品属于"主流"、"主旋律"就一概加以否定，有一些"主流"作品因为艺术水准高、表现内容深刻，同样因有口皆碑而流传广泛。但这样的作品在整个文学艺术领域只有极少数，绝大多数都因为表现内容空洞、情感抒发空泛和表现手段粗糙而旋生即灭。新世纪以来，因为一些重大的事件而出现的许多诗歌，如有关北京奥运会、纪念新中国成立六十周年等诗歌，在很大程度上属于社会学诗歌，而不是艺术诗歌。文学艺术自有其独立性，包括诗歌在内，不是附属品、宣传工具和政治"花瓶"，这已是多年来文学艺术界的共识。诗歌在新世纪里出现了许多"姿态写作"，表面上热热闹闹、如火如荼，尤其在表现重大社会事件时，更是纷至沓来、争先恐后，但有多少诗歌是经过诗人澄怀静虑，甚至是殚精竭虑完成的？往往都是由于情绪的膨胀爆发一挥而就的，几乎没经过艺术的淘洗、锤炼，更缺乏一种沉潜积淀的过程，这样的作品虽然情绪高涨但内容却是空洞无物的，是一种矫情，一种"作秀"。

三　常态写作与非常态写作的失衡

　　诗歌写作总体来说是一种常态写作，非常态写作毕竟是短暂的。但是新世纪非常态写作造成了一种错位假象，很多人借此兴高采烈地宣布：诗歌复兴了！这种以点带面似的"总结归纳"，不仅是一种错误地估衡，更是幼稚可笑的。诗歌真正的兴旺发达，绝非仅靠一两次诗歌的"爆炸"就能完成的，而是要依靠常态写作的多年累积方可成功。诗歌固然有抒情的成分，但一些主观的、绝对化的抒情写作不仅是滥情的，而且有其虚弱和不成熟的一面。"它降低了写作的难度，抑制了灵魂求真意志的成长，使诗走向新一轮集约化、标准化生产。它难以有效地处理复杂的深层经验，和把握具体生存的真实性，丧失了诗的时代活力。更严重些说，它在不期然中也以另一种方式加入了'集体遗忘'的行列。"① 自 20 世纪 90年代起，诗歌开始逐渐步入日常性、个人化写作之中，以个人话语介入事

---

　　① 陈超：《求真意志：先锋诗的困境和可能前景》，陈超编：《最新先锋诗论选》，河北教育出版社 2003 年版，第 5 页。

物，坚持"此在"立场，将诗歌从抒情和幻想中解放出来，脚踏实地地走在"及物"路线上，注意挖掘、处理当下生存处境和生活经验，琐屑平淡却给人一种真真切切的生活化感觉。"正是从类群经验概括向个人日常琐屑的体验转型，导致了 20 世纪 90 年代先锋诗歌写作自我化大趋势。这种带有私人物品的性质，私人自传特色的写作，成功地保留了个体巨大的精神自由空间。它独立地抗衡主流文化，权利话语的导引强制，拒绝非艺术干扰，它推进生命诗学在前人极少问津的领地昂首阔步。"① 尤其是注重诗歌技艺的强化，语言修辞高度敏感，叙事处理极具分寸感，这些都为当下诗歌写作留下了巨大而宝贵的资源。同时，诗歌因为注意叙事性而使得诗歌更趋含蓄内敛，削弱了此前诗歌中抒情的膨胀，因而在 90 年代的整个 10 年间，诗歌总体上显现出一种沉潜寂静的风貌。新世纪初，诗歌依然延续着 90 年代"个人化写作"的姿态，即使曾出现了"下半身"这样的"狂飙突进"式写作，也只是诗歌内部某种写作理念的集中"爆发"而已，并不足以改变整个诗歌的走势。而非常态写作与此相反，它是在某种外力的刺激、影响下诗歌所产生的一种"应激性"反应，短时间内足以影响整个诗歌的写作状态，如巨大的磁场一样，所有的诗歌指针都不由自主地指向同一种"题材"，同一社会事件，以一种近乎"运动"的方式完成诗歌对现实的介入。我们不能全盘否定"非常态写作"的意义，尤其是诗歌给日渐沉闷的常态写作以刺激，为其注入新鲜活力，改变诗歌逐渐淡出人们视线的局面，在这些方面，非常态写作可谓功不可没。然而问题在于，如何将这种非常态写作所产生的活力持续下去，避免以往诗歌运动到来时风起云涌，而运动过后则无人问津的尴尬局面，这是诗歌写作不得不反思的问题。如前几年出现的"底层写作"、"打工诗歌"等，开始时大批诗人以此题材进行创作，颇有与"主流"写作"合谋"的嫌疑，然而，随着社会思潮的改变，此类诗歌写作逐渐淡出、弱化，诗人们随之激情不再，转而投向新"题材"的探寻，这种"闻风而动"式的写作，既缺乏诗歌对现实持续关注的责任感，更少了作为诗人承担人类精神诉求的高远境界。

　　如何改变抑或是修正新世纪诗歌所面临的困境，是摆在人们面前亟待

---

　　① 陈仲义：《体验的亲历、本真和自明》，陈超编：《最新先锋诗论选》，河北教育出版社 2003 年版，第 45 页。

解决的问题。是放任诗歌"无拘无束"地自我发展，还是诗坛形成合力向前行？我想，这正如一张纸的两面，彼此是无法分开的。诗歌需要自由发展，不断创生诗歌崭新的成长点，为诗坛持续注入新鲜活力，这是诗歌前行不竭的动力；同时，诗歌在发展中也要保持一种自律性，坚守缪斯圣殿的纯洁、高贵与尊严，在文学艺术渐趋边缘化的当下时代，提升诗歌的品质。多年来，中国诗歌始终纠缠在"纯与不纯"的争鸣里，新世纪以降，这样的局面在诗歌"轻与重"、"多与少"、"常与变"的多重矛盾中日显严重。如何探寻诗歌写作的平衡点，将新世纪诗歌写作引入健康、平稳、优质的状态之中，是当下诗坛重中之重的任务。"我认为新世纪的诗歌如果能够扬长避短，在时尚和市场的逼迫面前拒绝媚俗，能够继续关怀生命、生存的处境和灵魂的质量，坚守时代和社会的良心；同时注意张扬艺术个性，提升写作特别是底层写作表现对象、抽象生活的技术层次，避免在题材乃至手法上的盲从现象，那么目前的困惑与沉寂，就会成为跋涉途中的暂时停滞与必要调整，重建诗歌的理想便会在不久的将来化成现实。"①

---

① 罗振亚：《与先锋对话》，吉林出版集团有限责任公司 2009 年版，第 160 页。

结　语

　　时至今日，新世纪诗歌已经在消费的、狂欢的、多元的经济、文化与文学语境中悄然走过 10 年，在 20 世纪诗歌开拓出的宏阔而坚实的基础上继续前行衍进，表现出诸多迥然有别于 90 年代诗歌的新质新貌。社会上层出不穷、花样翻新的各种诗歌活动的蓬勃展开，诗歌节、研讨会、朗诵会、诗基金、诗医院、诗旅游、同题诗赛、诗歌万里行等，以及各种正面的、负面的、毁誉参半的诗歌事件的出现，都极大地刺激着人们的神经观感，无论是出于热忱关注还是被动接受，都要将目光投向这一原本已经十分沉寂的诗坛，在轰动喧嚣之中显示出新世纪诗歌不甘寂寞的身姿。诗歌传播方式日趋多元化，主流诗刊、民刊和网络形成当下诗歌传播的"三足鼎立"式格局，并且逐渐走向相容互渗、互生共荣的时代。诗歌传播在当下已经不是一个简单的渠道及方式的问题，它更像是一个"场域"，一个全方位显示新世纪诗歌活力与创造的"场"。无论是国家刊物、民刊，还是网络，构建成新世纪诗歌重要的传播现场，尽管每一种方式都存在或多或少，或重或轻的褊狭与弊端，但是作为一个多元化时代的诗歌传播场域，它们毫无疑问都是不可或缺的中坚力量。新世纪诗歌理论建构表现出一种旺盛持久的发展势头，与诗歌文本彼此促进、相映生辉。既有关涉诗歌写作精神的"完整性写作"、"第三极神性写作"；彰显诗歌写作姿态的"低诗歌运动"、"荒诞写作"、"下半身写作"、"草根写作"、"垃圾写作"；颇具流派特征的"第三条道路写作"、"70 后诗人群"、"80 后诗人群"、"中间代"；涵盖地缘意义的"诗歌地理学"、"地缘写作"，也有关于诗歌写作技艺的"新叙事写作"、"新口语写作"以及"反饰主义"，等等，众声喧嚣、如火如荼，俨然一个诗学命名的时代。每一个命名的出现都意味着一种新的诗歌写作理念或方式的诞生，众多诗学理论的提出则显示出新世纪诗歌写作的勃勃生机。新世纪诗歌之所以得到越来越多人的关注，在很大程度上是因为诗歌写作重心的变化，即对现实生活的不断介入，将目光投射到社会的弱势群体上，关注社会重大事件，用充盈着人道主义的同情、理解和批判复归诗歌的伦理关怀，显示出诗歌与社会关系的改善。诗歌作为求真意志的语言历险（陈超语），永远离不开表现技巧的支持。当下诗歌写作早已摒弃了以往内容和形式的二元划分，二者已经充分地融合在一起，既没有因为注重表现内容而忽视技巧，也没有单纯追求诗歌技巧的"炫技"现象的出现。也就是说，诗歌内容的变化往往紧随着表现技巧的改变。随着时代具体语境的变化以及诗歌对写作深度的不断探寻，新世纪诗歌在表现手段，如诗歌意象、叙事手法、口语化写作等方面，也出现了许多新质新貌，与诗歌表现内容一道，组成当下诗歌绚烂的风景。

尽管新世纪诗歌表现出诸多的新质新貌，但是我们在为之振臂欢呼的同时，还是应该保持一定程度的清醒。当下诗坛总体来说，正处于一种诸多异质混合和矛盾对立存在的状态中，即喧嚣与沉寂、边缘化与在场性、娱乐化与道义化、粗俗化与典雅化、"崇低"与"再神圣化"、"消解深度与重建新诗的良知并存，灵性书写与低俗欲望的宣泄并存，宏大叙事与日常经验写作并存"①。诗人辈出却难觅"大师"，文本浩如烟海却精品罕见，诗坛火爆而沉潜精神丧失，诗学口号响亮而应者寥寥，诗歌缺乏整体感和方向性。诗歌一边高喊"精神积淀"，一边却委身于商业，在自我神圣化和外在实用性之间不断挣扎，在滑向肉体感官与奔向内心真实之间持续沉浮，不断地解构、颠覆前人的诗歌贡献以彰显自己的价值却难有重要建树，这些矛盾对立元素的存在，既构成新世纪诗歌的多元化特征，也为当下诗歌写作留下了无数隐忧。如果一味地放任这种局面的存在而不思反省并有所改观，那么我们对新世纪诗歌的喝彩就显得为时过早，更谈不上诗歌复兴与繁荣的话题了。

当然，新世纪诗歌在 10 年的时间里，毕竟还是积淀下许许多多宝贵财富的，如果将这些优质资源经过净化与纯粹化处理，转化为一种诗歌的常态化书写，并从中沉淀出清洁的诗歌精神，那么，新世纪诗歌的道路将会更加平阔与通畅。首先是诗歌精神与书写态度的纯粹化。当下诗歌正处

---

① 　吴思敬：《中国新诗：世纪初的观察》，《文学评论》2005 年第 4 期。

于商业化、时尚化、狂欢化语境下，这是一个不争的事实。然而，在这样的语境下，诗歌能否一路走好，完全取决于诗歌写作者的精神与心态。当下的诗歌繁荣在很大程度上来自诗歌的外部，既有商业化的炒作元素，也有娱乐化的"作秀"成分，更有一种与主流"合谋"的嫌疑，这些诗外因素频繁地搅动着诗坛，仅仅吸引了无数人关注的"眼球"，而且撩拨着诗人永不安宁的心扉，于是许多诗人怀着"天下熙熙皆为利来，天下攘攘皆为利往"的心态，"赶场"一般地参加各种诗歌活动，追逐虚名浮利而乐此不疲，完全没有了诗歌写作者应该具有的沉潜意识以及甘于寂寞的精神。在这个层面上，当下诗人也许应该借鉴 90 年代诗歌，在那个相对沉寂的 10 年里，诗歌却积淀下许多可贵经验，既有接近"纯诗"范畴的诗歌精神，也有"个人化写作"的诗歌立场，以及叙事、口语等诗歌语言意识和技巧，更留下了不可计数的璀璨夺目的诗歌文本。当下许多的优秀诗人已经做出很好的榜样，"他们那种关注人类天空与作品质量、为灵魂写作的高远心怀，那种面对诗坛裂变不以物喜、不以己悲的超然宁静的风度，那种作品中不时传出的'灵魂的雷声'，让我们看到了文学的希望和力量；尤其是他们在重建诗歌理想和诗歌秩序规范过程中所表现出的新质，为 21 世纪的诗坛带来了无限的希望，提供了可贵的启迪"①。其次，坚持诗歌伦理关怀，更加切近生存与民生，为诗歌的"重度"持续加码。新世纪诗歌之所以得到广泛关注，是因为诗歌及物性写作的不断深化，"打工诗歌"、"底层写作"、"生态诗歌"、"灾难诗歌"等，重新建构起诗歌写作的伦理学，呼唤诗歌写作的责任与勇气，保持必要的良知、怜悯、羞耻以及爱，超越现实中的"黑暗"，从而承受和担当起一种悖论性命运，将自己引渡到一种精神高地，实现诗歌"再神圣化"的理想。当下时代深处后现代文化语境之中，"去"字当头，去中心、去本质、去象征、去神秘、去政治等，是一个可以尽情解构一切的时代。因此，当下诗歌写作虽有宽度，然而缺失一种诗歌的"重"度。日常主义写作肆意泛滥，不负责任的言行四处喧哗，诗歌沉溺于华而不实、不着边际的语言游戏之中，诗歌精神变轻，深陷浮泛空乏中无法自拔。有关爱、美、责任、道德、尊严等诗歌最基本、最普泛的价值观念和标准，受到严重的挑战。诗歌唯有"再神圣化"和复归写作的尊严，坚守时代与社会良知，方能

---

① 罗振亚：《与先锋对话》，吉林出版集团有限责任公司 2009 年版，第 157 页。

使自身获得永恒性的存在价值和意义。最后，诗歌写作要力求张扬个性，将诗歌写作技艺推向更高的层次。当下诗歌写作早已摒弃了以往内容和形式的二元划分，二者已经充分融合在一起，既没有因为注重表现内容而忽视技巧，也没有单纯追求诗歌技巧的"炫技"现象出现。也就是说，诗歌内容的变化往往紧随着表现技巧的改变。随着时代具体语境的变化以及诗歌对写作深度的不断探寻，新世纪诗歌在表现手段，如诗歌意象、叙事手法、口语化写作等方面，也出现了许多新质新貌，与诗歌表现内容一道，组成当下诗歌绚烂的风景。诗歌作为求真意志的语言历险（陈超语），永远离不开表现技巧的支持，技术的提升直接影响着诗歌的表达效果。尤其当诗歌坚守介入社会和现实生活的品质时，更需要平衡诗歌内容和技艺的关系，唯有如此，才能使诗歌在更为复杂的语境里，实现自身更高意义的自足与自在，否则极其容易陷入内容苍白与技术平庸的泥淖之中。

总之，新世纪诗歌在商业化、狂欢化的时代语境下，正经历着急剧的转型和艰难的突围，它所表现出的诸多新质，既让我们有理由相信诗歌的复兴，同时也不由得使人为之担忧。当下诗歌潮起潮落，更迭转换的速度很快，尤其是诗歌就生长在我们的周围，或轰轰烈烈，或"润物无声"，恰恰因为"身在此山中"，才有了"不识真面目"的尴尬。需要我们及时、冷静地切入诗歌现场，为其做出准确的学理定位，于稍纵即逝的诗歌奔流中，敏锐地发现其价值，还其历史的公允，方不失作为一个诗歌研究者义不容辞的责任与品格。

参考文献

一 作品类

周伦佑主编：《刀锋上的群鸟——后非非主义从理论到作品》，西藏人民出版社2006年版。

黄礼孩编：《'70后诗人诗选》，海风出版社2001年版。

安琪、远村、黄礼孩编：《中间代全集》（上、下），海峡文艺出版社2004年版。

张清华主编：《1978—2008中国优秀诗歌》，现代出版社2009年版。

康城、黄礼孩、朱佳发、老皮编：《70后诗集》，海风出版社2004年版。

杨克编：《2000中国新诗年鉴》，广州出版社2001年版。

杨克编：《2001中国新诗年鉴》，海风出版社2002年版。

杨克编：《2002—2003中国新诗年鉴》，天津社会科学院出版社2004年版。

杨克编：《2004—2005中国新诗年鉴》，海风出版社2006年版。

杨克编：《2006中国新诗年鉴》，花城出版社2007年版。

杨克编：《2007中国新诗年鉴》，花城出版社2008年版。

杨克编：《2008中国新诗年鉴》，花城出版社2009年版。

杨克编：《中国新诗年鉴十年精选》，中国青年出版社2010年版。

刘春编：《70后诗歌档案》，中国海洋大学出版社2008年版。

谭克修编：《明天》（第壹、贰卷），湖南文艺出版社2003年版。

谯达摩、温皓然编：《第二条道路》第2卷，九州出版社2005年版。

谯达摩、温皓然编：《第三条道路》第3卷，九州出版社2006年版。

朵渔编：《诗歌现场》（总第壹、肆、伍、陆期），澳门原木出版及文化推广有限公司2006、2008、2008、2009年版。

民刊《第三极》(第 1、2、3、4 卷)。

敬文东:《诗歌在解构的日子里》,北京大学出版社 2008 年版。

《诗刊》,2000—2009 年。

潘洗尘编:《星星》(下半月·理论版),2007—2010 年。

张新颖编:《中国新诗 1916—2000》,复旦大学出版社 2001 年版。

马铃薯兄弟编:《中国网络诗典》,江苏文艺出版社 2002 年版。

谭五昌编:《中国新诗白皮书(1999—2002)》,昆仑出版社 2004 年版。

李少君主编:《21 世纪诗歌精选:草根诗歌特辑》,长江文艺出版社 2006 年版。

黄礼孩主编:《异乡人——广东外省青年诗选》,花城出版社 2007 年版。

程光炜主编:《岁月的遗照》,社会科学文献出版社 1998 年版。

张曙光编:《小丑的花格外衣》,文化艺术出版社 1998 年版。

唐晓渡编:《先锋诗歌》,北京师范大学出版社 1999 年版。

孙文波等编:《语言:形式的命名》,人民文学出版社 1999 年版。

肖开愚等编:《从最小的可能性开始》,人民文学出版社 2000 年版。

洪子城、程光炜选编:《第三代诗新编》,长江文艺出版社 2004 年版。

中国作家协会《诗刊》选编:《2003 年中国年度最佳诗歌》,漓江出版社 2004 年版。

中国作家协会《诗刊》选编:《2006 年中国年度最佳诗歌》,漓江出版社 2007 年版。

中国作家协会创研部编选:《2005 年中国诗歌精选》,长江文艺出版社 2006 年版。

符马活编:《诗江湖·2001 年网络诗歌年选》,青海人民出版社 2002 年版。

民刊《诗歌与人——中国 70 年代出生的诗人诗歌展》,2001 年。

《诗歌月刊》(下半月),2006 年 12 月。

《诗歌月刊——诗歌地理特大号》(下半月),2006 年 8 月。

民刊《诗歌与人——5·12 汶川地震诗歌专号》,2008 年 5 月。

民刊《第三极——第三极神性写作诗歌专号》,2009 年 5 月。

民刊《第三极——第三极神性写作 19 人诗选特大号》,2009 年 12 月。

《诗选刊》(上半月刊),2009、2010 年。

二 专著类

［法］让·波德里亚：《消费社会》，刘成富、全志钢译，南京大学出版社
2000 年版。

［美］丹尼尔·贝尔：《后工业社会》，彭强编译，科学普及出版社 1985
年版。

［英］安吉拉·默克罗比：《后现代主义与大众文化》，田晓菲译，中央编
译出版社 2000 年版。

［英］迈克·费瑟斯通：《消费文化与后现代主义》，刘精明译，译林出版
社 2000 年版。

［法］吉尔·利波维茨基：《空虚时代——论当代个人主义》，方仁杰、倪
夏生译，中国人民大学出版社 2007 年版。

［美］雅克·巴尊：《古典的，浪漫的，现代的》，侯蓓译，江苏教育出版
社 2005 年版。

［德］卡西尔：《语言与神话》，三联书店 1988 年版。

［美］哈罗德·布鲁姆：《影响的焦虑》，徐文博译，三联书店 1989 年版。

［美］杰姆逊：《后现代主义与文化理论》，唐小兵译，北京大学出版社
1997 年版。

［美］斯蒂文·小约翰：《传播理论》，陈德民、叶晓辉译，中国社会科学
出版社 1999 年版。

［美］约翰·费斯科：《传播研究导论：过程与符号》，许静译，中国人民
大学出版社 2008 年版。

［英］史蒂文·康纳：《后现代主义文化——当代理论导引》，严忠志译，
商务印书馆 2002 年版。

［法］加斯东·巴什拉：《梦想的诗学》，刘自强译，三联书店 1996 年版。

［英］维特根斯坦：《哲学研究》，李步楼译，商务印书馆 1996 年版。

［俄］巴赫金：《诗学与访谈》，白春仁等译，河北教育出版社 1998 年版。

［德］瓦尔特·本雅明：《发达资本主义时代的抒情诗人》，张旭东译，三
联书店 1989 年版。

［德］威廉·狄尔泰：《体验与诗》，胡其鼎译，三联书店 2003 年版。

［美］苏珊·桑塔格：《反对阐释》，程巍译，上海译文出版社 2003 年版。

［美］马尔科姆·考利：《流放者归来——二十年代的文学流浪生涯》，张

承谟译，重庆出版社 2006 年版。

陈超编：《最新先锋诗论选》，河北教育出版社 2003 年版。

陈晓明主编：《后现代主义》，河南大学出版社 2004 年版。

柳鸣九编：《从现代主义到后现代主义》，中国社会科学出版社 1994 年版。

王岳川、尚水编：《后现代主义文化与美学》，北京大学出版社 1992 年版。

汪民安、陈永国编：《后身体：文化、权力和生命政治学》，吉林人民出版社 2003 年版。

王家新、孙文波编选：《中国诗歌九十年代备忘录》，人民文学出版社 2000 年版。

李震：《母语诗学论纲》，三秦出版社 2001 年版。

李振声：《季节轮换》，学林出版社 1996 年版。

陈超：《打开诗的漂流瓶》，河北教育出版社 2003 年版。

陈超：《中国先锋诗歌论》，人民文学出版社 2007 年版。

陈仲义：《扇形的展开》，浙江文艺出版社 2000 年版。

王光明：《面向新诗的问题》，学苑出版社 2002 年版。

罗振亚：《20 世纪中国先锋诗潮》，人民出版社 2008 年版。

罗振亚：《与先锋对话》，吉林出版集团有限责任公司 2009 年版。

罗振亚：《朦胧诗后先锋诗歌研究》，中国社会科学出版社 2005 年版。

尹国均：《先锋实验》，东方出版社 1998 年版。

王岳川：《中国镜像：90 年代文化研究》，中央编译出版社 2001 年版。

程光炜：《中国当代诗歌史》，中国人民大学出版社 2003 年版。

霍俊明：《尴尬的一代：中国 70 后先锋诗歌》，广西师范大学出版社 2009 年版。

张德明：《网络诗歌研究》，中国文史出版社 2005 年版。

王一川：《大众文化导论》，高等教育出版社 2004 年版。

王岳川：《后现代主义文化研究》，北京大学出版社 1992 年版。

陈晓明：《剩余的想象》，华艺出版社 1997 年版。

刘小枫：《诗化哲学》，华东师范大学出版社 2007 年版。

高楠、王纯菲：《中国文学跨世纪发展研究》，人民文学出版社 2008 年版。

王宁：《后现代主义之后》，中国文学出版社 1998 年版。

程光炜：《程光炜诗歌时评》，河南大学出版社 2002 年版。

耿占春：《改变世界与改变语言》，社会科学文献出版社 2000 年版。

奚密：《现代汉诗：一九一七年以来的理论与实践》，上海三联书店 2008
　年版。

谢有顺：《先锋就是自由》，山东文艺出版社 2004 年版。

张清华：《内心的迷津》，山东文艺出版社 2002 年版。

王光明：《现代汉诗的百年演变》，河北人民出版社 2003 年版。

李新宇：《中国当代诗歌艺术演变史》，浙江大学出版社 2000 年版。

程光炜：《中国当代诗歌史》，中国人民大学出版社 2003 年版。

耿占春：《失去象征的世界——诗歌经验与修辞》，北京大学出版社 2008
　年版。

陈仲义：《中国前沿诗歌聚焦》，中国社会科学出版社 2009 年版。

敬文东：《抒情的盆地》，湖南文艺出版社 2006 年版。

王先霈主编：《新世纪以来文学创作若干情况的调查报告》，春风文艺出
　版社 2006 年版。

刘纳：《诗：激情与策略》，中国社会出版社 1996 年版。

南帆：《文学的维度》，上海三联书店 1998 年版。

张清华：《中国当代先锋文学思潮论》，江苏文艺出版社 1997 年版。

王一川：《中国形象诗学》，上海三联书店 1998 年版。

唐晓渡：《唐晓渡诗学论集》，中国社会科学出版社 2001 版。

刘士杰：《走向边缘的诗神》，山西教育出版社 1999 年版。

郑敏：《诗歌与哲学是近邻》，北京大学出版社 1999 年版。

陈超：《中国探索诗鉴赏辞典》，河北人民出版社 1989 年版。

刘小枫：《拯救与逍遥》，上海三联书店 2001 年版。

吕周聚：《中国先锋诗歌研究》，中国广播电视出版社 2001 年版。

吴思敬：《诗学沉思录》，辽宁人民出版社 2001 年版。

欧阳江河：《站在虚构这边》，三联书店 2001 年版。

陈晓明：《表意的焦虑》，中央编译出版社 2002 年版。

李扬：《中国当代文学思潮史》，上海社会科学院出版社 2005 年版。

洪子城主编：《在北大课堂读诗》，长江文艺出版社 2002 年版。

张闳：《声音的诗学》，中国人民大学出版社 2003 年版。

孙基林：《崛起与喧嚣——从朦胧诗到第三代》，国际文化出版公司 2004
　年版。

杨匡汉：《中国新诗学》，人民出版社 2005 年版。

张桃洲：《现代汉语的诗性空间——新诗话语研究》，北京大学出版社
　2005 年版。

洪治纲：《无边的迁徙》，山东文艺出版社 2004 年版。

朱大可：《话语的闪电》，华龄出版社 2003 年版。

叶维廉：《中国诗学》，人民文学出版社 2006 年版。

周瓒：《透过诗歌写作的潜望镜》，社会科学文献出版社 2007 年版。

一行：《词的伦理》，上海书店出版社 2007 年版。

敬文东：《诗歌在解构的日子里》，北京大学出版社 2008 年版。

陈晓明：《中国当代文学主潮》，北京大学出版社 2009 年版。

三　文章类

罗振亚：《喧嚣背后的沉寂与生长：新世纪诗坛印象》，《天津师范大学学
　报》（社会科学版）2008 年第 4 期。

张清华：《持续狂欢·伦理震荡·中产趣味——对新世纪诗歌状况的一个
　简略考察》，《文艺争鸣》2007 年第 6 期。

谢冕：《行进着和展开着——我看新世纪诗歌》，《文艺争鸣》2006 年第
　1 期。

宗仁发：《新世纪诗歌的疑与惑》，《文艺争鸣》2006 年第 1 期。

谢冕：《世纪反思——新世纪诗歌随想》，《河南社会科学》2004 年第
　3 期。

吴思敬：《城市化视野中的当代诗歌》，《河南社会科学》2004 年第 3 期。

陈仲义：《“崇低”与“祛魅”——中国“低诗潮”分析》，《南方文坛》
　2008 年第 2 期。

陈仲义：《网络诗体：四大“症候”剖析》，《江汉大学学报》（人文科学
　版）2007 年第 8 期。

陶东风：《网络交往与新公共性的建构》，《文艺研究》2008 年第 1 期。

李建军：《我看文学奖》，《文学自由谈》2009 年第 1 期。

张清华：《价值分裂与美学对峙——世纪之交以来诗歌流向的几个问题》，
　《文艺研究》2007 年第 9 期。

王家新：《当代诗歌：在"自由"与"关怀"之间》，《文艺研究》2007
　　年第 9 期。

张清华：《"底层生存写作"与我们时代的写作伦理》，《文艺争鸣》2005
　　年第 3 期。

张清华：《当代诗歌中的地方美学与地域意识形态——从文化地理视角的
　　观察》，《文艺研究》2010 年第 10 期。

乐黛云：《文学：面对重构人类精神世界的重任》，《文艺研究》2007 年
　　第 6 期。

陈超：《重铸诗歌的"历史想象力"》，《文艺研究》2006 年第 3 期。

高玉：《当代诗歌写作及阅读中的"反懂性"》，《文艺研究》2006 年第
　　3 期。

姜涛：《"全装修"时代的"元诗"意识》，《文艺研究》2006 年第 3 期。

谢有顺：《乡愁、现实和精神成人——论新世纪诗歌》，《文艺争鸣》2008
　　年第 6 期。

孟川、傅华：《当代先锋诗歌的叙事性书写的诗学意义》，《文艺争鸣》
　　2008 年第 6 期。

张德明：《论网络诗歌生产与消费的快餐化》，《文艺争鸣》2008 年第
　　6 期。

王一川：《网络时代文学：什么是不能少的?》，《大家》2000 年第 3 期。

李祖德：《"农民"与中国新文学的叙事动力》，《文艺理论与批评》2009
　　年第 2 期。

索　引

后　记

　　窗外雪花伴随着并不强劲的西风纷纷扬扬，给寒冷肃煞的哈尔滨带来一丝轻盈与灵动，为这座冰城增添了很多诗意。转眼已经是 2015 年的岁尾，我从南开大学毕业已经有四年半了，尽管时间并不算长，空间的距离也并不遥远，但每当想起在南开大学度过的短暂而记忆深刻的三年时光，内心里依然充满着温暖和眷恋，这份温暖和眷恋将伴随我的脚步，走向人生的诗意和远方。即将付梓的这份薄薄的书稿，再一次将我带回到静谧的马蹄湖畔，以及经常闪现在我梦中的范孙楼与西区公寓之间一段幽静的小路上。

　　2008 年的秋季，我再一次追随导师罗振亚的脚步，来到南开大学攻读博士学位。回想起这段时光带给我的充实、丰富与提高，内心洋溢着无比的喜悦与感激。初来南开的我，犹如一个在沙漠中长途跋涉的旅者见到绿洲一样，满眼都是生机和希望，真正领略到有着深厚人文精神和情怀的高等学府的风采。那随时可见的或坐或立于湖畔、校园角落里手捧书卷的人们，都像是在无言地提醒自己应该刻苦，应该奋进。

　　在此尤其要感谢我的导师罗振亚先生，我的求学之路始终伴随着先生殷切的目光与无私的关爱。在本科阶段是先生引领着我走进文学的殿堂，体会文学的博大与精妙；在研究生阶段也是先生带我走上诗歌研究之路，让我领悟到另一种文学的理性之美；作为本书的底稿——博士学位论文更是凝结着先生的诸多心血。从论文框架的建构到最后的成文，其间不断得到先生的倾力指导。成稿后又得到先生字斟句酌的批改审阅，字里行间皆凝聚着先生的辛劳与期望。先生不仅在学术上用严谨的治学、深邃的智慧启发和教导我走上学术研究之路，更用他那和蔼、率真与热忱引导和激励我走在人生之路上。每每遇到学术研究"瓶颈"或是生活难题的时候，我都要去找先生咨询、请教，以致当现在离开先生身边，遇到无法解决的难题时，我依然会操起电话打给老师。我想，这种"依赖症"会伴随我很久很久，同时我也并不想"治愈"之。感谢师母杨丽霞老师对我的关爱，让我在面对老师、师母时总能体会到家的温暖，是她用慈母般的关怀、风趣的谈吐和爽朗的笑声排解掉我内心的焦虑与烦躁。常言道：人生有三宝——父严、母慈、人不老，如果一个人的一生中能拥有双份"严父慈母"的关爱，他的人生能不是最幸福的吗？

感谢南开大学的乔以钢教授、李新宇教授、耿传明教授和李锡龙教授，这些先生皆授业于我，有幸聆听先生们的教诲，是后学的福分，如沐春风，受益良多。先生们开阔的学术视域、勤谨的治学态度永远令人敬佩，更是我未来治学追求的航标。

感谢论文答辩会的主席靳丛林教授，委员张林杰教授、李新宇教授和李锡龙教授在答辩过程中对论文所给予的充分肯定，以及中肯的批评，这不仅为本书的修改完善提供了许多宝贵的建议，更对我树立学术研究的信心大有裨益，对此我深怀感激，永志不忘。

同时我也要感谢我的各位同门——吴井泉博士、崔修建博士、陈爱中博士、范丽娟博士、叶红博士、董秀丽博士以及邵波博士等，是大家让我在紧张、繁忙的学习工作之余，体验到友情的温暖。彼此之间的关心与帮助永远都是风雨人生路上的一柄小伞，无言而温馨。

我也要感谢我的妻子，在我求学的路上始终有她默默的奉献，她承担起繁重而琐屑的家务，全力支持我，放弃自己学习进修的机会却无怨无悔，此中情感怎一个"谢"字了得！我也要对我正在读中学的儿子说一声抱歉，在他成长的岁月里，缺少了我这个父亲的陪伴。总是记得深夜学习完回家时，妻子对我说，儿子一直念叨着爸爸何时回来，每每这时心里便满是愧疚。

最后特别要感谢天健科技集团董事长姜跃滨先生为本书出版提供的无私资助，先生浓厚的中文情结以及对后学的无私帮助让我们永远铭感于心！

2015 年 12 月 18 日晚于哈尔滨寓所